목계나루

목계나루

제3권 호좌창의군

펴 낸 날 2017년 11월 29일

지 은 이   김창식
펴 낸 이   최지숙
편집주간   이기성
편집팀장   이윤숙
기획편집   장일규, 윤일란, 이하영
표지디자인 장일규
책임마케팅 임용섭
펴 낸 곳   도서출판 생각나눔
출판등록   제 2008-000008호
주 소   서울시 마포구 동교로 18길 41, 한경빌딩 2층
전 화   02-325-5100
팩 스   02-325-5101
홈페이지   www.생각나눔.kr
이 메 일   webmaster@think-book.com

• 책값은 표지 뒷면에 표기되어 있습니다.
  ISBN 978-89-6489-792-8 04810

• 이 도서의 국립중앙도서관 출판 시 도서목록(CIP)은 서지정보유통지원시스템 홈페이지
  (http://seoji.nl.go.kr)와 국가자료공동목록시스템(http://www.nl.go.kr/kolisnet)에서
  이용하실 수 있습니다(CIP제어번호: CIP2017030874).

목계나루

제3권 호좌창의군

김창식 대하소설

작가의 말

이 소설은 소백산에서 경성으로 이어지는 남한강을 대들보로 놓고, 뗏목과 나루터 삶과 침략에 항거한 의병을 서까래로 얹었다.

목계나루터에 시인의 시비가 건립되던 무렵에 인근 중학교에서 근무했다. 강돌이 자그락자그락 전설을 토하는 나루터 주막에서 뗏목과 병참 왜병과 의병 얘기를 듣게 되었는데 강물이 새롭게 보이기 시작했다. 강은 그저 물이 흐르는 것이 아니었다. 남한강 강물로 뗏목이 좌충우돌 떠내려가듯 삶도 그러했다.

강물이 휘돌아가는 절벽 앉은뱅이 소나무의 애절한 환송. 뗏목 물길에 사공 잃은 나루터, 일제의 침략에 대항하는 의로운 외침에 귀 기울여 본 적이 있었던가? 모서리가 거친 골짜기의 돌은 강물에 휩쓸려야 동글동글해진다. 태백산 오지에서 경성 너른 터전으로 흐르는 남한강 기슭에 서면 모서리를 뭉툭하게 깎아내야 했던 서러움이 눈물겨웠다.

소백산에 신이 내려준 영물 때문에 인간이 기쁘고도 서러웠다. 강한 자가 탐하고 약한 자는 빼앗겼다. 뗏목으로 연명하는 사공, 침략자에게 억눌린 민초들의 애절한 삶. 어찌 보면 소백산 잔등에 닿은 푸른 하늘도, 남한강 물줄기에 탁 트여나간 강변도, 우리를 그럴듯하게 감싸 안은 깊은 수렁인 시절이었다.

바위 틈서리 조막손 한 줌의 흙에 뿌리를 내린 쑥부쟁이처럼 가능과 불가능의 경계에서 사투하며 징검돌을 건너야 했던, 남한강 목계나루터의 절절한 사연들을 집필하면서 가슴이 아렸다.

침략에 억눌렸어도 의롭게 살아야 했던 그 시절 시련이, 오늘의 세상을 살아가는 지혜로 승화되기를 바라는 심정 간절하다.

2017년 11월 김창식

목계나루 3

제3권 호좌창의군

차 례

저잣거리 헛소문

나라가 위험에 처했을 때 의병을 일으키는 것, 망명하는 것, 자결하는 것 중 한 가지를 선택해야 한다는 처변삼사로 유생의 의견이 갈렸다. 의롭게 일어나 왜와 싸우자는 의견이 지배적이었다. 임금이 수모를 당했는데 백성 된 자로서 살아있는 것이 치욕스러워 당장 자결하자는 유생도 있었다. 의로운 봉기도 자결도 시기가 있는 것이니 요동으로 피신했다가 훗날 거사를 도모하자는 의견도 있었다.

의암이 요동으로 가는 행장을 꾸리러 제천 항재의 집으로 갔다. 항재는 소론 집안인 탓에 송시열의 학문을 대단하지 않게 보았다. 송시열의 시문과 상소문을 엮은 송자대전을 읽고 화서학파에 입문했다. 괴은과 의기투합하고 의암의 제자가 되었다. 단발령이 공포되자 항재는 의암을 따라 요동으로 망명하는 선택을 하였다.

"단양에서 패한 의병이 소백산 고갯길에서 뿔뿔이 흩어졌답니다."

항재가 제천 저잣거리에 떠도는 소문을 의암에게 전했다.

"간사스러운 자가 의병 틈에 있는데 이를 알아내지 못해서 생긴 일이다."

의암도 의병의 흩어짐이 괴이하다는 생각을 가지고 있었다. 한번 패했다고 뿔뿔이 흩어진 내막이 분명 있으리라 판단했다.

"적과 내통하는 자가 군중에 숨어 있다는 말씀입니까?"

왜를 몰아내고자 죽기를 무릅쓰고 봉기하였는데 왜와 내통하는 의병이 있다니. 항재는 의암의 말을 믿기 어려웠다.

"필시 그럴 것이다."

의암의 수염이 파르르 떨렸다.

"말씀 올리기 송구한 소문도 떠돌고 있습니다."

요동으로 떠나는 의암에게 짐이 될까 망설였던 저잣거리 소문을 항재가 먼저 꺼냈다.

"일이 잘못되었을 때 소문은 날개를 단 것처럼 파다한 것이다. 그중에는 적들이 퍼뜨린 거짓 소문도 있을 것이다."

의암도 거짓 소문을 들었다. 필시 거짓 소문을 퍼트린 일당이 있을 것이며, 의병을 음해하는 간악한 무리를 찾아내는 단초가 거짓 소문이라고 판단했다. 요동으로 가는 행장을 꾸리는 중이라 입을 다물었다.

"의병장 실곡이 죽령을 넘다가 줄행랑을 놓았다는 소문입니다."

의병장이 의병을 버리고 도망쳤으니 이제 의병은 없을 것이다. 의병을 한다고 나서도 통솔할 사람이 없어서 관군에게 붙잡혀 목이 잘릴 것이다. 조선은 망하고 일본이 주인이 된다. 일본에 맞서면 대세를 거스르는 것이다.

의병이 되려는 사람에게 겁을 주는 소문이 저잣거리 상점마다 무성했다.

"의병을 버리고 도망치는 의병장은 있을 수 없는 일이다. 소문이 사실이더냐?"

의암은 단양에서 패한 것은 알았으나, 의병장이 의병을 버리고 달아난 것은 알지 못했다.

"단양 전투의 패배를 책임지라는 의병의 요구가 빗발쳐서 소백산으로 달아났다는 소문입니다."

의암이 입술을 깨물었다. 전투의 패배를 책임지라고 실곡을 추궁하도록 조종한 자들이 필시 저잣거리 거짓 소문과 연관되었을 것이다. 거짓 소문에 백성이 조종당하는 상황에서 요동으로 간다는 것이 찜찜해졌다.

"누가 실곡을 대신하고 있다 하더냐?"

흩어지지 않고 남아 있는 의병이 혹시 있을까 의암이 물었다.

"풍기까지 쫓겨가서 보니 육백이었던 군사가 뿔뿔이 없어지고 겨우 삼십이 괴은과 하사를 따라 영월로 갔다 합니다."

안동에서 의병이 봉기하였다가 안동부 관군에게 패하였으니 죽령을 넘어 영남으로 가지 못하고 소백산 험준한 고개를 넘어 영월로 갔구나. 의암이 중얼거렸다.

"지평에서 봉기한 주역이 남아 있으니 불씨는 아직 살아 있음이다."

제자인 괴은이 영월에 있다는 항재의 말에 의암이 다소 안도의 표정을 지었다.

"간사스러운 무리가 있음을 살펴내지 못한다면 의병을 통솔하는 데 어려움이 있을 듯합니다."

괴은과 함께 의암의 제자인 항재가 걱정스럽게 말했다.

"전투에 패해서 군사가 흩어짐은 괴이하게 여길 일이 아니다. 이기는 중에도 군사가 흩어진다는 것은 있을 수 없는 일이다. 필시 군중에 간사한 자가 잠복해 있는데 여러 사람이 살피지 못하였음이다."

"정말 그렇다면 의롭게 봉기한 젊은이의 목숨이 위태로울뿐더러 왜적은 더한 힘을 얻게 될 것입니다."

"사리에 어두운 그들과 더불어 큰일을 도모할 수 없으니 누구를 찾아 일을 의논하겠는가?"

의암이 하사와 괴은을 믿지 못하겠다면서 탄식했다.

"의병이 쇠하고 왜병이 몰려오면 요동으로 가는 길이 막힐 것입니다."

항재가 요동으로 갈 것을 서두르자고 했다. 의암이 대청마루에서 한 시간이나 서성거렸다. 요동으로 갈 것인가? 영월에서 의병이 다시 봉기한다 해도 간악한 무리를 골라내지 못한다면 의롭게 봉기한 백성을 죽이는 일이다. 하사와 괴은이 간악한 밀정을 골라낼 수 있을까?

"자네가 영남에 좀 다녀와야 하겠다."

의암이 생각을 정리한 듯 항재를 불러 말했다.

"요동행도 늦었는데 영남에 다녀오라 하셨습니까?"

항재가 놀라 물었다.

"내가 요동에 들어가는 것이 비록 하루 이틀 늦더라도 의병이 간악한 밀정에게 당하는 사태를 알고서 모른 척 갈 수가 없다. 먼 길이지만 영남으로 가서 입암을 불러오너라."

입암 주용규는 시문에 능해서 향시와 성시에 연이어 합격하였으나, 왜의 침략에 나라가 혼란스러워지자 벼슬을 포기했다. 의암은 입암을 가까이 두고 격문이나 포고문 작성 임무를 주려는 의도에서 입암을 불러오도록 했다.

날이 저물고 있어 이튿날 새벽에 떠날 행장을 꾸려놓고 잠자리에 들었다.

새벽부터 난리가 났다. 의병을 죽령 너머로 밀어낸 왜병이 제천으로 들어왔다. 의병에게 손뼉 치며 환호했던 사람들이 문밖으로 나가지 못하고 벌벌 떨었다. 가족 중에 의병이 된 사람은 치악산으로 서둘러 피난

갔다.

"큰일이 났습니다. 피신 가야겠습니다."

항재가 영남으로 가려고 나갔다가 황급히 되돌아왔다.

"의병에 가담했던 사람은 물론이거니와 그의 식솔까지 화가 미칠 것이니 큰일이 났구나."

의암도 걱정되어 대청마루에서 허둥거렸다. 항재가 가족들에게 피난 봇짐을 꾸리도록 재촉했다. 봇짐을 이고 졌으나 함부로 나가지 못하고 마당에서 우왕좌왕했다. 집집이 피난하느라 소란이 일고 골목이 부산스러운 중에 우용이 의암에게 왔다. 의암은 우용에게서 영월 소식을 알고 싶었다.

"의병 중에 밀정이 있습니다."

우용이 의암을 찾아온 목적은 따로 있었다. 지평 현감의 사주를 받은 이민오 일당의 밀정질을 스승인 하사에게 아무리 고해도 받아들여지지 않자 의암에게 도움을 청하러 왔다.

"그럴 줄 알았다. 육백이 넘던 군사가 삼십도 남지 않았음은 간악한 무리의 소행이다."

의암이 모종의 결심을 한 듯 수염이 파르르 떨렸다.

"죽령을 넘으면서 실곡을 탄핵하고자 선동한 자도 그놈들입니다."

우용의 말을 듣고 의암은 자신의 판단이 옳았음을 확인했다.

"너의 스승인 하사는 그런 사실을 알고 있느냐?"

의암은 전군장이 밀정을 알고 있으면서 처단하지 않았다면 장수로서의 임무를 다하지 않은 것이라고 질책했다. 스승에게 사실을 알렸는데 일가친척이라는 이유로 조치를 취하지 않았다고 우용이 고하지 못했다.

"집마다 피난을 가고 있습니다. 어찌할까요?"

피난 봇짐을 지고 마당에서 우왕좌왕하던 식솔들이 다급하여 물었다.

"나라를 잃은 백성이 나라를 함부로 버려서야 되겠는가?"

의암이 격한 음색으로 대답했다.

"이러고 있으면 큰 변을 당하십니다. 선생께서도 피하셔야 합니다."

항재가 피난을 가자고 청했다.

"우선 화를 면해야 뒷날을 도모할 수 있으니 가까이 있는 산의 계곡으로 피신하여라."

항재가 가족을 내보냈다. 밖은 여전히 소란했다. 요동으로의 행장을 꾸리던 의암과 항재와 우용이 집에 남았다.

"선생님을 모시고 요동으로 갈 것이니 자네는 영월로 가거라."

항재는 우용이 제천에 있다가 왜병에 잡혀 곤욕을 치를까 염려되었다.

"영월에 의병이 속속 모이고 있습니다."

우용은 의암이 영월로 오지 않고 요동을 고집하는 것이 야속했다. 스승 몰래 의암에게 온 것은 영월로 모셔가고픈 의도였다. 의암이 밀정을 골라내고 흐트러진 의병의 군율을 세울 인물이라 믿었다.

"하사에게 진언해서 밀정을 먼저 없애야 할 것이다."

의암의 말에 우용의 가슴이 답답해졌다. 이민오 일당의 밀정질을 두 차례나 고했어도 꾸지람만 들었다. 밀정 때문에 의암을 만났음을 하사가 알면 스승을 능멸했다고 질책받을 것이 뻔했다. 우용의 발걸음이 무거웠다. 왜병과 마주칠까 조심조심 골목으로 돌아 나오는데 우락부락한 사내 셋이 우용을 붙들었다.

"형씨도 우리랑 함께 가야 목숨이 붙어 있을 것이오."

사내 하나가 우용에게 다짜고짜 동행하자고 했다.

"대체 어디로 가자는 것입니까?"

우용이 사내를 뿌리쳤다.

"귓구멍에 솜뭉치를 넣고 사시오? 단양에서 의병을 이긴 왜병이 제천에 들어와 갖은 행패를 부리는데, 힘 좀 쓰는 남정네를 붙잡아다가 의병이 아니었냐며 족쳐대니 어디로든 가야 하지 않겠소?"

사내의 말이 틀리지 않았다. 의암에게 오는 중에 우용도 왜병이 골목골목에 서 있음을 보았다.

"어차피 의병으로 몰려 죽느니 의병이 되어 왜놈과 싸우잔 얘기올시다."

우용에게 의병이 되자고 사내가 잡아끌었다.

"고…고맙소. 동지."

우용이 사내의 손을 덥석 잡았다. 사내가 눈을 휘둥그레 떴다.

"혀…형씨는 누구시오? 혹…시… 왜병 앞잡이?"

사내가 우용을 잡았던 손을 거두었다.

"의암 선생을 뵙고 가는 길입니다."

갑자기 긴장한 사내를 안심시키려고 의암을 말했다.

"그럼. 형씨가 의병이시오?"

사내가 격앙된 목소리로 물었다.

"단양에서 애석하게도 패했지만, 동지들이 영월로 모여들고 있소이다."

우용이 주변을 경계하며 낮은 목소리로 대답했다.

"영월이라니?"

사내가 놀라 외마디를 질렀다.

"우린 영동으로 가는 길인데 영월이라니?"

사내들은 영동에서 의병을 모집한다는 소문을 듣고 영동으로 가려던 중에 우용을 만났다. 우용은 이민오 일당을 떠올렸다. 영월로 의병이 집결하고 있음을 방해하려 헛소문을 퍼트렸음이 분명했다. 우용이 발길을 돌려 사내들과 의암에게 갔다.

"영월은 동북쪽인데 영동은 남서쪽이니 반대 방향이다. 영월에서 의병이 봉기하는 것을 방해하려는 밀정의 농간이 틀림없다."

의암이 우용의 말을 듣고 단정 지어 말했다.

"이런 나쁜 놈들"

속아서 헛걸음 할 뻔했던 사내들이 분개했다.

"그놈들을 잡아야 한다."

의암이 사내들을 저잣거리로 보냈다. 저잣거리를 배회하다가 헛소문으로 선동하는 자를 만나 유인해 오라고 했다. 불과 한 시간도 못 되어 사내가 잡혀왔다. 마당에 무릎을 꿇린 사내는 마루에 선 의암을 보자 부들부들 떨었다.

"아무 말도 하지 않았는데 사시나무처럼 떠는 것으로 보아 목을 베어야 할 놈이 분명하구나."

의암이 넘겨짚어 겁을 주었다.

"사…살려 주십시오. 엽전 닷 냥을 받은 죄 밖에 없습니다."

사내가 오줌을 지리며 사색이 되어 빌었다. 작대기로 내려칠 듯 협박하며 물어보니 사내는 저잣거리에서 구걸하며 연명하는 서동인이었다.

이민오 일당이 국밥을 사 주고 엽전을 쥐여 주니 잘못된 일인 줄도 모르고 저지른 일이었다.

"이놈의 목을 베어 저잣거리에 매달아야 합니다."

사내가 흥분하여 의암에게 청했다. 서동인은 오줌을 바지에 지리며 손바닥이 닳도록 빌었다.

"마땅히 참수하여 본보기를 보여야 하겠지만 어리석어 저지른 짓이므로 기회를 주겠노라."

사색이 되었던 서동인의 얼굴에 핏기가 돌았다.

"살려만 주십시오."

시키는 일이면 죽는 것이 아니고는 모두 하겠노라며 서동인이 빌었다.

"너를 희롱한 그놈을 그냥 두어서는 안 될 것이다."

의암은 서동인을 조종한 자를 붙잡으려 했다.

"저잣거리로 가서 당장 잡아 오겠습니다."

서동인이 주먹을 쥐고 일어섰다.

"호락호락하게 잡힐 놈들이 아니다. 우용을 따라 영월로 가서 기다리고 있으면 복수할 기회가 반드시 올 것이다."

의암은 서동인을 의병대열에 합류하도록 했다. 이민오 일당을 잡았을 때 증인으로 삼기 위해서였다.

"의…병이 되는 것입니까?"

서동인이 기뻐 들뜬 목소리로 물었다.

"의병이 싫으냐?"

우용이 물었다.

"아…아닙니다."

서동인이 황급히 부인했다.

"의병이 되면 때마다 밥을 줄 것이니 구걸을 하지 않아도 된다."

작대기를 든 사내가 부드럽게 말했다.

"그런데 그놈이 국밥을 먹으면서 하는 소리 중에 민용호란 이름도 있었습니다."

서동인이 오줌 지린 바지를 털고 일어났다.

사내를 저잣거리로 보내 사태를 알아보도록 했다. 밀정을 여럿 보내 의병이 영월에 모이지 못하도록 방해한 인물은 민용호라는 자였다.

의암이 우용을 조용히 방으로 불렀다.

"내가 영월에 가야겠다."

요동으로 갈 줄 알았던 의암이 영월로 간다니 우용이 어리둥절한 표정을 지었다.

"민용호란 자가 세상을 속이고 의병들을 빼앗아 가고 있다. 지금은 관군과 왜병이 의병보다 더 강하니 하사가 군사를 움직인다면 큰 화를 입을 것이다. 영월에 있는 하사에게 곧장 달려가서 내가 곧 가겠으니 기다리라고 전하여라."

우용이 의암에게 큰절을 하고 물러나와 영월로 떠났다.

의암의 명을 받은 항재가 죽령으로 향했다. 길목에서 왜병이 행인을 붙잡고 시비를 걸었다. 소백산 중봉을 넘는 길로 방향을 바꾸었다. 이틀을 더 꼬박 걸어서 안동 경계에 이르렀다. 무서리 길거리에서 잠을 잔 행색의 선비가 걸어오고 있었다.

"선비는 꼴이 말이 아니구려. 안동에 무슨 변고가 있는 게요?"

항재가 선비를 불러 세웠다. 선비는 항재를 물끄러미 바라보면서 아는 척도 하지 않았다. 세상의 모든 것이 귀찮은 듯 눈을 사르르 감았다가 간신히 떴다. 피곤이 겹겹으로 쌓인 듯 보였다. 선비가 서 있기도 힘들어 찬 바위에 몸을 얹었다. 급히 소백산 중봉으로 넘어온 항재도 지친 몸을 선비 곁에 놓았다. 선비는 몹시 지쳐 항재가 옆에 앉았는데도 눈을 감았다. 가까이서 보니 전쟁터에서 간신히 살아남은 꼴이었다. 죽령 남쪽 영남지방에서도 의병이 패하였구나. 혹시 이 사람이 입암을 알고 있는 것은 아닐까?

"내가 누구를 만나러 가는 중인데 혹시 입암 선생을 아시오?"

항재가 영남으로 가는 목적을 말했다.

"입암 선생은 어찌 만나러 가시오?"

선비도 입암을 알고 있었다.

"단양에서 의병이 적에게 패하는 참변을 겪었소. 요동으로 가시려던 의암 선생이 급히 입암 선생을 뵙자 하시오. 아마도 요동행을 강행하시든지, 아니면 흩어진 의병을 다시 집결하려는 의논을 하실 모양이오."

항재가 의암의 의도를 추측하여 말했다.

"안동에도 의병이 일었는데 그 기세가 가히 웅장했건만⋯."

선비가 말을 끊고 시름을 길게 쏟아냈다.

"어젯밤에 관찰사가 왜병과 연합하여 졸지에 쳐들어왔는데, 겨우 결성된 의병의 지휘체계가 서지 않았던지라 대적하지 못하고 다 흩어졌소."

밤새워 관군과 왜병의 혼성부대와 싸웠으니 눈도 뜰 수 없을 만큼 지친 것이었다.

"왜놈에게서 임금의 수모를 씻어내기 위해 분연히 일어선 백성의 봉기를 관찰사가 앞장서 흩어지게 하였으니 통탄할 일이오."

왜를 몰아내고자 백성이 일어났는데 녹을 먹는 벼슬아치가 왜와 손을 잡고 의병과 맞서니 기가 막힐 노릇이었다.

"왜병이 조선 백성 복장으로 가가호호에 불을 질러 불길이 사방에서 일어났었소."

왜병이 흰 두루마기를 입고 양반과 벼슬아치 집에 불을 질렀다. 의병이 불을 지른 것이라고 골목으로 뛰어다니며 소리 질렀다. 노비와 소작인이 반란을 일으켰으니 양반과 벼슬아치는 다 죽을 것이라며 헛소문을 퍼트렸다. 대궐 같은 집에서 불길이 치솟고 헛소문에 민심이 흉흉하여 안동은 아수라장이 되었다. 그 틈을 노려 관군과 왜병이 공격을 해왔다. 의병은 제대로 싸우지도 못하고 뿔뿔이 흩어졌다.

"왜병이 도처에서 득세하고 있으니 의병이 어디로 가야 할지 큰일이오."

항재가 탄식했다.

"관찰사의 목을 단죄하는 날을 손꼽아 기다릴 뿐이오."

선비가 이를 부드득 갈고 가던 길로 갔다.

항재는 안동으로 가지 못하고 선비가 앉았던 바위에 앉았다. 제천으로 돌아갈 수도 없었다. 의암이 요동행을 미루고 영월로 간다고 했다. 항재가 가야 할 곳은 가족과 집이 있는 제천이 아니라 영월이었다. 고티재로 넘어 영춘으로 가야 하는데 만만치 않은 길이었다. 평탄한 길을 골라 가다가는 삭발을 당하는 화가 미칠 것이 뻔했다. 고티재 정상에서 방향을 바꿨다. 단발을 당하느니 차라리 죽는 것이 낫다는 생각으로 의풍을 거쳐 영월로 가는 험한 산길을 택했다.

의풍 불당골에 이르렀다. 건장하고 눈에 총기가 서린 젊은이와 맞닥뜨렸다. 마침 옥녀의 집에 와 있던 심대풍이었다. 첩첩산중에 영특하고 날렵해 보이는 젊은이가 있다니. 참 괴이한 일이다. 항재는 먼발치에서 심대풍의 요모조모를 뜯어봤다.

"젊은이 길 좀 물읍시다."

항재가 심대풍에게 일부러 다가갔다.

"바람이 찬데 먼 길을 오셨군요. 안에 잠깐 드시어 언 몸을 녹이시지요."

심대풍이 항재를 방으로 안내했다. 옥녀가 따끈하게 데워 온 물 대접을 건넸다.

"젊은이는 어인 일로 이 깊은 산중에 묻혀 있소?"

항재가 물었다. 둘은 서로를 찬찬히 뜯어봤다.

"달마실에 살던 심대풍입니다. 왜놈에게 어머님을 잃고 참지 못하여 왜병을 둘이나 주살하고서 이곳으로 잠시 피신하였습니다."

심대풍은 항재가 범상치 않은 인물이라고 생각했다.

"어머니를 앗아간 철천지원수인 왜놈에게 오히려 쫓기는 몸이 되었구려."

항재가 혀를 찼다.

"왜놈을 등에 업은 매국노가 활개를 치고 지방 수령도 왜놈의 술수에서 벗어나지 못하여 망극한 일을 자행하고 있으니 혀를 깨물고 통탄할 일이지만 어쩌겠습니까?"

심대풍이 허탈한 심정으로 말했다. 곁에 앉은 옥녀의 얼굴이 어두워졌다.

"왜놈을 이 땅에서 몰아내고자 의병이 일고 있는데 젊은이는 그 소식을 모르는가 보오?"

항재가 넌짓 물었다.

"단양에서 왜병과 맞싸웠지요. 분하게도 왜병과 관병의 혼성부대에 밀려 죽령을 넘었다가 의풍으로 돌아왔습니다."

심대풍이 의병이었음을 말했다. 선봉장 절충과 단양 계란재에서 의병과 싸우던 얘기가 많았지만, 패배한 전투라 입을 다물었다. 계란재를 떠올리니 창말에 살던 강달식이 떠올랐다. 관군으로 의병에 대적하던 강달식을 살려주었다. 적을 살려주었으니 같은 의병이 알면 곤욕을 치러야 할 행위였다. 이민오가 그 장면을 목격했다. 이민오가 영월 의병으로 있다면 심대풍은 곤란한 지경에 처할 터였다.

"그들이 영월에서 다시 결집하고 있다는 소문 들어보았소?"

항재는 심대풍과 영월로 동행한 후 의암에게 소개하고 싶었다.

"단양 전투에서 목숨을 함께했던 동지들을 영월에서 만났습니다."

"이곳에 숨어 있는 것으로 보아 의병에 다시 가담할 의사가 없는 모양이오?"

항재가 영월로 같이 가자는 뜻을 우회적으로 말했다.

"어찌 그런 말씀을 하십니까?"

심대풍이 항재를 꾸짖었다.

"젊은이 말대로 목숨을 같이 했던 그들이 다시 결집을 하고 있는 것을 알면서도 이러고 있으니 해본 말이오."

항재가 변명했지만 흡족한 표정이었다. 지금 동행하지 않아도 곧 의병 대열에서 만날 것이라는 확신을 얻었다.

"뜻이 있어 사내들이 모였으나 그들을 응집할 구심점이 없어 표류하고 있는 느낌을 받았습니다. 덕망 있고 총명하며 지혜로운 인사가 나타나서 의병 진영을 규합하고, 왜놈에게 공격하는 순간이 오면 미련 없이 가담하려는 마음 한시라도 놓지 않고 있습니다."

심대풍은 밀정 이민오 일당을 색출하고 처단할 지휘자가 필요함을 절실하게 느꼈다.

"덕망 있고 총명하고 지혜로운 인사라고 하였소?"

"그런 지휘자만이 의병의 손실을 줄이면서 적을 멸살시킬 수 있지요."

심대풍이 단호하게 말했다.

심대풍을 첫눈에 제대로 보았구나. 항재는 고개를 끄덕이며 속으로 탄복했다.

"보아하니 젊은이도 총명하고 날렵해 보이는데 영월로 함께 가서 그들의 구심점에 서면 어떻겠소?"

심대풍이 의병의 지휘를 맡으면 어떻겠냐고 물었다.

"남보다 몸이 빨라서 전투에 앞장을 설 수는 있으나, 의병 진영의 중심에 서서 중요한 결정을 하기는 경륜이 부족합니다. 자신을 알지 못하고 우두머리가 되어서는 자신은 물론 따르는 무리에게도 커다란 화를 안겨줄 뿐입니다."

항재는 심대풍을 아쉽게 남겨두고 영월로 갔다.

2

호좌창의군

흩어졌던 의병이 모이긴 했으나 기강이 엉망이었다. 주막에서 술 마시고 흥청거려 난봉을 일삼았다. 자신이 장수가 되어야 한다며 설치는 자도 부지기수였다. 서로 의지하고 뜻을 맞추어야 할 상황에서 술에 취해 싸우는 일이 밤마다 생겼다. 군심이 어지럽고 사나워서 상대방을 업신여기고 선비를 능욕하고 입에 올리기 민망스러운 행패가 비일비재했다. 누군가 이들을 강하게 통제하지 않으면 오합지졸에 불과할 따름이었다.

그런 와중에 영월로 의암이 왔다.

의암이 삿갓으로 얼굴을 가리고 저잣거리로 갔다. 주막마다 사내들이 넘쳐났다. 사내가 음식을 먹고 값을 치르지 않아 주인과 실랑이를 벌이고 있었다. 나라를 구하고자 의병이 되었는데 밥값을 받느냐며 주인을 오히려 나무랐다. 술이 거나하게 취해서 주모에게 농지거리를 퍼붓는 사내도 있었다.

"음식을 자셨으면 값을 응당히 치러야지요?"

의암이 사내에게 점잖게 말했다.

"남의 일에 감 놔라 배 놔라 간섭 말고 가던 길 가시오?"

체구가 큰 사내가 삿갓 쓴 의암을 아니꼽다는 시선으로 바라보았다.

"간섭이 아니라 도리를 일러주는 것이니 고깝게 듣지 마시오."

의암이 물러서지 않고 또 점잖게 말했다.

"나라를 구하겠다고 고개 넘고 물 건너왔다고 말하지 않았소?"

의암이 자신보다 체구가 작으니 사내가 버릇없이 빈정거렸다.

"나라를 구하러 오셨으니 밥값을 더더욱 내셔야지요."

의암이 한 걸음 사내에게 걸어갔다.

"지금 내게 시비를 걸고 있는 거 맞지요?"

사내가 옷소매를 걷고 손바닥에 침을 탁 뱉었다. 의암이 한마디 더 하면 폭력을 가할 태세였다. 여차하면 벌어질 싸움을 구경하려는 사람들이 의암과 사내를 에워쌌다.

"밥값 받은 셈 칠 테니 그냥 가세요."

저쪽에 서 있던 주모가 의암에게 말했다. 의암이 주모에게 걸어가 사내의 밥값을 지불했다.

"여보시오. 돈이 넘쳐나는 양반인 모양인데 내 술값도 대신 지불해주시오."

평상에서 술을 거나하게 마신 사내가 의암에게 소리를 버럭 질렀다. 의암이 입을 다물고 술 취한 사내를 물끄러미 바라보았다.

"의병 가서 죽을 목숨인데 술 한 병값 적선이 뭐 그리 대수라고 쳐다보는 게요?"

평상에서 내려온 사내가 시비를 걸었다. 여차하면 싸움이 벌어질 긴장이 감돌았다. 의암이 주막에서 걸어 나왔다. 싸움 구경에 기대를 걸었던 사람들이 싱겁다는 표정으로 흩어졌다.

"스승님."

항재가 의암을 알아보고 걸어왔다.

"나를 모르는 것처럼 조용히 하시게."

의암이 항재에게 떨어져서 따라오도록 했다. 다음 주막으로 갔다가 같은 경우를 목격했다. 항재에게 의병 지휘부가 있는 곳을 알아오라고 말했다. 하사와 괴은이 묵고 있는 주막으로 항재가 의암을 안내했다.

"의병장을 맡아주십시오"

하사가 의암에게 의병장을 청했다.

"나는 친상을 당한 지 얼마 되지 않는 죄인의 몸으로서 여기 있는 것만도 마음이 송구하고 떨린다. 하물며 상복을 벗고 군무에 종사함은 있을 수 없는 도리이다. 내가 나이가 좀 많다고 해서 여러분의 스승이 됨을 감히 받아들였다. 군사에 관한 일이라면 나는 일자무식이다. 여러분보다 나을 것이 없다."

의암이 계모의 상중임을 이유로 들어 사양했다.

"겨우 기회를 얻은 이 거사를 중지하면 단발령의 시행이 더욱 급할 것이며, 왜병이 길을 막아 요동에 들어갈 수 없으니 선생께서 상제 노릇을 하시려고 한들 가능하겠습니까?"

하사가 재차 청했다.

"의병장은 그대들 중에서 맡아야 옳다."

의암이 완고하게 사양했다.

"선왕의 대도가 망하고 있는데 한 사람의 상제 노릇이 중하다 말할 수 있습니까?"

듣고 있던 절충이 화를 버럭 냈다. 의암이 들어도 옳은 말이었다. 절충이 비둘기 같은 눈을 부라렸다. 나라가 위급한데 선비가 무엇이며 또 상놈이 무엇이냐며 소리를 버럭버럭 질렀다. 의암이 제단을 만들어 통곡하고 계모상 의식을 행한 후 장수의 임무를 배정했다.

괴은을 중군장으로, 하사는 전군장으로, 모양은 후군장으로, 절충은 선봉장으로 임명했다.

의암의 호좌창의군이 결성되었다. 을미년 동짓달 보름이었다. 시문에 밝은 입암에게 백성에게 고하는 격문을 작성하게 하여 팔도로 보냈다.

의병장 의암이 우용을 조용히 불렀다.

"밀정이 의병대열에 있느냐?"

"이민오란 자와 그의 일당이 영월에 와 있습니다."

서동인과 영월로 온 우용은 밀정이 영월에 있는지 살폈다. 이민오와 그의 일당이 여전히 의병 틈을 누비고 있었다. 서동인을 누구도 볼 수 없는 곳에 숨겼다.

"군율이 서야 오합지졸이 아닌 의로운 병사가 될 수 있다."

의암이 그들을 처단하겠다고 마음먹었다.

"단양 전투 때와는 다른 행태로 의병의 환심을 크게 얻고 있습니다."

우용은 그들이 환심을 사고 있으니 지금은 때가 아니라고 판단했다.

"저지른 죄과가 있으니 처단하기에 충분하다."

의암은 본보기로 처단하고야 말겠다는 심사였다. 필묵과 한지를 내놓더니 그들의 이름을 적으라 했다. 의암의 의지가 확고하니 우용도 어쩔 수 없었다. 심대풍이 그들에게 모함을 받을까 염려되었다. 단양 계란재 전투에서 관군을 살려 보내는 장면을 목격한 이민오가 물귀신처럼 심대풍을 물고 늘어진다면 큰일이었다. 다행히도 심대풍이 아직 영월에 없었다.

"명단을 작성하라 하지 않았더냐?"

의암이 주저하는 우용을 꾸짖었다.

"선생께서 임명한 장수의 인척인 사람도 있습니다."

"그 장수가 누구냐?"

"밀정의 주동자인 이민오는 중군장의 일가 아저씨뻘이며 전군장에게는 외종숙입니다."

밀정으로 지목할 이민오가 괴은과 하사의 인척임을 알려주었다.

"그렇다면 반드시 처단을 해야 한다."

의암이 처단하겠다는 굳은 의지를 보였다. 우용이 명단을 작성하자 봉투에 넣어 밀봉했다.

"밖에 나가 밀정들의 동태를 살피며 증언할 수 있는 사람을 모아라. 그들을 처단한다는 사실을 누구에게도 말해서는 안 된다."

명단을 작성한 사실도 발설하지 말라고 덧붙였다.

의암이 의병 지휘부 장수를 불러 모았다.

"실곡의 의병이 단양 싸움에서 이기는 중에도 군사가 흩어지고 있었다는 것을 알고 있느냐?"

의암의 물음에 서로 눈치를 살피다가 고개를 끄덕여 수긍했다.

"싸움에 져서 군사가 흩어짐은 괴이하게 여길 일이 아니다. 이기는 중에도 군사가 흩어졌다는 것은 있을 수 없는 일이다. 필시 의병 중에 밀정이 있는데 장수들이 살피지 못하였기 때문이다."

지휘부 장수 모두가 의암의 의도를 알아차렸다. 지휘부 장수 중에 밀정을 두둔하는 자가 있다는 것을 안다는 눈빛도 오갔다.

"충과 의로서 뭉친 그들을 의심할 수가 없었습니다."

하사가 우용이 몇 차례 말했던 이민오를 떠올리며 말했다.

"간사스러운 무리를 처단하지 않으면 의병을 통솔할 수가 없다."

의암이 그들을 처단하겠다는 뜻을 강하게 밝혔다.

"흩어졌던 동지들이 다시 합쳤는데 먼저 하는 일이 동지를 처단하는 일이라면 사기가 떨어질 것입니다."

괴은이 신중하게 처리해야 한다는 의견을 제시했다.

"그들은 필시 밀정이니 반드시 처단해야 한다."

의암이 같은 말을 반복했다.

"밀정이라는 증거가 있습니까?"

하사의 얼굴에서 의암을 불신하는 빛이 역력했다.

"문초하면 드러날 것이다."

하사를 노려보는 의암의 수염이 파르르 떨었다.

"한 명이라도 더 모아야 하는 상황인데 잘못되면 많은 수의 의병을 잃을 수도 있습니다."

괴은도 하사를 두둔했다.

"적의 사주를 받는 밀정을 방치한다면 의롭게 봉기한 목숨이 위험하다. 왜병에게 속수무책으로 공격당할 것이다."

적의 사주를 받고 있는 밀정을 처단한다는 말에 누구도 항변하지 못했다. 의암이 괴은을 불러 밀봉한 명령서를 건넸다.

"삼문 밖에 나가서 봉투를 뜯어보고 적혀 있는 대로 거행하시오."

중군장이 문밖에 나가 봉투를 뜯었다. 네 명의 이름이 적혀 있었다. 이들을 당장 잡아다가 포박하라는 명령도 있었다. 중군장의 판단으로 밀서에 적힌 네 명은 의병이 모두 신뢰하고 있는 인물이었다. 중군장이 조용히 의암을 찾아갔다.

"의병의 사기가 유지되는 것은 실상 이 네 사람의 힘인데 만약 포박하면 군심이 동요되어 변이 일어날 것입니다."

중군장이 난처한 표정으로 말했다.

"장령을 이미 내렸는데 무엇을 주저하고 꺼릴 것이 있느냐? 마땅히 군율로서 실시하라. 중군장은 대담하게 판단하고 거행하라."

의암이 중군장을 크게 꾸짖었다. 밀정을 두둔하는 전군장 하사 때문에 우용이 찾아왔었다는 말은 하지 않았다.

중군장이 하사에게는 말하지 못하고 선봉장 절충과 의논했다. 성격이 괄괄한 절충이 장령을 시행하자고 우겼다.

중군장과 절충이 밀서에 적힌 네 사람을 포박했다. 이민오는 현감의 사주를 받은 밀정이었고, 최 진사와 박 주사는 경성의 유길준에게 지령을 받은 밀정이었다. 의병이 흩어지도록 은근슬쩍 이간질을 일삼아 왔다. 밀정임이 노출되었을 때를 대비하여 듣기 좋은 말로 환심을 얻기도 했다. 믿고 따르며 좋아하는 자들이 포박되었으니 의병이 부글부글 끓는 물처럼 술렁였다.

의암이 의병의 대열을 갖추라 명령했다. 지휘부 장수가 먼저 나와 소속 의병을 장악했다. 집결한 의병이 긴장하여 의암을 기다렸다.

포박을 당한 이민오가 걱정할 것 없다는 듯 웃었다. 이민오의 여유로운 모습에 의병이 또 술렁거렸다. 의병의 일부는 화승총을 맨 채 불만스러운 표정이 역력했다. 더러는 미간에 살기를 품었다. 구변 좋은 이민오가 의병을 선동하면 변란이 생길 듯 위태로웠다.

의암이 등장하고 이민오를 형틀에 앉혔다.

"아, 슬프도다. 나라의 운수가 불운하고, 매국노가 정권을 잡고, 섬나라 오랑캐가 흉계를 꾸며 만고의 망극한 변이 있어 사사로운 일을 접어

두고 황망히 나섰건만 나를 모함하다니 애통하도다."

이민오가 큰소리로 탄식했다. 이민오를 따르던 의병이 우우- 술렁거렸다. 이민오를 따르고 의암을 배척한다는 시위였다.

"매국노가 정권을 잡고 섬나라 오랑캐가 흉계를 꾸며 만고의 변이라고 네 스스로 말을 하였구나?"

의암이 말꼬리를 잡아 물었다.

"여기 나를 에워싼 무수한 의병들 또한 나와 한마음일진대 나를 형틀에 앉힘은 곧 저들도 나와 같은 처지가 됨을 먼저 알려주는 것이니 통탄하지 않을 수 있겠소?"

이민오가 눈을 부릅뜨고 의병이 들으란 듯 소리를 고래고래 질렀다. 자신을 믿고 따르던 의병도 의암에게 헛되이 죽을 것이라는 엄포였다.

"한 가지 묻겠다. 왜놈 앞잡이로 나라를 팔아먹는 데 앞장을 선 어윤중을 모른다고 하지는 않으렷다? 어윤중의 사주를 받은 지평 현감에게 천금을 받았다는 사실도 네 입으로 부인할 수가 있느냐?"

의암이 이민오를 포박하게 된 이유를 조목조목 말했다. 의병은 의암의 말을 믿지 않는 눈치였다.

"만인의 추앙을 받는 의암 선생이 어찌하여 나를 모함하시오?"

현감에게 천금을 받았다는 말에 기세가 한풀 꺾였으나 죄를 인정하지 않았다. 의병이 의암의 말을 신뢰하지 않아야 포박에서 벗어날 수 있음을 아는 이민오가 모함이라고 주장했다.

"적의 밀정이었음을 순순히 실토하여라. 너도 고향에 부모님과 가족이 있으니 밀정이었음을 자백하고 용서를 구한다면 목숨만은 어여삐 여기겠노라."

하사의 일가이니 관대하게 처결하겠다는 의암의 배려였다.

"내가 적의 사주를 받은 밀정이라는 증인을 세우시오."

눈치 빠른 이민오는 심대풍이 영월에 없음을 알고 있었다. 심대풍이 증인으로 나선다면 단양 전투에서의 적을 살려준 사실을 폭로해 전세를 뒤집을 셈이었다. 우용이 증인으로 나선다 한들 믿을 사람이 없다는 것도 간파했다. 증인을 세우라며 소리를 질렀다. 심대풍이 없는데 누가 증인이 되겠냐는 배짱으로 버텼다.

"증인을 데려와라."

의암이 우용에게 명했다. 이민오는 심대풍을 데려오라고 명령한 것으로 판단했다. 심대풍을 밀정으로 만들면 자신의 혐의를 벗어날 수 있는 기회가 왔다고 생각했다. 느긋하게 증인을 기다리는 표정으로 둘러싼 의병을 향해 껄껄 웃기까지 했다. 우용이 숨겨두었던 서동인이 앞으로 나왔다. 서동인을 본 이민오의 얼굴이 까맣게 변했다.

"증인은 자신의 신분을 의병들에게 소상하게 밝혀라."

의암이 서동인을 단상에 세웠다.

"제천 저잣거리에서 구걸로 연명하던 비렁뱅이로 이름은 서동인입니다."

서동인이 의병 모두가 들으란 듯 크게 말했다. 저잣거리에서 서동인과 만났던 의병이 술렁였다. 의병이 되려면 영동으로 가야 한다고 서동인에게 들었던 자들이 소곤거렸다.

"너는 저놈을 본 적이 있느냐?"

서동인이 이민오에게 가까이 가서 얼굴을 자세히 바라보았다. 저잣거리에서 소문을 내달라고 국밥을 사줬던 밀정이 이민오임을 바로 알아차렸다.

"네놈은 누구의 사주를 받고 거짓 증언을 하러 왔느냐?"

이민오가 고개를 젖혀놓고 서동인에게 소리를 버럭 질렀다.

"형씨, 나 모르시오? 저잣거리 비렁뱅이를?"

서동인이 이민오를 알아보고 빙그레 웃었다.

"이…이놈이…, 저리 썩 물러가라."

이민오가 말을 더듬었다.

"저놈이 어떤 놈이었는지 여기 모인 의병에게 소상히 말하여라."

이민오가 밀정이었음을 증언하도록 했다.

"제천에서 오신 사람이면 들어 보시오. 영동에서 의병이 모이고 있다는 소문을 제천 저잣거리에서 들었던 사람은 손을 들어보시오."

서동인이 의병에게 소리쳤다. 서동인 혼자 증언을 하면 모함이라고 반박할 것이 분명하므로 응원군을 얻으려는 것이었다. 우용이 서동인에게 미리 일러준 것이기도 했다. 눈치를 보던 의병 중에 손을 드는 자가 서넛 생기더니 곧 오십이 넘었다.

"제천 저잣거리에서 나를 보았던 사람 손을 들어보시오."

서동인의 이어진 물음에 삼십여 명이 손을 들었다.

"이제 증언하겠소. 이 자가 저잣거리에서 내게 밥을 사 주고 엽전을 주며 나를 선동하였소. 영동에서 의병이 모이고 있으니 젊은 사람은 서남쪽으로 가지 않으면 왜병과 관군에게 잡혀 큰일이 날 것이라는 소문을 퍼트리게 하였소."

서동인의 증언이 나오자 의병이 우우— 소리를 질렀다.

"이…이놈. 거짓 증언으로 나를 죽이려 하는구나. 이놈. 벼락을 맞을 놈…."

이민오가 서동인에게 욕지거리를 퍼부었다. 우용이 일러주지 않았는데 이민오에게 국밥을 얻어먹은 사람 손을 들라고 해서 증언의 무게를 얹었다.

"동북의 영월로 가는 의병을 막기 위해 서남의 영동으로 가도록 헛소문을 퍼트린 것이 밀정질이 아니고 무엇이냐?"

의암이 발악하는 이민오에게 호통을 쳤다.

"공자 맹자의 교훈을 깨우친 선비가 천자문도 깨우치지 못한 일자무식 비렁뱅이 말을 믿고 애매한 선비를 죽이려 하시오?"

비렁뱅이 주제에 선비를 밀정으로 모함할 수 있느냐며 발악을 했다. 지켜보던 절충의 눈꼬리가 험악하게 일그러졌다. 평민으로 선봉장이 된 절충은 선비를 곱게 여기지 않았다. 어깨가 들썩거리는 것이 그대로 두면 무슨 일을 낼 것 같았다.

"네놈 입으로 네가 선비라고 말하였다? 글을 깨우친 선비가 왜병의 밀정 노릇을 하고 살아남기를 바라느냐?"

절충의 일그러지는 모습을 본 의암이 서둘러 호통을 쳤다. 맥이 풀린 이민오가 충혈된 눈을 두리번거리며 구원해줄 사람을 찾았다.

"하사는 뭣하시오? 내가 외종숙인데 보고만 있을 참이오?"

이민오가 일가친척인 전군장 하사에게 구원해달라고 애걸했다. 우용이 이민오를 밀정이라고 고변했을 때 하사가 오히려 하사를 나무랐다. 목숨을 구해줄 사람은 하사였다. 모든 것이 명명백백해졌으니 하사가 고개를 돌렸다.

"중군장. 당신도 나와는 일가친척이 아니오? 내가 억울한 모함으로 죽을 지경에 처했는데 방관만 하고 있을 참이오?"

하사에게는 가망이 없자 괴은에게 애원했다. 괴은도 고개를 돌렸다.

"저놈이 사실을 실토할 때까지 엄형을 가하렸다."

의암의 명령이 떨어지자 다리 사이에 막대를 끼워 무자비하게 비틀었다. 이민오가 아픔을 참지 못하고 실토했다.

지평 현감 맹가는 본래 어윤중의 하수인으로 갑오동학란 때 포군을 거느리고 동학을 제압한 공으로 지평 현감이 되었다. 하사와 괴은이 지평에서 의병을 일으키자 어윤중이 현감에게 비밀히 토벌할 것을 부탁했다. 현감은 수하의 군사를 모두 잃어버린 상태라서 어쩔 수 없었다. 이민오에게 천금을 주어 그의 궁핍함을 도와주고는 의병을 꾀어서 해산시키고, 괴은과 하사를 포박해오면 벼슬과 상금을 주겠다고 말했다. 미끼에 걸린 이민오가 의병에 가담한 척하면서 군심을 선동하고 의병이 도망가게 하는 죄를 저질렀다. 이민오의 실토로 의병의 술렁임이 멎었다.

의암이 최 진사와 박 주사란 자를 끌어내라 했다. 모두 경성에서 온 자들이었다. 사람됨이 호협하고 구변이 좋으며, 민첩하고 영리하여 군심에 잘 영합해서 의병이 몹시 좋아하는 인물이었다. 이민오가 결국 죄를 실토하고 목이 떨어지는 것을 보고 완강하게 부인했다. 형벌을 가해도 실토하지 않았다. 형틀에 앉혀 갖은 고통을 가해도 입을 열지 않았다. 이들의 소지품을 가져오라 하여 뒤져도 장물이 나오지 않았다.

입고 있는 솜 두루마기의 솔기를 뜯고 조사해보니 겨드랑 밑 솜 조각에 끼워 넣은 종이가 나왔는데 일본 글로 쓰여 있었다. 증거를 들고 심문하자 실토했다. 유길준의 수하 유세남이 최 진사와 박 주사를 의병에 잠입시켜 염탐하도록 했다. 의병을 이탈하도록 선동한 죄였다.

신 처사라는 자를 끌어냈다.

"나는 본래 동학혁명의 두령으로 동학이 패한 후 매번 다시 일어나 보려고 하던 차에 여러 선비들이 기병한다는 말을 듣고 마음속으로 함께 할 수 있으면 함께 활동하고, 그렇지 않으면 그 장수를 죽이고 군사를 뺏어 대장이 되려고 했다. 와보니 모두 백면서생이라 계획 대로 실행할 처지가 못 되었다. 의병으로 군진에 머물러 있었던 것은 군사를 뺏어가기 위함이었다.

형벌을 가하기도 전에 자신의 흉계를 실토했다.

"적과 내통하여 밀정 노릇을 하는 자는 모두 목을 벨 것이다."

의암이 근엄한 목소리로 말했다. 포박된 밀정들의 얼굴이 하얗게 변했다.

의암이 대열에서 체구가 큰 사내 한 명을 끌어내도록 했다. 주막에서 밥값을 내지 않고 주모에게 난봉을 부리던 사내가 덜덜 떨며 앞으로 나왔다. 삿갓 썼던 선비가 의암임을 알고 얼굴이 백지장처럼 하얗게 변했다. 의암이 대열에 있는 한 사내를 직시했다. 평상에서 술에 취해 의암에게 시비를 걸던 사내가 스스로 걸어 나왔다.

"나라의 주인이 누구냐?"

의암이 물었다.

"상감마마이십니다."

의암에게 맞서던 사내가 떨리는 목소리로 대답했다.

"상감마마는 누구의 임금이냐?"

의암이 평상에서 술 취해 시비를 걸던 사내에게 물었다.

"백성의 임금입니다."

사내가 바닥에 엎드려 대답했다. 옆에 선 사내도 납작 엎드렸다.

"주모는 나라의 백성이 아니냐?"

의암의 호통에 두 사내가 살려달라고 싹싹 빌었다. 이후 백성을 얕보지 않을 자신 있으면 용서하겠다는 말에 사내가 대열로 들어갔다. 의병은 왜의 침략으로부터 나라를 구하는 것이며, 백성이 편안하도록 하는 것임을 의암이 훈시했다.

"거병하여 단양전투에서 패하였지만 다시 모였다. 우리가 나아갈 곳은 서북이다. 전군장은 전군 삼백을 이끌고 제천을 장악하라."

의병이 경성으로 나아갈 것을 밝힌 의암이 제천을 점령하라는 명령을 내렸다. 하사가 이끄는 전군이 곧바로 제천으로 갔다. 아무런 저항도 없이 제천을 수중에 넣었다.

영월로 온 심대풍을 항재가 알아보고 주막으로 데려갔다. 의암이 의병장이 되고서 밥값도 내지 않으면서 술에 취해 주모에게 주정을 부리던 난봉이 없어졌다. 이민오가 단죄되었다는 항재의 말에 심대풍은 큰 걱정을 덜었다. 지휘부 장수가 모두 임명되어 심대풍이 맡아야 할 마땅한 직책이 없다고 항재가 아쉬워했다.

"경륜은 짧으나 총명하고 날렵하여 가까이 두면 큰 도움이 될 듯하여 인사 여쭙게 합니다."

항재가 심대풍을 의암에게 안내했다.

"자청하여 의병이 된 연유라도 있는가?"

의암이 심대풍을 찬찬히 뜯어보았다.

"전군장이 제천으로 진군했다고 들었습니다. 저를 전군에 소속되게 해 주십시오."

심대풍이 의암에게 예의를 표했다.

"전군이 제천에 들어가 있는 것은 사실이다. 전군으로 가고자 하는 이유가 무엇인가?"

의암은 다짜고짜 전군으로 보내달라는 사유가 궁금했다. 이민오와 같은 밀정이 아닐까 의암은 의심이 들었다.

"비록 개인으로서는 미약하나 전군장의 명령에 앞장서 충주성을 도모하는 데 큰 힘이 되고자 함입니다."

의연하게 서 있는 심대풍의 눈빛이 새까맣게 반들거렸다.

"충주성을 도모한다고 하였는가?"

의암이 깜짝 놀라 물었다.

"충주부는 원주와 청주까지 관할하는 관찰사가 있는 곳입니다. 남과 북의 중심에 위치하여 긴급한 시기에 매우 긴요한 거점이 되는 곳이기 때문입니다. 충주 가까이 수안보와 목계에 왜병이 주둔하고 있는 연유도 그 때문입니다. 갓 봉기하여 충주부를 도모하지 못하고 산하 수령들만 제압한다면 호랑이굴 입구에 숨어 있는 토끼에 불과해질 것입니다. 잔챙이만 잡고 배부르다 만족한다면 장기적으로 의병의 사기가 크게 저하될 것입니다. 봉기하여 의병 진영이 정비되고 곧바로 전투에서 승리하면 기세가 백배 천배가 될 것입니다."

의암은 임금과 친일세력이 있는 경성으로 나갈 계획이었다. 의암의 계획을 다시 생각하게 하는 심대풍의 통찰력에 고개를 끄덕였다.

"제천은 쉽게 우리 수중에 들어왔고 충주성에 있는 적 또한 만만치 않으니, 화급하게 행동해서는 돌이킬 수 없는 화를 자초할 수도 있다. 항재의 청을 쫓아 내 곁에 있도록 할 테니 큰일이 닥치면 앞장서 큰 공을 세우도록 하라."

의암이 심대풍을 전군으로 보내지 않았다.

의암이 항재와 심대풍을 불러 의병의 명부인 군안을 은밀히 점검하도록 명령했다. 명부를 새로 만들면서 점검하니 숫자가 삼백칠십에 불과했다.

"군안을 자네가 있는 곳에 두고 누구에게도 내어주지 마라. 만일 조련장이 내어달라고 독촉하면 의병장인 내가 필요하다 하여 갖고 있다고 변명하고, 새로 오는 군사를 명부에 입적하도록 해라."

의암이 은밀하게 명령을 내렸다. 마땅히 군안을 파악하고 있어야 하는 조련장에게 알려주지 말라는 의암의 심중을 알 수 없었다.

"조련장을 경계하는 선생님의 의중이 무엇일까요?"

심대풍이 항재에게 물었다.

"조련장은 사람됨이 가볍고 들떠 있는 인물로 여겨지네. 생각 없이 군안을 노출시킬까 염려되어 그리 하신 것으로 판단이 되네."

항재가 속을 털어놨다. 의병의 명부가 적의 손에 들어가면 가족이 곤욕을 치러야 하는 중요한 문건이었다. 목숨과도 같아서 소중히 관리되어야 했다.

제천으로의 진군을 앞두고 말과 소를 잡아 군사가 배불리 먹었다. 의암이 항재와 심대풍을 불러 은밀히 의병의 숫자를 또 점검하여 보라고 했다. 밤사이에 사십 명이 도망쳤다. 사실을 그대로 보고했다. 의암이 못들은 체했다. 이튿날, 의암이 또 숫자를 점검해보라고 했다. 하룻밤 사이에 삼십여 명이 도망갔다. 사실을 그대로 보고했다. 또 못들은 척했다. 의암은 의병의 숫자가 밤마다 줄고 있음에도 아무런 조치를 취하지 않고 제천으로 본진을 옮겼다.

뜻밖에 후군장을 잡아다 처형하라는 장령이 떨어졌다. 정월 초하룻날이었다. 후군장이 졸지에 묶여왔다. 이민오 일당이 처형되는 것을 목격한 장수들은 물론 병사들까지 놀라 몰려들었다.

"후군장 모양을 따라온 의병의 숫자가 만만치 않은데 그를 처형한다니 무슨 변괴입니까?"

전군장이 황망해서 물었다.

후군장은 독자적으로 의병을 일으키려 했다. 상황이 여의치 않자 자신을 따르는 의병을 끌고 의암의 호좌창의군에 합류해왔다. 의암이 이들을 후군으로 편제했다.

졸지에 후군장이 포박되었다.

"후군장은 자신의 죄를 스스로 고하시오."

의암이 냉엄하게 명령했다.

"후군을 책임지고 있는 장수로서 무슨 죄를 지었는지 알지 못하오."

후군장은 포박당한 연유를 모른다고 대답했다.

"후군 병사 모모가 군진을 이탈하여 귀가했다가 새벽에 돌아온 사실을 모르는가?"

"그것이 죄였소? 군진 가까이 집이 있는 군사가 설을 쇠러 집에 갔다가 새벽에 온다기에 보내주었소. 그것이 죄가 되어 이렇게 포박을 당하였단 말이오?"

후군장이 의암의 말을 수긍하고 되물었다.

"군에는 군율이 있다. 후군을 통솔하고 있는 후군장이 군율을 어겼으니 죄가 아니고 무엇이란 말인가?"

후군장이 포박당함에 놀라 몰려든 의병들이 안도하는 얼굴색을 지었다. 큰 죄가 아니라는 판단을 나름대로 한 것이었다.

"의병장의 뜻이 그러하다면 목을 베시오."

후군장이 의연하게 말했다. 의병이 모두 무릎을 꿇었다.

"후군장이 부하를 애틋이 여기는 마음에서 비롯된 일이니 한 번의 용서를 해주시오."

의병이 엎드려 후군장을 용서하라고 청했다. 한마음으로 청하니 의암이 후군장을 벌할 수 없었다. 의암은 후군장을 벌할 생각이 없었다. 군안을 며칠 동안 점검해보니 장수의 휘하 의병 통솔이 너무 허술했다. 밤마다 이탈하는 의병이 속출했다. 낮에 이십 명이 걸어 들어와 의병이 되면 밤에 삼십 명이 줄행랑을 놓았다. 이대로 방치했다가는 군율이 엉망이 되고 싸움 한 번 하지 못하고 흩어질 판이었다. 후군장을 벌하려 함으로써 장수가 소속 의병을 철저히 단속하도록 압박했다.

후군장이 풀려났다.

의암이 지휘부를 모이게 했다.

"여기 적힌 이 자들을 처단해야 옳은가? 아니면 그냥 넘어가야 하는가?"

의암이 십여 명의 이름이 적힌 밀서를 꺼내 펼쳤다.

"이 자들은 개화를 과하게 좋아하여 음력을 버리고 양력을 사용하려 하였으며, 송구영신의 의례들을 모두 왜의 방식으로 바꾸었다. 단발령이 내렸을 때는 먼저 머리를 깎았던 자들이며, 백성에게 단발령 시행 강요를 극구 찬양한 자들이다."

개화파가 강요하는 일본식 제도를 찬양하고 앞장서 따른 죄목이었다.

"이런 자들이 군중에 다수 있을 것으로 추정되는데, 어떤 과정으로 명단이 작성되었습니까?"

중군장 괴은이 물었다. 왜병과의 전투가 있기도 전에 처형 사안이 반복되니 지휘부 장수의 불만이 커졌다.

"군중에서 투서된 자들이다. 이들을 어찌 처결해야 하느냐?"

의암이 의견을 물었다. 뜻밖에도 지휘부 장수들이 목을 베어야 한다고 입을 모았다.

"이들의 언행이 비록 가증하나, 궁벽한 시골의 한낱 어리석은 백성에 불과합니다."

항재가 반대 의견을 냈다.

"무슨 말씀을 그렇게 하시오? 왜놈은 당연히 죽여야 하지만 왜놈의 앞잡이 노릇을 하는 자와 왜놈의 제도를 따르는 자 또한 만인 앞에서 본보기로 쳐 죽여야 할 것이오."

절충이 반박했다.

"당연한 말씀이오. 우리가 무엇 때문에 노부모와 가족을 버려두고 이렇게 나선 것이오? 마땅히 이 자들을 처단하여야 할 것이오."

일가인 이민오의 처형을 지켜보기만 해야 했던 하사가 절충을 두둔했다. 항재의 입장이 곤란해졌다. 의암이 심대풍에게 눈길을 주었다.

"이들이 무지몽매해서 망동한 것으로 받아들여야 합니다. 만약 이들을 본보기로 처형한다면 군중에 있는 의병 중에도 이와 같은 자들이 더 있을 것이며, 이들은 야음을 틈타 군진에서 도주할 것입니다. 또 의병장이 새로이 오시어 비록 죄가 있다 하더라도 사람의 목숨을 아끼는 모습을 보여준다면 앞으로 의병장의 명령을 존중히 여길 것입니다."

심대풍이 강경한 지휘부 장수들을 설득했다. 군중에서 투서한 것으로 목을 베는 것은 이치에 맞지 않는다고 설득했다. 투서의 신빙성도 철저히 검증해야 하겠지만, 투서만으로 처형되는 선례가 생기면 음해성 투서가 반복해서 생겨날 염려가 있음을 강조했다.

"자네 말이 옳다."

의암이 심대풍 의견에 찬성했다. 하사와 절충이 의암의 처사에 수긍하지 못해 노골적으로 불쾌한 표정을 지었다.

청풍군수와 단양군수가 잡혀왔다. 의암이 의병장이 되고 처음 잡혀온 벼슬아치였다. 임금의 신하인 군수를 명분 없이 단죄하면 임금의 뜻에 반역하는 것이었다.

경암이 벽보를 가지고 단양에 들어가 의병을 모집할 때 단양군수가 방해한 사실을 말했다.

"의병이 곡식을 달라 하면 절대로 주지 말라고 했고, 만약 의병에게 도움을 주는 자가 있으면 다시 징수하겠다고 협박도 하였소. 도적이나 하는 짓을 군수가 자행한 것이오. 백성이 절치부심하고 있는 실정이니 처단해야 합니다."

괴은이 단양군수를 도적이라 단정하고 처단하자고 했다.

계란재 전투를 앞두고 지평에서 거병한 제천의병이 단양을 점령했다. 단양군수가 단발령을 강요하고 일본의 복식을 따를 것을 군민에게 강요했던 사실을 발견하고 의병이 분노했다. 경암이 의병을 모집하는 데 노골적으로 방해한 단양군수를 잡아 가두었다.

단양군수는 수암 권상하의 후손이었다. 수암은 송시열의 수제자였고, 기호학파의 지도자였다. 인조 십구 년에 제천시 한수면 황강리에서 출생하였으며, 숙종의 총애를 받아 우의정과 좌의정을 제수받았으나 벼슬을 사양하고, 평생을 초야에 묻혀 후학을 기르며 학문을 탐구한 선비였다.

괴은과 절충이 단죄하자고 주장했다. 수암의 학문을 존중히 여기는 실곡이나 경암이 반대했다. 명재상의 후손을 차마 벨 수 없다는 이유였다.

"자신이 먼저 단발하고 관할 백성에게 머리를 깎도록 독촉하였소. 영춘군수에게 편지를 보내서 깎고 깎지 않는 것에 따라 충신과 역적이 구별된다고 억지 주장도 하였소. 영춘군수가 편지를 의병에 보내와 많은 사람들이 다 보았소. 그의 자식을 왜병 주둔지에 보내어 왜병을 불러들였으니 이 두 사람을 베지 않으면 인심이 다시 흩어져 의병을 할 수 없을 것이외다."

지휘부가 입을 모아 처단하자고 했다.

"심대풍의 의견은 어떠한가?"

의암이 구석에 앉은 심대풍을 일어나게 했다. 지휘부의 얼굴에 불쾌한 기색이 돌았다. 중요한 사안을 결정할 때마다 자신들의 의견이 무시되는 상황이 계속되자 불만이 생겼다.

"마땅히 전체 의견을 따라야 할 것입니다. 왜에 동조하는 무리가 없다면 왜가 이 땅에 발을 붙이지 못했을 것입니다. 왜놈을 죽여 없애는 것도 중요하지만, 그들을 따르고 도와주는 무리도 일벌백계로 처단하여 감히 나라를 배반하지 못하도록 본보기를 보여주어야 할 것입니다."

지휘부가 불쾌한 표정으로 얘기를 듣더니 고개를 끄덕여 수긍했다. 의암이 단양군수를 불러 무릎을 꿇렸다.

"죄인을 아끼는 사람에게서 지금은 벼슬을 할 때가 아니라는 책망을 들은 적이 있지 않느냐?"

친일세력이 나라의 요직을 독점한 상황에서 굳이 벼슬을 해야 했느냐고 의암이 물었다.

"팔십 노친의 봉양을 위해 부득불 가까운 고을로 벼슬을 자청했을 뿐이오."

충에는 어긋나지만, 효를 내세워 단양군수가 변명했다.

"죄인을 사주하는 어윤중, 박영효, 김홍집, 유길준 무리가 역적이 아니더냐?"

의암이 충을 내세워서 죄인이라고 단정했다.

"세상 사람들이 모두 역적이라고 하니 나도 역적이라고 할 수밖에 없소."

군수가 뜸을 들이다 겨우 말했다.

"명재상의 자손으로 일찍이 독서인으로 자처하는 사람이 박영효가 관제를 멋대로 고쳐놓고 부른다 하여 곧 부임을 하고, 또 역적 김홍집, 유길준 무리가 국모를 시해하고 단발령을 내려 역적질을 하는데도 벼슬을 버리지 않고 오히려 그들의 명령을 시행하려 하지 않았느냐?"

군수가 변명하지 못하도록 의암이 조목조목 말했다.

"그같은 죄로서 죽는 것이 마땅하나 연로한 아버지가 있으니, 원컨대 목숨을 살려주시면 봉양을 마칠까 하오.”

군수가 목숨을 청하며 눈물을 흘렸다.

“모두가 용서할 수 없다니 나도 어쩔 수가 없다.”

의암이 청풍군수와 단양군수 목을 베도록 장령을 내렸다.

전군에서 종사 임무를 맡은 우용이 심대풍의 소식을 듣고 찾아왔다.

“황룡의 비늘이 되고 싶다 말하더니 정말 그렇게 되었구려.”

우용은 의암의 믿음을 얻은 심대풍이 부러웠다. 심대풍 몰래 한숨을 내쉬었다. 이민오가 처형되고 스승이 우용을 보는 눈빛이 달라졌다.

“엄격한 스승과 벗이 없다면 뜻을 이루기 어렵다고 하였소.”

심대풍이 우용의 심정을 꿰뚫었다. 둘은 입을 다물고 먼 곳에 시선을 두었다. 우용은 서쪽 인등산과 북쪽 치악산을 바라보았다. 심대풍은 동쪽 소백산과 서북쪽 장미산을 바라보았다.

“가슴에도 사람이 살아 숨을 쉬고 있는 줄은 몰랐소.”

우용이 천등산을 바라보았다.

“한 사람이 아니니 애가 닳는구려.”

심대풍이 멀리 있어 보이지도 않는 장미산을 바라보았다.

“형씨도 그러시오?”

우용이 하하하 웃었다. 둘은 또 말없이 먼 곳에 시선을 두었다.

우용은 치악산 자락에 두고 온 아내를 생각했다. 선비의 아내로서 부끄럽지 않은 도리를 하고 싶다며 울음을 참던 아내를 지평에 두고 왔다.

아내는 투정이나 불만의 기색을 보이지 않았다. 우용을 향한 까만 눈에서 샛별이 반짝거렸다. 우용은 처음으로 아내의 눈동자에서 아름다움을 보았다. 아내의 새로운 모습을 보았다. 우용의 눈빛에 감도는 착잡

함에 아내도 가슴이 아렸다. 스승님 신변에 변고가 생기면 이 몸도 함께 죽었다고 여기라고 아내에게 말했다. 아내가 눈물을 흘렸다. 우용의 가슴으로 주먹 덩어리가 울컥 솟아올라 왔다. 아내에게 나약한 모습을 보일 수 없었다. 어금니 물고 아내의 손을 꼭 쥐었다. 살아서는 마지막 이별이 될지 모르는 길이니 청을 들어주시오. 우용의 말에 아내가 목울대로 치밀어 오르는 울음을 꿀떡 삼켜 고개를 끄덕였다. 우용이 손을 살며시 잡아끌면 밑동 베인 나무처럼 품으로 쓰러질 것 같았다. 떠나면 다시 만날 날을 기약할 수 없을지 모른다는 생각이 우용의 가슴을 할퀴었다. 아내 역시 떠나는 서방의 품에 안기고 싶은 심정 간절했다. 아내의 애타는 마음을 잠시 넘겨보던 우용이 야속하게 손을 놓았다. 계곡에서 찬바람이 불어왔다. 우용의 도포 자락이 날렸다. 아내의 머리칼도 날렸다. 둘은 한동안 도포 자락과 머리칼을 날리며 서 있었다. 이별을 준비하는 의식처럼 서로에게 시선을 떼지 않았다. 의와 명예를 소중히 여기면 홀몸이 되어도 덜 서럽게 살아갈 수 있을 것이오. 우용이 아내의 가슴을 쥐어뜯는 말을 던졌다. 마지막으로 해준 말이 유언일 수도 있다는 불안감에 아내가 더욱 그리웠다. 그날 아내의 눈물이 어른거렸다. 아내의 환상을 비집으며 경은사 비구니 상매도 시시로 떠올랐다.

우용이 전군으로 돌아갔다.

심대풍은 장미산 자락 달마실의 강막실을 떠올렸다. 박시만과 혼인했다는 말을 처음 들었을 때 올 것이 왔다고 생각했다. 목계 병참에 왜병이 주둔하고 있는 한 달마실로 돌아갈 수 없는 자신의 탓이라고 위안했다. 강막실을 달마실에서 의풍으로 데려온다면 부모인 강주칠과 용폭댁이 심대풍의 몫까지 핍박과 고통을 받아야 했다.

의풍에 온 아버지와 여동생이 옥녀와의 혼인을 얘기했을 때 심대풍이 받아들이지 않았다. 강막실의 혼인과 어머니의 죽음은 모두 목계 병참 왜병 때문에 생겨난 불행이라고 판단했다. 의풍에서 옥녀와 혼인하여 안주하면 왜병에게 굴복함이었다. 경복궁에서의 황후 시해를 목격한 심대풍의 왜병에 대한 복수심이 가슴으로 잔뜩 들어찼다. 달마실로 낙향할 때부터 의병이 되겠다는 마음을 굳혔다. 왜병과 싸우러 의풍에서 나갔다가 잘못되어 돌아오지 못한다면 옥녀에게 큰 죄를 짓는 것이었다. 옥녀는 그런 심대풍이 몹시 서운했다. 심정을 들키지 않으려 가슴을 앓는 옥녀가 안쓰러웠다.

"목계 병참과 수안보 병참 왜군의 어느 한쪽을 먼저 공격한다면 관병과 왜병이 쉽게 결탁할 것입니다. 충주성을 우선 점거하고, 남으로는 수안보와 서북으로는 목계 왜병의 연락을 끊고, 기회를 보아 차례로 처단하여야 합니다."

심대풍이 의암에게 충주성 전투의 전략을 말했다. 충주성을 먼저 공격해서 목계와 수안보 병참 왜병의 연합을 차단하자고 했다.

"충주를 공격할 시점이 되었다는 의미로구나."

의암이 충주성 공격을 심중에 두고 있던 차에 전략을 듣고 지휘부를 집결시켰다.

"충주를 도모해야겠다. 충주를 우리 수중에 넣지 않고서는 의병이라고 칭할 수가 없는 일이다."

의암이 충주성 공격을 선언했다. 호좌창의군 장수로 임명되었으나, 전투가 없어 무료해하던 얼굴에 희색이 돌았다.

"충주에는 경성에서 파견된 경대 사백과 왜병 이백과 지방에서 뽑은 지방대 사백으로, 도합 천의 군사가 성을 지키고 있다 합니다."

충주에 정탐 병사를 보냈던 중군장이 말했다. 희색이 돌았던 얼굴에 불안감이 스쳐 갔다. 호좌창의군은 충주성 군사의 절반도 되지 못했다.

"정면으로 맞싸우기에는 벅찬 상황임이 분명하다. 군사의 수가 많다고 반드시 승리하는 것은 아니다. 지휘부가 민심을 이반하면 아무리 수가 많아도 오합지졸인 것이다."

장수가 자신감을 갖고 있어야 함을 의암이 일러주었다.

"충주부 관찰사가 강제삭발을 심하게 강요하여 인심이 흉흉하다 합니다."

중군장이 정탐 병사의 보고를 덧붙였다. 불안해하던 장수들이 희색을 되찾았다. 민심이 관찰사에게 적대적이니 충주 백성은 의병과 뜻이 같을 수 있다는 희망이 생겼다.

"우리와 내통할 가능성이 있는 인물은 없는가?"

충주성문을 열어줄 인물이 필요했다.

"지방대 사백을 이끌고 있는 도사 박시만은 약관의 나이로서 신식 문물을 먹은 사람입니다. 때문에 도사 박시만과 내통하기는 어렵다고 생각됩니다. 지방대의 훈련을 맡은 자가 저의 수하였던 자입니다. 의로서 타이르면 내통할 가능성이 있습니다."

중군장이 내통 가능성을 털어났다.

"우리가 대의를 펴고, 또한 펴지 못하고는 이번 충주 싸움에 달려 있다. 백성의 원조를 받지 않고는 힘든 싸움이다. 군대는 출기불의가 중요하다. 마치 한신이 천리잔도를 수리하는 척하다가 진창으로 우회한 것과 같이 우세한 적과 싸우자면 적과 내통하여 속임수를 쓰는 방법이 유리하다."

의암이 충주 공략 계획을 세우도록 했다.

"충주성과의 내통을 이 자리 밖에서 발설해서는 안 됩니다."

심대풍이 내통의 보안 유지를 장수들에게 주문했다.

"신라 대야성의 검일을 충주성에서도 찾아내자는 전략을 지지합니다."

항재가 내통 전략을 지지했다. 역사를 아는 선비 장수가 손뼉을 치며 허허 웃었다. 선비가 아닌 선봉장은 영문을 모르고 어줍게 따라 웃었다.

경상도 창녕의 삼국시대 대야주는 성읍이 사십여 개나 되었다. 김춘추는 딸인 김소 낭자를 어여삐 여겼다. 김소 낭자의 남편 김품석을 대야주 도독에 임명하고 사십여 성을 총괄하도록 했다. 음란하고 난폭한 김품석은 병사와 백성들을 돌보지 않고 미녀와 재물을 강탈했다. 부하의 부인을 빼앗아 첩으로 삼기도 했다. 김품석의 막료 검일은 아내를 빼앗긴 것에 앙심을 품고 보복의 기회를 노렸다. 백제가 미후성을 포위했다는 소식을 듣고 몰래 사람을 보내 내통하자고 백제 장수에게 청했다.

백제군이 성 앞에 도착하자 검일이 창고에 불을 질러 군량미를 태워버렸다. 신라 군사가 우왕좌왕하며 사기가 떨어졌다. 나와 아내가 살아서 고향에 돌아갈 수 있도록 허용해주면 성 전체를 내어주겠다고 성주 김품석이 백제 장수에게 조건부 항복을 했다.

백제 장수는 여염집 아낙을 빼앗고 백성을 핍박하는 성주를 살려둘 수 없다고 판단했다. 성주 김품석의 항복 조건을 거부하면 성을 지키려는 신라군과 싸워야 하니 거짓으로 허락한 뒤 사로잡아야 하겠다는 꾀를 냈다. 김품석 부부를 살려 보내겠다고 항복을 받아들였다. 성 밖에 은밀히 복병을 남겨 놓고 거짓으로 철수했다. 김품석이 부하 군사를 먼저 성밖으로 내보내자 백제 복병이 모조리 죽었다. 김품석이 복수의 기회를 노리던 검일에게 살해당했다. 백제가 아주 쉽게 대야성을 차지했다.

심대풍이 의병 틈에서 장종선을 찾아 의암에게 안내했다.

"누구인가?"

장종선을 본 의암이 보통 인물이 아님을 알아차렸다.

"훈련대 군사였던…."

"장종선입니다. 단양 전투에 참여했다가 고향 안동으로 낙향하던 중 의병이 봉기했다는 소문을 듣고 죽령을 넘어왔습니다."

장종선이 심대풍의 말을 끊고 자신을 소개했다.

용맹하고 기개가 있으나 성미가 급한 것이 흠이구나. 의암이 속으로 장종선을 평가했다.

"훈련대 군사였다고 말하였다?"

훈련대 군사였다 하니 의암은 더욱 호감이 갔다.

"심대풍 훈련대 장교와 함께 경성에 있었습니다."

장종선이 불쑥 말했다.

"심대풍이 훈련대 장교였다고 말하였는가?"

의암이 깜짝 놀라 물었다.

"훈련대 장교였음을 미리 말씀드리지 못함을 용서하십시오."

장종선을 대신해 심대풍이 대답했다.

"용서랄 것도 없네. 경성 훈련대 장교를 가까이 두었으니 든든하다."

의암이 흡족한 웃음을 지었다.

"국모 시해를 목격하고도 저지하지 못한 불충한 사람입니다. 훈련대를 이탈하고부터 누구에게도 훈련대 장교였음을 말하지 않았습니다."

심대풍은 장교 벼슬을 버리고 달마실로 낙향해서 쓸개즙을 입에 문 듯 날마다 괴로웠던 날들을 떠올렸다. 불현듯 옆집 강막실도 겹쳐 떠올랐다.

"전략을 가늠할 줄 아는 능력을 일찌감치 알고 있었다."

의암이 대견하고 흡족하다는 표정을 지었다.

"장종선을 소개하는 연유를 말씀 올립니다. 적을 알고 나를 알아야 패함이 없을 것입니다. 왜놈을 몰아내고자 봉기하였는데, 관군과 왜병이 한통속으로 의병을 해산하려 합니다. 뜻하지 않게 관군도 적이 되는 가슴 아픈 상황입니다. 장종선이 훈련대에 다년간 있어 경성에 밝을뿐더러 훈련대 동료가 궁궐 수비대에 남아 있고, 더러는 왜의 수족 노릇을 하고 있습니다."

심대풍이 천천히 말했다.

"밀사를 보내자는 말이구나?"

의암이 심대풍의 의도를 감지했다.

"경성을 알아야 적을 알 것이라는 저의 판단입니다."

의병을 음해하는 밀정의 뒷배가 경성 친일세력이었다. 관군의 동태를 파악하기 위해서라도 경성의 소식을 알아야 했다.

"자네 말이 옳다."

의암이 장종선에게 시선을 옮겼다.

"경성으로 보내주십시오."

장종선이 부탁했다.

"밀사의 소임은 목숨이 경각에 달려 있음을 알고도 자원하는 것인가?"

의암은 장종선을 심대풍과 함께 가까이 두고 싶었다.

"이 땅에서 왜를 몰아내자 함에 한목숨 기꺼이 던질 각오가 되어 있습니다."

장종선이 어금니를 물었다.

아들 승재는 무릎을 꿇고 벼린 칼날처럼 날이 선 아비 운강의 시선에 숨을 함부로 쉬지 못했다.

운강이 상체를 꼿꼿하게 세우고 어금니를 물었다. 아랫니가 윗니에 으드득 물려 광대뼈가 불거졌다. 부릅뜬 눈에 핏발이 서렸다.

"피 끓는 포부를 품고 죽기를 각오하여 오랑캐에게 맞서 싸우려고 결심하였다."

목소리에서 쇳소리가 묻어났다.

운강이 벼슬을 버리고 문경으로 왔을 때부터 승재는 이런 날이 꼭 오리라고 짐작하고 있었다. 승재는 가늘게 떨고 있는 운강의 눈썹을 바라보았다. 붉은 얼굴빛으로 토해내는 말소리가 우렁찼다.

운강은 고종 십칠 년에 무과에 급제 선전관에 임명되어 처음으로 벼슬길에 올랐다. 갑신년에 정변이 일어나자 일본의 침략과 친일파에 분개하여 벼슬을 버리고 문경으로 돌아왔다.

운강이 고향에 묻혀 사는 동안 침략은 노골화되고 국운이 기울었다. 동학 농민전쟁이 일어나고 청일 전쟁이 터졌다. 이어 갑오경장이 일어났고, 일본은 혁신이라는 미명 아래 조선의 정사를 마음대로 휘둘렀다. 백성의 불만이 들끓었다. 흩어졌던 동학 농민군이 왜적을 쳐부수어야 한다고 봉기했다. 운강도 동학 농민군에 뛰어들었다. 동학 농민군이 내세운 척왜는 민족의 사활이 걸린 중대사였다. 운강은 문경 동학 농민군과 탐관오리를 숙청했다. 청일 전쟁에서 승리한 일본의 침략이 노골적이었다. 을미년 시월에 국모의 시해가 일어났고 동짓날 그믐에 단발령이 내려졌다.

"나라가 망했다. 백성이 금수가 되고 오백 년 조선이 도적의 것이 되었다."

통곡한 운강이 거병을 결심하고 아들에게 뜻을 먼저 말했다.

"혹여 뜻을 펴다가 잘못되어 죽음을 맞이한다면 삼일 안에 장례를 마치도록 하여라."

운강이 비장한 눈빛으로 말했다.

"아버님…."

승재가 눈시울을 붉혔다.

"감정을 쉽게 비치지 마라. 내가 죽어도 너는 슬퍼하지 말고, 아우를 데리고 깊은 산중으로 들어가 우물을 파고 밭을 갈며 살아라."

"아버님의 뜻을 따르겠습니다."

얼굴이 핏빛으로 상기된 운강에게 승재가 머리를 조아렸다.

"나랏일에 죽기를 각오하다가 뜻을 펼치려 하는데 어찌하여 경망스럽게 눈물을 보이느냐?"

운강이 승재의 눈물을 탓하며 호통을 쳤다. 승재가 눈물을 닦고 방에서 나갔다. 운강이 가산을 털어 의병을 모집했다. 운강을 따르는 의병이 문경에 집결하여 새재로 진을 옮겼다. 새재의 모산굴로 의병을 이끌었다.

임진왜란 때 왜병이 문경새재를 넘으면서 갖은 약탈과 살생을 자행했다. 문경 백성이 모산굴로 피난 갔다. 왜병이 새재를 지나던 중 먼 산 나뭇가지에 걸린 빨래를 발견하고 수색하여 모산굴을 발견했다. 왜병이 총을 쏘며 피난민을 굴에서 나오도록 했다. 피난민이 겁에 질려 더욱 깊숙이 들어갔다. 왜병이 마을에 내려가 왕겨와 고추 목화씨 짚을 가져와 모산굴 입구에 쌓아 불을 피워 연기를 굴속으로 불어넣었다. 굴속의 피난민이 질식해서 목숨을 잃었다. 모산굴 주변에 제삿날이 같은 망자가 수백 명이 되었다.

경상북도에서 봉기한 의병이 안동부를 점령했으나, 오래가지 못하고 안동 관찰사에게 패했다. 의병이 수를 모아 안동부를 다시 점거하니 관찰사가 도주했다. 관찰사가 경성으로 도망가기 위해 단발하고 일본 복장으로 갈아입은 후 문경새재로 왔다. 문경새재와 충주를 잇는 고개를 넘으려 했으나 의암의 의병이 충주로 들어올 것이라는 소문을 들었다. 속리산 쪽으로 방향을 바꾸었다가 운강에게 붙잡혔다.

농암 저잣거리 난전으로 구경꾼이 모여들었다. 총과 무기를 든 젊은이가 저잣거리를 에워쌌다. 운강이 이끄는 의병이었다. 안동 관찰사와 순검이 잡혀와 무릎을 꿇었다.

"이 자들은 적의 앞잡이로서 백성을 괴롭힌 자들이다. 이 자들을 처단하여 역적의 말로가 어떠하다는 것을 만백성에게 보이겠다."

운강이 농암 저잣거리에 운집한 군중 앞에서 관찰사를 효수했다. 운강은 세를 몰아 정월 보름에 문경 마고성에서 왜병과 결전을 벌였다. 하루종일 벌어진 전투에서 전세가 불리하여 패했다. 안동의 의병장 권세연이 다시 의거했다가는 소식을 듣고 그곳으로 달려갔으나 뜻을 이루지 못했다. 운강이 의암을 찾아와 스승의 예를 올리고 제자를 자청했다. 의암이 운강을 유격장에 임명했다.

3

훈련대 대장

관찰사가 곧바로 통제할 수 있는 군사는 지방대였다. 군현에 파견된 군사를 빼면 이백오십에 불과했다. 경성에서 파견된 경대 사백은 탄금대에 주둔하며 경성에서 파견된 두령의 통제를 받았다. 왜병 이백은 단월 모시래 뜰에 주둔했다. 의병이 꽁꽁 언 남한강으로 밤중에 건너와 급습한다면 왜병이 도달하기 전에 꼼짝없이 함락될 상황이었다.

박시만이 왜병 주둔지로 갔다. 충주성안으로 옮겨 주둔하도록 요청했다. 달래강 강변에 주둔하면서 맵찬 강바람에 진력이 난 왜병은 흔쾌히 성내로 들어온다고 했다.

탄금대로 가서 경대 대장을 만났다. 탄금대는 모시래 뜰과 달리 충주성과 삼십 분 거리였다. 경대 사백이 성내로 들어와 복작거리는 것보다는 탄금대에 대기하다가 유사시 지원하는 것으로 합의를 얻어냈다.

"제천에 의병이 집결했다는 정탐이 들어왔습니다. 문경에서 거병했다가 안동부 관군에게 패한 운강 군사가 가세했답니다."

훈련대 대장이 동헌 뜰로 박시만을 찾아왔다.

"알고 있소."

박시만이 짧게 대답했다.

"의병의 공격목표가 충주성이라 합니다."

훈련대 대장의 말이 불규칙하게 흔들렸다.

"알고 있소."

박시만이 무표정하게 대답했다.

"언제 공격해 올까요?"

훈련대 대장의 목에서 쇳소리가 나왔다. 가슴이 몹시 떨리고 있음이었다.

"두려운가?"

박시만이 훈련대 대장을 응시했다. 훈련대 대장이 대답하지 못했다.

"두려워하고 있군."

박시만이 훈련대 대장에게서 시선을 거두었다.

"충주성에 경병 사백과 왜병 이백이 있고, 도사님 수하의 지방대 사백이 있습니다. 우리 쪽은 모두 소총을 지니고 있지만, 의병은 숫자가 우리보다 못할뿐더러 화승총을 가지고 있습니다."

훈련대 대장이 항변했다.

"오랑캐 백만 대군을 고려 장수의 지략과 군사 수천으로 간단하게 물리쳤음을 생각하면 두려울 것도 없지만 지금은 상황이 달라."

"다르다니요? 우리도 그까짓 의병 단번에 물리칠 수 있습니다. 쳐들어오면 소총을 앞세워 남한강으로 밀고 나가서 한 놈도 남기지 않고 강물에 수장시킬 수 있습니다."

훈련대 대장이 자신에 차서 목소리를 높였다.

"고려군 수천은 오랑캐 백만 대군과 싸웠네. 충주 성내 군사들이 맞싸우는 적은 오랑캐가 아니야. 삼국시대, 고려시대, 조선시대에 걸쳐 이 나라를 노략질하며 침략을 일삼았던 왜병의 편이 되어 의병과 싸우는 것이네. 의병이 거병하는 이유가 무엇인가? 이 나라 이 겨레를 위한 거병인가? 아니면 왜병을 위한 거병인가?"

박시만이 탄식했다.

"도사께서 그런 생각을 품고 계시니 충주성에 주둔한 왜병 이백을 제외한 경병 사백과 지방대 사백의 가슴에도 그와 같은 마음이 필시 있을 것입니다."

훈련대 대장이 진지한 태도로 말했다. 박시만이 대답을 미룬 채 훈련대 대장을 바라보다가 관찰사가 있는 동헌으로 들어갔다.

"훈련대 대장은 어떤 인물입니까?"

관찰사가 낮잠이 들었다가 박시만을 보고 부스스 일어났다.

"도사가 데리고 있는 인물을 내게 물어보는 것이오?"

관찰사가 단잠을 깨운 박시만에게 역정을 냈다.

"관찰사 어른께서 임명하신 인물이라 여쭈었습니다."

박시만이 부임하고 시행된 인사는 한 건도 없었다.

"도사가 부임하기 전에는 지방대의 두령이었던 인물이었지. 도사가 두령의 자리를 빼앗았다고 싫은 소리라도 하던가?"

지방대의 총수는 마땅히 관찰사였다. 박시만이 부임하기 전에 관찰사는 훈련대 대장에게 주어서는 안 될 군권을 주었다. 훈련대 대장이 지방대 두령이 되었다. 관찰사가 군권을 도사로 부임한 박시만에게 넘겨주었다.

"상급자로서 훈련대 대장이 어떤 인물인지 알고 있어야 함이 당연하지 않습니까?"

박시만은 의병의 공격이 코앞에 왔는데도 무심한 관찰사가 한심스러웠다. 관찰사는 단발령 시행을 강제로 시행하여 백성에게 탐탁한 인물이 되지 못했다. 의병에게 쫓기면 도움을 요청할 사람은 충주 백성이었다.

"그 사람 생긴 것을 보면 알지 못하나? 덩치만큼이나 힘도 세지만 성질이 불같은 단점이 있어. 치밀하게 생각하고 행동하는 면이 좀 부족해. 군사 사백을 거느리는 두령으로는 마땅하지 않았어. 그런 사람이 귀가 얇거든. 그래서 두령 자리에 그대로 두는 것에 좀 마음이 걸렸던 것도 사실이네. 하지만 도사처럼 젊고 생각이 깊은 사람이 지방대 통솔권을 맡았으니 안심하고 있네. 불같은 성미로야 훈련대 대장으로는 적격이 아닌가?"

관찰사도 훈련대 대장의 내면을 파악하고 있었다.

"출신이 원주라고 들었습니다."

"맞아. 치악산에서 호랑이도 때려잡았다지?"

"원주에서 힘쓰는 건달이 훈련대 대장을 알고 있겠군요?"

"힘이 장사임을 치악산 자락에 사는 사람은 너나없이 알고 있다고 자랑하더군."

"제천 의병의 시작이 원주 장사들이라고 들었습니다. 훈련대 대장과 그들이 서로 아는 패거리가 아니었을까요?"

"그럴지도 모르지. 그거 알아보려고 곤히 자는 사람 깨웠는가?"

관찰사가 아랫목에 펴 놓은 이불에 벌렁 누웠다. 더 말하기 싫으니 그만 나가라고 눈을 감았다.

"군현에 나가 있는 지방대 소속 군졸을 성으로 불러들여야겠다는 말씀을 드리러 왔습니다."

관찰사는 고종의 조칙을 앞장서 실행하려 충주부 관내에 단발령을 선포했다. 단발하지 않는 백성을 찾아 핍박하기 위해 지방대를 군현마다 수십 명씩 파견했다.

"그건 안 되네."

관찰사가 단번에 거절했다.

"단발은 의병으로부터 충주를 지켜낸 다음에 독려해도 됩니다."

박시만도 물러서지 않았다.

"임금의 명을 어찌 소홀히 하려는가?"

관찰사가 일어나 박시만을 꾸짖었다.

"민심이 어느 때보다 중요한 시기입니다. 민심을 등에 업은 의병의 숫자와 사기가 날로 높아가고 있습니다. 이럴 때일수록 민심을 끌어안아야 합니다. 의병을 주도하는 의암은 전통과 명분을 지켜내기 위해 목숨도 내놓을 선비입니다. 의병이 봉기한 까닭은 왜를 배척함도 있지만 단발에 대한 저항입니다."

의병의 도화선이 단발령임을 관찰사에게 일러주었다.

"여하튼 안 되네."

관찰사가 끝내 고집을 꺾지 않았다.

박시만이 동헌 앞뜰로 나왔다. 낯선 사내가 훈련대 대장과 말을 주고받다가 황급히 솟을 남문으로 빠져나갔다. 박시만이 사내의 뒷모습을 유심히 바라보는 동안에 훈련대 대장이 슬그머니 사라졌다.

관찰사가 잠든 동헌 안방에 불이 꺼졌다. 제금당에 박시만과 강막실도 잠들었다. 성을 지키는 병사도 추위에 떨면서 졸음을 간신히 버티고 있었다.

훈련대 대장이 솟을 남문으로 나와 어두운 골목으로 갔다. 골목을 몇 개 돌아섰을 때 사내가 나타났다. 동헌 뜰에서 훈련대 대장과 말을 주고

받다가 박시만을 보고 황급히 솟을 남문으로 빠져나간 휘암이었다. 의암 대장의 종사인 휘암은 충주향교 도유사와 친분이 있었다. 도유사의 천거를 받고 훈련대 대장을 만나러 충주로 몰래 들어왔다. 훈련대 대장과 휘암이 골목으로 바삐 돌아갔다. 여염집 사립문으로 들어가자 안방에서 나온 여인이 불도 켜지지 않은 사랑방을 열어주었다. 컴컴한 방에 심대풍이 앉아 있었다.

"훈련대 대장입니다."

휘암이 심대풍에게 소개했다.

"어서 오시오. 동지."

심대풍이 일어나 훈련대 대장의 손을 덥석 잡았다.

"이분은 누굽니까?"

훈련대 대장이 심대풍을 경계하며 물었다.

"의암 선생의 밀령을 받고 훈련대 대장을 만나러 박달재를 넘고 강을 건너오셨네."

휘암이 심대풍을 소개했다. 훈련대 대장이 경계를 풀었다.

"충주는 곧 의병의 수중에 들 것이오."

심대풍의 눈빛이 어둠 속에서 반들거렸다.

"내막을 들었습니다."

훈련대 대장이 대답했다.

"동지 한 사람이 의병 천여 명의 역할과 맞먹는 공이라고 의암 선생께서 말씀을 하셨소."

심대풍이 훈련대 대장을 껴안았다.

"의암 선생께 이놈을 믿으시라고 전해주시오."

훈련대 대장도 심대풍의 어깨를 껴안았다.

"도사 박시만은 우리 편과 내통할 가능성이 있는가?"

휘암이 물었다.

"가슴에 품은 뜻은 그렇습니다만, 성사는 어려울 것 같습니다."

"그게 무슨 소리인가?"

"도사는 젊지만 앞을 보는 영특함을 지니고 있습니다."

"그렇다면 우리와 내통할 가능성이 더 크지 않는가?"

"가슴으로야 그렇다고 말하지 않았습니까? 박시만은 지조가 있습니다. 경성에서 벼슬을 제수받아 부임했습니다. 죽을 목숨이라는 것을 알면서도 직책을 다하는 사람입니다."

덩치가 커서 미련해 보이기는 하지만 훈련대 대장도 사람을 파악하는 눈썰미가 있었다. 휘암과 내통을 모의하면서 박시만의 행적을 낱낱이 파악했다.

"훈련대 대장의 말이 사실이라면 참으로 아까운 인물임에 틀림이 없군."

심대풍이 실망의 눈빛으로 고개를 주억거렸다.

"아깝다니 무슨 말씀입니까?"

훈련대 대장이 껴안았던 팔을 풀었다.

"충주는 머지않아 우리의 수중에 들어올 것이라 하지 않았는가? 강제 삭발 때문에 원성이 높은 관찰사와 더불어 도사의 목도 반드시 땅에 떨어질 것이야."

휘암이 심대풍의 의중을 말했다.

"도사 박시만은 어떤 인물이오?"

심대풍이 물었다. 도사의 벼슬 박시만보다 사람으로서의 박시만이 어떤 인물인지 궁금했다.

"갓 스물이 넘은 젊은 사람입니다. 경성에서 신식공부를 했고 일본에 다녀왔다 합니다. 어제부터 부인을 데려와 제금당에서 살고 있는데 부인도 달마실 사람이라고 합니다."

제금당에 갑자기 나타난 도사의 부인을 훈련대 대장이 말했다.

"부인이 달마실 사람이라고 하였소?"

심대풍은 강막실이 충주에 와 있다는 말에 속으로 놀랐다.

"그렇습니다."

의병이 충주성으로 들어오면 박시만은 물론 강막실도 위험해짐은 자명했다. 심대풍이 무거운 신음을 흘렸다.

"아는 사람이오?"

휘암이 물었다.

"대면하지는 않았지만, 나이 열다섯부터 경성에서 공부한다는 창말 사람이라고 들은 적이 있소. 제금당에 와 있다는 부인은 어떤 사람인지 혹시 아시오?"

심대풍은 제금당 여인이 정말로 강막실인지 알고 싶었다.

"제금당 뜰에 나온 모습을 언뜻 보니 속이 깊어 보였고, 조신해 보이는 여인이었습니다."

훈련대 대장이 낮에 보았던 강막실의 느낌을 말했다.

"북창나루 강물이 충분히 얼었을 것입니다. 날이 새기 전에 박달재를 넘으려면 서둘러야 합니다."

휘암이 일어섰다.

"나라의 국운이 그대 한 사람의 충심과 지조에 달려 있소."

심대풍이 일어나면서 훈련대 대장의 손을 덥석 쥐었다.

"염려 놓으시오. 충주로 들어오는 날짜를 하루 전에 기별하시오. 성문을 활짝 열어 놓고 기다릴 것이오."

훈련대 대장이 화답했다.

"날짜는 알려줄 수 없소. 의병이 충주에 들어와 고함을 지르면서 공격하면 성문을 열어주시오."

심대풍이 말했다.

"마즈막재로 넘어 충주 뜰로 벼락같이 내려오면 성내 군사가 기겁하여 우왕좌왕할 것이오. 그 틈에 성문을 활짝 열어놓겠소."

"마즈막재로 넘어오라는 이유라도 있소?"

"남산 꼭대기에 지방대 삼십여 군사가 파견되어 있었습니다. 제천 방향에서 공격해 오는 의병을 미리 정찰하기 위해 도사 박시만이 매복을 시킨 것이지요."

"그렇다면 마즈막재를 넘으란 말은 의병의 진군을 드러내라는 말이 아니오?"

심대풍의 목소리가 다소 높아졌다.

"하하하! 허점을 알려드린 것뿐입니다. 도사 박시만이 파견한 지방대 군사 삼십은 추위와 갖은 불평으로 모두 도망가고 단 한 명도 남아 있지 않습니다. 더욱이 충주성 내에는 벌써부터 의병의 공격이 있을 것이라는 소문이 분분하여 겁을 먹고 있는 백성이 부지기수입니다."

남산 꼭대기 성에서 마즈막재로 오는 의병을 발견한다 해도 효력이 미미하다고 훈련대 대장은 판단했다. 의병이 마즈막재에 도달했다면 남한강을 건넜다는 의미였다. 남산 꼭대기에서 내려오는 시각이나 마즈막재에서 충주성에 도달하는 시각이 엇비슷했다. 그런데도 박시만이 남산 꼭대기에 병사를 보낸 것은 강으로 내려오는 의병을 정찰하려는 의도였다.

"의병은 왜놈과 그들의 앞잡이를 몰아내기 위해 결집한 것이오. 선량한 백성은 두려워할 필요가 조금도 없소."

"그렇게들 생각은 하고 있지마는 큰 싸움이 일어난다는 것에 두려움을 느끼는 것이지요."

훈련대 대장도 싸움에 나간 경험이 없어 의병의 공격에 겁을 먹고 있었다.

"성문만 활짝 열어놓으시오. 싸움 없이 간단히 점령하여 백성의 피해를 줄여야 하오."

심대풍은 훈련대 대장이 내통에 변절할 사람이 못 된다고 판단했다.

"성밖 탄금대에 경대 사백이 있습니다. 그들이 성내로 들어와 대항하기 전에 급습하여 성을 점령해야 합니다. 지방대가 대항을 포기하고 뿔뿔이 흩어지면 경대도 같은 지경이 될 것입니다."

"알았소. 돌아가서 의암 선생께 아뢰어 거사를 도모하겠으니 그날에 큰 도움이 되어주오."

훈련대 대장이 먼저 집을 나가서 골목으로 사라졌다. 안방에서 나온 여인의 안내로 휘암과 심대풍이 어둠 속으로 빨려 들어가듯 숨었다.

"저 여인은 누구입니까?"

심대풍이 물었다.

"그저 여염집 아낙일 뿐입니다."

휘암이 대수롭지 않은 투로 대답했다.

"믿을 수 있는 여인인가 물었소."

심대풍이 걸음을 뚝 멈췄다.

"저 여인의 남편이 단발에 극구 항거하다가 관병에게 목숨을 잃었소."

둘은 빠른 걸음으로 충주를 벗어나 북창나루에 이르렀다. 바람이 몹시 날카로웠다. 여울이 멈추면서 수심이 깊어지고 수면이 잔잔하여 나룻배가 오가던 곳이었다. 발을 얹어보니 예상대로 단단하게 얼어있었다.

"밤중에 군사가 동시에 이곳을 유령처럼 건널 수 있다면 충주성은 함락되는 것이오."

심대풍이 얼음 위를 걸어가면서 말했다.

"부디 그 날도 오늘처럼 꽁꽁 얼어 있어야 할 텐데. 강신님이 우리를 도울 것이오."

휘암이 응답했다.

"낮에 나룻배가 오고 간 곳은 살얼음이니 조심하여야 하오."

무사히 남한강을 건넌 심대풍이 박달재로 잰걸음을 시작했다.

4

속물이 영물을 탐하다

　다나까는 홍금희 생각뿐이었다. 안주머니에서 홍금희 속곳을 꺼내 들고 실실 웃었다. 동족인 하리모토가 찾아와도 본체만체했다.

　"나를 본국으로 송환시켜놓고 병참과 가흥창고까지 마음대로 주무를 테니 속이 시원하겠군?"

　하리모토가 손아귀에 말아 쥔 전문을 펴서 다나까 코앞에 흔들었다. 다나까가 충주에서 홍금희를 만나고 있는 동안에 경성에서 전문이 왔다. 사사끼 죽음에 따른 문책으로 하리모토를 본국으로 송환하고, 다나까가 가흥창고 소장을 겸하게 되었다.

　"사사끼를 살해한 조센징은 잡기나 했소?"

　하리모토가 역정을 냈다.

　"심대곤은 내 손으로 반드시 잡고야 말 테니까 걱정 붙들어 매시고 현해탄이나 어서 건너시오. 하하하!"

　다나까는 사사끼 살해범을 잡으려고 시도하지 않았다. 홍금희가 충주에 왔다는 소식을 듣고 사사끼 후임을 자청했다. 홍금희가 스스로 병참에 왔다. 강막실과 혼인한 박시만 때문에 상심한 홍금희에게 술을 먹여 육욕을 채웠다. 홍금희를 만나러 충주에 갔다 왔으나, 사사끼 살해범의 단서를 찾으려는 시도도 하지 않았다.

"조센징 계집에 미쳐 있는데 어느 세월에 그놈을 잡을까?"

다나까에게 주눅 든 하리모토가 아니었다. 다나까가 홍금희를 만나러 충주에 갔었다는 것을 하리모토가 알아챘다.

"똥 묻은 개가 겨 묻은 개 나무란다는 조선 속담 들어봤소? 계집을 가흥창고 사택에 끌어들여 사사끼가 객사하는 사건을 초래한 당사자가 내게 무슨 말을 하려 하시오?"

다나까가 턱을 쳐들고 하리모토에게 고함을 버럭 질렀다.

"계집에 빠지지 말라 충고하는 것이오. 조선 계집 치마폭에 묻혀 천황 폐하께 누를 끼치지 말라는 얘기를 하고 있는 것이오. 사사끼를 죽인 심대곤을 잡아야 하지 않겠소?"

하리모토도 물러서지 않았다.

"본국으로 송환이 되어서 사사끼 죽음에 대한 책임을 회피하려는 속셈이군?"

다나까가 아버지뻘 하리모토를 힐난했다.

"범인이 잡히지 않는다면 사사끼 가족이 살고 있는 대일본 제국의 땅에 무슨 염치로 발을 얹겠소?"

하리모토는 다나까의 뺨을 후려치고 싶은 심정을 억눌렀다.

"그놈을 꼭 잡아들일 테니, 속히 경성으로 떠나기나 하시오"

다나까가 하리모토를 문으로 떠밀었다.

"의풍에 가 보시오. 아마 그놈이 거기에 은신하여 있을 것이오."

하리모토는 의풍에 야심을 가지고 있었다. 소백산 태백산 두 개의 백산에 기가 감도는 의풍의 영물을 손에 얻고자 잔뜩 별러왔다. 봄이 오고, 여름의 녹음이 우거졌다가 가을의 강한 햇살이 산등으로 내려앉을 때 심마니를 대거 투입하여 산삼과 영지버섯과 송이버섯을 대량으로 얻어낼 야심을 가지고 있었다. 사사끼가 죽고 다나까가 후임 목계 병참 대장으로 옴으로써 고국으로 돌아가야 하는 처지가 되었다. 하리모토의 야심을 위해 심대곤을 의풍으로 보낸 적이 있었다. 왜병 둘을 살해한 심대풍이 죽었다는 곳도 의풍이었다. 사사끼를 죽인 심대곤이 가족과 잠적할 만한 곳은 의풍이라고 하리모토는 단정했다.

"그 말이 사실이오?"

다나까의 귀가 번쩍 열렸다.

"헛걸음질은 아닐 것이오."

하리모토가 확신에 차서 말했다.

"음. 의풍이라?"

다나까가 흥분되어 제자리에서 빙빙 돌았다.

"하늘 아래 알둥지 같은 지형이라 대책 없이 뛰어들었다간 다나까 대장이 오히려 함정에 갇힐 것이오. 몇 걸음만 뛰면 숲으로 달아날 수 있고, 사방으로 통하는 깊은 계곡이 있어 여차하면 놓치기 쉬우니 급습하는 방법 외에는 그놈을 잡지 못할 것이오."

하리모토가 직접 보고 온 의풍을 다나까에게 자세하게 말했다.

"고맙소. 내 그놈을 꼭 잡아들이고야 말겠소."

다나까가 이를 부드득 갈았다.

"그리고…"

하리모토가 말을 끊고 뜸을 들였다.

"또 해줄 말이 있소?"

다나까가 재촉했다.

"너무 아쉬워서 말이 안 나오는데…."

하리모토가 입맛을 다시면서 말을 끊었다.

"도대체 무엇이 있기에 입맛까지 다시면서 아쉬워하는 것이오? 의풍이라는 곳에 꿀단지라도 묻어놨단 말이오?"

하리모토가 말하기를 주저하니 다나까도 호기심이 생겼다.

"꿀단지? 꿀단지보다 엄청난 것들이지."

하리모토가 고개를 주억거리며 히히히 웃었다.

"꿀단지보다 엄청난 거라? 혹시… 기가 막힌 조센징 계집이라도 있단 말이오?"

다나까가 의자를 끌어 다가앉았다.

"계집? 굉장한 영물에다 계집을 들먹거리다니… 쯧쯧. 관두시오."

하리모토가 정색하고 물러앉았다.

"계집이 아니고 굉장한 영물이라? 도대체 그것이 무엇이오? 궁금해서 숨이 다 끊어지겠소."

하리모토가 물러서자 다나까는 궁금해서 죽을 지경이 됐다.

"관두시오. 다나까 당신은 기껏 계집이랑 음탕한 짓거리만 떠올리는 속물이라서 영물을 일러준다 해도 허사일 것이니 말문을 닫으리다."

하리모토가 일어섰다.

"왜 이러시오? 나를 무엇으로 보고 그러는 것이오."

다나까가 하리모토를 잡아 앉혔다. 하리모토가 입을 다물고 뜸을 들이자 다나까가 입에 고인 침을 꿀떡 삼켰다. 하리모토가 품에서 종이뭉치를 꺼냈다. 심대곤을 의풍으로 보내면서 보여줬던 것이었다. 다나까가 하리모토의 손에서 종이 뭉치를 빼앗았다.

단양군수 황준양이 명종 십이 년에 올린 상소문이 다나까의 수중에 들어갔다. 혹독한 세금과 잡역에 견디지 못한 백성이 도망을 가서 단양의 민가가 사십 가구도 못 된다는 상소문이었는데, 한양의 대감님들이 즐겨 먹는 양기보신의 산삼과 백사 송이버섯이 소백산의 것을 제일로 쳤다고 했다.

"호오. 산삼이라? 조선 산삼?"

다나까가 산삼을 손에 쥔 듯 침을 흘리며 탄성을 질렀다.

"열 개의 승지 중에 세 개를 품고 있는 산이 소백산이오. 영험한 산에서 나오는 영물을 두고 떠나는 이 하리모토의 심정을 조금이라도 이해하겠소?"

하리모토가 가슴을 팡팡 두드렸다.

"알 것 같소. 하지만 염려 마시오. 내 그것들을 모두 손아귀에 쥐고 말리다."

다나까가 종이를 뭉쳐 쥐었다.

"말처럼 쉬운 일이 결코 아니니 김칫국 마시듯 좋아하지 마시오."

하리모토가 핀잔을 줬다.

"무슨 소리요?"

다나까는 곧 산삼을 손에 쥘 듯 기쁜데 하리모토가 빈정대니 화가 났다.

"영물은 다나까 당신 같은 속물의 눈에는 결코 눈에 띄지 않는답디다."

귀한 것을 갖지 못하고 본국으로 돌아가야 하는 하리모토는 다나까가 부럽기도 하고 얄밉기도 했다.

"속물이라니? 말 다 했소?"

다나까가 화를 벌컥 냈다가 헤벌쭉 웃었다.

"불당골에 영감 내외를 닦달하면 심대곤이 있는 곳을 알아낼 것이오."

하리모토가 다나까에게 선물을 던져주고 목계에서 떠났다.

옥녀가 황급히 뒤꼍으로 돌아갔다. 심만옥이 처마에 칡으로 목을 걸고 버둥거리고 있었다. 옥녀가 심만옥을 끌어내렸다. 심만옥이 바닥에 쓰러졌다. 마침 심익수가 땔감 지게를 지고 들어오다가 돌발적인 상황에 허둥거렸다.

"위험한 지경은 아니고 정신을 놓은 것 같아요. 아버님."

옥녀가 손목 진맥을 짚어보고 심익수를 안심시켰다. 심익수가 처마에 묶인 줄을 거칠게 뜯어냈다. 심익수의 도움을 받아 심만옥을 방으로 옮겼다. 심만옥이 곧 정신을 차렸다.

"도대체 무슨 맘으로 그런 엄청난 일을?"

옥녀가 심만옥 이마에 손을 얹었다.

심만옥의 똥그랗게 뜬 눈에서 눈물이 솟았다.

"무슨 일인지 말해보세요"

옥녀가 채근했다.

"죽게 내버려 두지 그랬어요."

심만옥이 옥녀의 품에 얼굴을 묻었다. 옥녀는 심만옥의 돌발적인 행동에 가슴이 벌렁거렸다. 심익수는 딸의 흐느낌에 마당에서 황황하게 오고 갔다.

"죽어야 해요."

심만옥이 울음을 그쳤다.

"무슨 일인지 말을 하세요."

심만옥이 입을 다물고 눈물만 흘리다가 속사정을 털어놨다. 처녀의 몸에 아이가 선 것이었다. 목계별신제가 있던 날, 똥깐의 속임수에 걸려들어 폐가에 따라간 것이 잘못이었다. 똥깐에게 겁탈당했는데 그만 아이가 선 것이었다. 황망하게 당한 일이라 설마 아이까지 생기랴 했었는데 달거리가 없어졌다. 아이가 들어섰구나. 가슴이 철렁 내려앉았다. 눈앞에 나타나는 모든 것들이 두려워졌다. 겁탈당한 사실을 아는 사람은 대곤 오빠와 강막실뿐이었다. 의풍으로 와서 심대곤이 입을 다물었으니 아무도 모르는 일이었다.

날이 갈수록 배가 불러올 참이었다. 시집도 가지 않은 심만옥이 겁탈의 씨를 품고 죽으려는데 옥녀의 눈에 띄었다. 심익수는 문설주에 귀를 대고 심만옥이 털어놓는 것을 모두 들었다. 하늘이 노래지고 땅이 꺼져 내렸다. 딸에게는 못 들은 척해야 한다고 생각하니 가슴이 저몄다.

"목숨을 포기해선 안 돼요. 아기의 아버지는 지워버리고 아가씨의 몸에서 자라는 생명을 생각해요. 아가씨는 이제 혼자가 아니라는 생각을 잊지 마세요. 어쩔 수 없는 상황이었음을 아버님과 가족들이 이해하시고 아가씨를 책망하는 일은 없을 거예요"

옥녀가 심만옥을 다독거렸다.

저 아이의 인생이 저렇게 옭아지는구나.

집에서 나와 계곡으로 터덜터덜 내려가는 심익수가 한숨을 쏟았다.

왜놈. 이 땅에 왜놈이 들어오면서 생겨난 불행이었다. 사사끼 총에 사십 년 살 붙여 살아온 부인이 절명했다. 고향을 버리고 산중으로 쫓겨와야 했다. 앞길이 구만리인 딸의 신세가 구렁텅이로 빠졌다.

쪽발이 새끼.

심익수가 이를 부드득 갈면서 울먹였다.

의풍 골짜기로 새벽 기미가 부옇게 비쳤다.

거무스레한 것이 먹구름처럼 걸쳐서 조금씩 움직이고 있었다. 고개 정상에 걸쳤던 것이 불당골로 조금씩 하강하고 있는 모양새가 먹구름이 아니었다. 불당골 입구에까지 내려와서야 검은 무리가 사람임을 옥영감이 알아챘다.

다나까가 앞장서고 뒤를 따르는 왜병이 족히 오십은 넘어 보였다. 하리모토가 일러준 대로 동트기 전에 의풍을 급습하려 베틀재 정상에서 밤을 새우고 빠르게 불당골로 내려왔다. 왜병의 쏜살같은 내달림을 옥영감 외에 누구도 알지 못했다. 농사철이라면 새벽 밭일 나가는 눈에 띨 테지만 추운 겨울이라 문밖에는 사람이 없었다. 밤새 정상에서 얼었던 왜병의 이마에서 땀이 몽글몽글 피어날 정도로 빠르게 내려와 옥영감의 집을 에워쌌다. 삼십여 명의 왜병은 다른 민가를 찾아 내달렸다. 다나까가 왜병 열을 데리고 마당에 버텨섰다.

"샅샅이 뒤져라."

왜병이 방문을 열었다. 안방에서 잠자던 옥할멈이 깜짝 놀라 일어났다. 건넛방과 부엌과 변소 창고 문을 열어젖히고, 그것도 모자라 쌓아둔 땔나무 더미까지 헤집었다. 아무리 뒤집고 헤쳐도 옥영감 내외뿐이었다.

하리모토가 일러준 대로 옥영감 내외를 마당으로 끌어냈다.

"영감. 살고 싶으면 심대곤이 어디 있는지 말하시오."

다나까가 권총을 뽑아 들고 위협했다.

"자다가 봉창 뜯는다더니만 꼭 그 꼴이구면?"

옥할멈이 두려워 몸을 오들오들 떨었으나 옥영감이 침착하게 대답했다.

"영감. 서로 어렵게 하지 맙시다."

다나까가 옥영감을 회유하려 들었다.

"눈 좀 활짝 뜨고 날 보시오. 무지렁이 촌것이 무엇을 알겠소?"

눈이 작아 놀림을 받았던 다나까의 속을 긁는 희롱이었다. 옥영감이 다나까의 뱁새눈에 어이쿠 마음속으로 비명을 질렀다.

"안 되겠군. 조센징은 하나같이 고집이 고래 심줄이야. 고통의 맛을 봐야 입을 열겠어."

다나까가 손짓하자 왜병이 옥영감의 팔을 양쪽에서 비틀어 잡았다.

"꼭두새벽에 도둑놈처럼 쳐들어와 뭣 하는 불한당 짓인가?"

옥영감이 몸을 비틀어 저항했다.

"할멈. 영감 팔이 으드득 부러지기 전에 말하시오. 심대곤이 어디 있는지 말하란 말이야."

다나까가 옥할멈을 추궁했다.

"늙은이 뼈가 무슨 힘이 있다고 몹쓸 짓을 하는 것이여? 고개 너머랑 담쌓고 산다고 얕게 보는 것이여? 요즘은 고개 넘어오는 사람도 없어. 설사 넘어온다 해도 눈앞이 침침해서 누군지도 알아보지 못해. 괜히 멀쩡한 사람 잡지 말고 다른 집으로 가 보시오."

옥할멈은 배틀재 너머 용진 장터에서 옥영감이 죄를 지어 곤욕 당한다고 생각했다.

다나까가 머뭇거렸다. 하리모토가 일러준 대로 족치기에는 노부부가 늙고 나약했다.

"둘을 방에 가둬."

옥영감 내외가 방에 갇혔다.

"영감. 내가 돌아올 때까지 방에서 한 걸음도 나가지 마시오. 만일 내 말을 우습게 알고 방에서 나왔다간 총알이 영감은 물론이고 할멈의 목숨을 단번에 끊어놓을 것이오."

다나까가 겁을 주었다. 삼십여 명의 왜병이 몰려간 다른 집으로 부리나케 뛰어갔다. 왜병의 인기척이 사라지자 옥영감이 방문을 열었다.

"어이쿠. 영감 나가지 마시오."

옥할멈이 옥영감을 붙들었다.

"할망구야. 살 만큼 살았어. 앞길이 구만리인 젊은 사람을 잡으러 그놈들이 떼거리로 몰려왔어. 오늘 죽으나 조금 더 살다 죽으나 한 걸음 차이야. 내가 조금 일찍 죽더라도 젊은 사람 목숨은 살려야 한단 말이야."

옥할멈은 옥영감을 붙잡지 못했다. 왜병이 골짜기로 몰려갔지만, 반대편 회골에 폐가가 있는지 몰랐다. 골짜기를 끝까지 뒤지고 회골로 몰려갈지 모르는 일이었다.

옥영감이 새벽 찬바람에 캥캥 쇳소리를 뽑아내며 회골로 부리나케 달려갔다. 옥영감이 당도했을 때 심익수가 마당에 나와 있었다. 딸의 어처구니없는 처지에 밤새워 뒤척이다가 날 밝는 기미가 보이자 답답한 가슴으로 마당에 나왔다. 옥영감이 숨을 급하게 토하며 허겁지겁 마당으로 들어왔다.

"새벽에 어인 걸음입니까?"

심익수가 황망히 옥영감을 맞이했다.

"큰아들이 의병 되어 영월로 갔다 하였소?"

옥영감이 숨을 고르면서 심대풍 안부부터 물었다.

"아마 제천으로 옮겨간 의병에 합류해 있을 것입니다."

심익수는 옥영감이 급하게 달려온 연유를 모르고 건성으로 대답했다.

"그럼 다행이고…, 둘째 아들은 어디 있소?"

옥영감이 심대곤이 어디 있는지 물었다.

"둘째도 첫째를 따라 의병이 되려는 것을 억지로 잡아 두었습니다. 방에서 자고 있습니다."

심익수는 위태로운 사태가 발생했음을 직감했다.

"그럼 어서 깨우시오. 왜병이 둘째 아들을 잡으려고 떼로 몰려왔어요. 어서 피신시켜야 하오."

"왜병이 떼로 몰려왔다고 하셨습니까?"

심익수가 화들짝 놀라 심대곤을 깨웠다. 심대곤이 급히 짐을 꾸렸다.

"아버님. 제천으로 가겠습니다."

심익수는 의병이 되려는 아들을 붙잡지 못했다.

"베틀재 넘지 말고 부석리로 피신했다가 내일쯤 죽령을 넘으시게. 고 개 내려가면 단양일세. 평동을 거쳐 제천으로 가시게나."

옥영감이 안전한 길을 일러주었다. 심대곤이 부리나케 행장을 꾸렸다.

"작은오빠는 산중에 피신해 있다가 돌아오세요."

심만옥이 배웅하면서 울먹였다. 밤새 얼마나 울었던지 심만옥의 눈이 퉁퉁 부었다. 목계 줄다리기가 있던 날 폐가에서 죽도록 맞은 똥깐이 살 아 있을까? 짐승만도 못한 똥깐이 여동생이 임신한 아이의 아버지임을 부인할 수 없었다. 인연은 억지로 끊는다고 끊어지는 게 아니고, 억지로 이어가고 싶다고 이어지는 게 아니지만, 똥깐과 인연이 엮인 여동생이 한없이 가여웠다.

심대곤은 꼭 해야 할 일이 하나 더 있음을 깨달았다. 악연일지라도 똥 깐의 행방을 알고 있어야 한다고 다짐했다.

"형수님이 될 옥녀가 있으니 외롭거나 힘들지 않을 거야."

아버님도 계시니 목숨 함부로 여기지 말라는 말을 차마 하지 못했다. 저쪽에서 남매를 지켜보는 옥녀가 있어 안심이 되었다. 옥녀의 묘한 심 정을 심대곤은 알지 못했다. 심대곤이 경상북도 부석면 계곡으로 들어 갔다.

"여기도 위험하니 남은 식솔을 데리고 잠시 피해 있는 것이 좋겠소. 저 산모퉁이를 돌아가면 큰 바위가 있을 것이오. 바위 밑에 웬만한 굴이 있으니 그리로 가시오. 잠잠해지면 내 찾아가리다."

남은 식솔이라야 심익수와 심만옥이었다. 부녀가 옥영감이 일러준 큰 바위로 갔다.

경상북도 부석면으로 향하던 심대곤이 발걸음을 돌렸다. 병참 왜병이 몰려왔는데 가족을 그대로 두고 떠날 수 없었다. 집이 내려다보이는 숲에 몸을 숨겼다. 아버지와 여동생이 산으로 피신하는 것이 보였다. 옥영감이 황급하게 불당골로 돌아갔다. 오래지 않아 십여 명의 왜병이 회골로 왔다. 이미 피신한 빈집을 뒤지기 시작했다. 심대곤은 마당에서 왜병을 지휘하고 있는 다나까를 처음 보았다.

"저놈이 사사끼 후임이구나."

다나까의 외모를 찬찬히 눈에 담았다. 왜병이 마당에 흩어진 닭을 붙잡아 불당골로 갔다. 띄엄띄엄 있는 외딴집을 급습하고 회골 폐가까지 뒤진 왜병이 옥영감 집으로 모였다.

"영감 나오시오."

다나까가 옥영감을 마당으로 불러냈다. 민가에서 빼앗은 닭과 토끼와 염소가 마당에 묶여 있었다.

"솥과 그릇을 빌려야 하겠소."

빼앗아온 가축을 잡아먹을 참이었다. 옥영감이 대답하기 전에 왜병이 부엌에 들어가 솥을 내왔다.

"닭 잡아먹고 염소 잡아먹는 거 구경은 하겠소만, 조심은 해야 할 것이오?"

옥영감의 빈정거림에 왜병이 동작을 멈췄다.

"제국의 군사가 우습게 보이오? 명령 한 마디에 소백산 꼭대기도 반나절에 달려갔다 돌아올 수 있는 제국의 군사란 말이오."

다나까가 허무맹랑한 자랑을 늘어놨다. 팔팔한 젊은 심마니도 소백산 꼭대기에 다녀오려면 꽉 찬 하루가 소요되었다.

"저기 골짜기로 나가면 영월 고을이오. 의병을 한다는 젊은이들이 빡빡하게 모였다는 소문이 열흘 전에 불당골에 들어왔다는데…?"

다나까 가슴이 뜨끔해지는 옥영감의 선언이었다. 영월에 모인 의병은 제천으로 진영을 옮긴 뒤였다. 왜병이 댓돌에 놓았던 총을 후다닥 집어 들었다.

"영감. 영월까지는 거리가 얼마는 되오?"

다나까도 옆구리 권총에 손을 얹었다.

"젊은 사내 걸음으로 반나절 거리가 못 되지? 아마도."

옥영감이 팔짱을 두르고 느긋하게 대답했다.

"영월로 의병이 다시 모인다는 것이 사실이오?"

솥을 마당에 놓고 슬금슬금 뒷걸음치는 왜병에게 험악한 시선을 보낸 다나까가 물었다.

"까마귀 고기만 잡숫고 사셨소? 나 같은 무지렁이 노인네가 뭘 얻어먹자고 거짓을 고하겠소. 안 그러오? 할망구."

옥영감이 문턱에 떨리는 손을 짚고 앉은 옥할멈에게 물었다.

"제천서 살던 의암 선생이라든가? 영월로 오셔서 대장이 되었다 하지요? 그 어르신이 앞장서니 팔도 유생이 죽령 넘어오고 원주에서 오고 강원도 강릉서도 왔다는 소리를 영감도 들었지요?"

옥할멈이 화답했다. 다나까가 왜병에게 가축을 삶도록 재촉했다.

"영감께 청이 하나 있소이다."

다나까가 표정을 바꾸어 옥영감에게 은근하게 다가왔다.

으음. 이놈도 소백산 영물에 침을 흘리고 있구나.

옥영감이 다나까의 속을 간파했다.

"일자무식 노인에게 뭔 청이 있다는 것이오?"

옥영감이 시치미를 뚝 떼고 되물었다.

"영감같이 노련한 조선 심마니 눈에는 언 땅에 숨은 산삼도 훤히 보인다는 소리를 들었소만?"

다나까가 은근슬쩍 옥영감을 부추겼다.

"어디서 고얀 소리를 듣고 왔는가 보오? 젊었을 때 얘기라오. 이제는다 늙어서 한 발짝 앞도 깜깜하니 언 땅속을 어찌 알아보겠소?"

옥영감이 허리를 구부정하게 구부려 고개를 절레절레 흔들었다.

"올챙이국수로 간신히 끼니나 채우다가 죽으면 억울하지 않소?"

다나까도 옥영감이 갑자기 늙은 티를 내고 있음을 알아차렸다.

"고깃국에 쌀밥 먹는다 해서 늙은 몸에 파란 싹이라도 돋는답디까?올챙이 국수로 연명을 하든 호의호식을 하든 곧 죽을 목숨이 아니오?"

옥영감이 몸을 세우기도 버거운 듯 어정어정 걸어가 댓돌에 끄응 앉았다.

"소금도 가마로 날라다 주고 저 방에다 하얀 쌀 가득 채워 주리다. 영감, 내 소원 좀 들어주시오."

옥할멈이 들어도 귀가 번쩍 열리는 다나까의 제안이었다. 옥할멈이 옥영감의 안색을 살폈다.

"할멈도 밤마다 물레를 돌려 옷감을 만드는 모양인데 저 물레는 아궁이 땔감으로나 쓰시고, 내 말 들어주면 철마다 갈아입을 청국 비단도 얹어 주겠소. 우선 영물 한 뿌리만 맛보기로 건네주시오. 묘절이 되면 다시 올 터이니 그때 더 얹어 주시고."

다나까가 옥할멈에게 고개를 쭉 내밀었다.

"저기 저 고개로 날아가는 것이 가랑잎인지, 청둥오리인지도 분간 못하는 노인에게 별말씀을 다 하시오?"

옥할멈이 방문을 질끈 닫았다.

"내 말 똑똑히 들으시오. 심대풍은 물론이고, 심대곤이 내 손에 잡히면 죽은 목숨이라는 거 명심하시오. 심대풍과 옥녀가 혼인한다는 것을 알고 왔소. 외동딸을 청상과부로 만들고 싶지 않으면 내 말 새겨들어야할 것이오."

옥할멈이 들어도 하늘이 노랗게 변하는 다나까의 협박이었다. 옥영감이 댓돌에 앉아 곰방대를 빡빡 피워댔다. 옥할멈은 문고리를 잡고 문틈으로 다나까의 고약한 눈매를 보며 옥녀를 걱정했다.

옥녀는 심익수 부녀가 피신하는 것을 보고 산으로 올라갔다. 놓아두었던 올무에 걸린 토끼를 들고 사립문으로 들어가다 왜병을 보았다.

"처녀가 옥녀?"

다나까가 사립문으로 걸어와 능글맞게 웃었다. 부엌으로 가는 옥녀를 다나까가 막아섰다.

"심대풍과 혼인을 한다고?"

다나까가 토끼를 빼앗아 들었다. 옥녀는 그까짓 토끼 내일 산에 가면 또 잡을 수 있으니 무뚝뚝한 표정으로 다나까를 바라보았다.

"청상이 되고 싶어?"

다나까가 부엌으로 따라와 협박했다.

지난번에 왔던 하리모토처럼 산삼을 달라고 추근거리는 것을 옥영감이 일러주지 않아도 옥녀는 알아차렸다. 옥녀는 곁에 쪼그리고 앉아 능글거리는 다나까에게 눈길 한번 주지 않고 아궁이에 불을 지폈다. 솥은 이미 마당으로 빼간 뒤였다.

"심가 형제는 살인 죄인이야. 내 손에 잡혀서 곧 죽을 놈에게 시집을 간다? 이렇게 아리따운 여인이 청상과부가 된다니 내 속이 너무 아프네?"

다나까가 헤죽헤죽 웃으며 옥녀 등에 손을 얹었다. 옥녀가 후드득 일어나 방으로 들어갔다.

"산삼이면 청상과부를 면할 수 있지."

다나까가 마당으로 나와 모두 들으란 듯 말했다.

5

엎질러진 물

심대곤은 의풍에서 떠나지 않았다. 다나까가 베틀재로 넘어가기 전에는 아버지와 여동생을 두고 갈 수 없었다. 가족을 해칠까 다나까의 뒤를 밟았다. 옥녀에게 협박하며 산삼에 군침 흘리던 다나까가 베틀재로 올라갔다. 심대곤도 베틀재로 올라갔다.

"어디로 가세요?"

옥녀가 뛰어와 숨을 할딱이며 물었다.

"의병이 제천으로 진군하였다 하여 가는 것입니다."

"같이 가요."

옥녀의 옷차림과 둘러맨 봇짐을 보니 먼 길 떠나는 행장이었다.

"베틀재 너머도 아니고 제천까지…, 너무 멀고 힘해서 안 돼요."

심대곤이 옥녀 앞을 막았다.

"대풍 씨를 만나야 해요."

옥녀가 심대곤을 제치고 베틀재로 걸어갔다. 옥녀의 고갯길로 오르는 걸음이 얼마나 빠른지 심대곤은 턱까지 차오른 숨을 헉헉거리며 따라갔다. 여자의 몸으로 가서는 안 된다는 말을 하려고 턱에 찬 숨을 고르다 보면 옥녀는 벌써 저만치 달아나 있었다. 베틀재 정상에서 옥녀가 멈췄다.

"여자의 몸으로 갈 곳이 아닙니다."

심대곤이 거친 숨을 섞어 토해냈다.

"약한 여자로만 보여요?"

옥녀가 빙긋 웃었다. 어쩔 수 없이 심대곤은 옥녀와 베틀재에서 내려와 용진 입구에 도달했다. 날이 어두워졌다. 심대곤은 사람이 많은 용진 나루터로 가지 못했다. 앞서간 다나까와 목계 병참 왜병 때문에 숲에 숨었다. 옥녀가 주막거리를 돌아보았다. 다나까 일행이 보이지 않았다.

"왜병이 베틀재에서 내려오지 않았어요?"

행인을 붙들고 물었다.

"그믐날이라 사방이 깜깜해서 어디로 갔는지 보이지 않네?"

행인이 베틀재에서 내려오는 왜병을 목격했다.

"밤에도 배를 띄워요?"

다나까 일행이 밤배를 몰고 하류로 내려갈 수 있는지 행인에게 물었다. 의병이 영월에 있다고 옥영감에게 들었으니 밤중에 수달처럼 내려갔을지도 모른다고 생각했다.

"물고기 밥이 될라고?"

행인이 고개를 저었다. 제천을 거치지 않고 목계로 가는 길은 남한강 물줄기를 따라 청풍과 충주를 거쳐 가는 길뿐이었다. 밤배가 뜨지 못한다면 용진 어딘가에 다나까가 숨어 있음이 틀림없었다.

"왜병이 용진 어딘가에 묵고 있을 거예요."

옥녀가 숲에 숨어 있는 심대곤에게 돌아와 말했다.

"용진에 묵을 수 없으니 밤새 걸어갑시다."

심대곤이 말해놓고 미안쩍은 표정을 지었다. 옥녀는 처녀의 몸이었다. 밤새워 길을 간다는 것은 무리였다.

"어서 떠나요."

지체하면 심대풍을 만나는 시간이 늦어지므로 옥녀가 어서 가자고 했다.

"주막거리에는 왜병이 없다고 했지요?"

의병이 무서워서 주막으로 가지 못했으니 변두리 민가보다 저잣거리 주막이 안전하다고 판단했다.

"외딴집 주인을 묶어놓고 오늘 밤을 보낼 것 같아요. 날 밝기 무섭게 도망을 갈 것이고."

옥녀의 추측이 옳았다. 다나까는 주막거리로 들어가지 않았다. 용진에서 벗어난 강가 외딴집을 급습해서 주인을 묶어 다락에 감금하고 밤을 보내는 중이었다.

"주막에서 하룻밤 묵고 내일 새벽에 떠나야겠습니다."

심대곤이 주막으로 갔다. 주막마다 손님에게 내줄 방이 없다고 했다. 혹시 날 밝기 전에 술꾼이 집으로 돌아가면 방을 주겠다고 했다. 마루에 앉아 기다려도 술꾼이 집으로 가지 않았다.

"죽령 넘어 풍기 인삼 저잣거리에 간 아들이 쓰던 방이 있기는 한데…"

마루에 앉아서 꼬박꼬박 조는 옥녀가 안쓰러웠는지 주모가 방을 내주었다. 뒷마당으로 돌아가자 작은 방문이 보였다. 방문을 열자 달콤한 냄새가 확 쏟아져 나왔다. 닷새 저잣거리에 다닌다는 아들의 약초가 가득 쌓여 있었다. 겨우 둘이 옆구리를 맞대고 잘 수 있는 방바닥을 본 옥녀가 들어가기를 주저했다.

"초저녁에 군불 넣었지만 새벽에는 방바닥이 싸늘하게 식을 게여. 내우지간에 꼭 붙들고 자야 할 것이어."

주모는 심대곤과 옥녀를 부부로 단정했다. 옥녀가 선뜻 들어가지 않으니 심대곤도 들어갈 수가 없었다.

"먼저 들어가 눈 좀 붙이세요. 배가 뜰 수 있는 강물인가 보고 올게요."

심대곤은 장차 형수가 될 옥녀와 살 붙여 잘 수 없었다. 깜깜한 밤에 강물이 보이겠으며, 또한 배가 뜰 수 있는지 알아서 무슨 소용인가?

"들어와요."

심대곤을 추운 밖으로 보낼 수 없어 옥녀가 먼저 들어갔다.

주모의 아들은 약초꾼이었다. 소백산에서 갖은 약초를 캐다가 닷새 저 잣거리에 나가 팔았다. 황기 뿌리와 맥문동 자루, 감초 자루, 갖가지 약초자루가 방의 절반을 차지했다. 옥녀가 아랫목에 누웠다. 심대곤은 약초자루에 등을 기대고 잠을 청했다. 이름도 모르는 갖가지 약초 냄새가 진하게 풍겨서 아편을 먹은 것처럼 정신이 혼미해졌다. 잠자리는 불편했지만 잠은 달콤했다. 둘은 아편중독 환자처럼 약초 냄새에 취해 잠속으로 빠져들었다. 약초자루에 등을 기댄 심대곤의 상체가 스르르 쓰러져 옥녀와 나란히 누웠다.

꿈을 꾸고 있었다. 강물 소리가 아련하게 들렸다. 옥녀는 심대풍과 밤을 새우던 논바닥의 볏짚 더미 둥우리로 걸어 들어갔다. 둥우리에 있던 사내가 옥녀에게 씨익 웃고 가슴을 벌렸다. 옥녀가 사내의 품으로 무너지듯 파고들었다. 사내도 옥녀를 안아주었다. 옥녀는 사내의 가슴을 헤집고 또 헤집었다. 싸르락 싸르락 강물 소리를 아련하게 들으면서 사내에게 입술을 맞추었다. 사내도 화답하여 옥녀의 가슴을 헤집었다. 부둥

켜안은 몸이 어디론가 자꾸 빠져들어 갔다.

다나까 일행이 잠에서 깨기 전에 어둑한 새벽에 용진에서 떠나겠다는 옥녀와 심대곤이 깨어났을 때는 문틈으로 스며들어온 햇살이 방안 깊게 들어왔다. 아편중독에서 깨어나듯 심대곤이 화들짝 놀라 상체를 세웠다.

이게 무슨 해괴망측한 일이란 말인가? 약초봉지가 떨어져 널브러진 방에 둘이 실오라기 하나 걸치지 않은 알몸이었다. 심대곤의 기척에 잠에서 깬 옥녀도 상황을 알아차렸다. 옷으로 몸을 가리고 손바닥으로 얼굴을 싸맸지만 이미 엎질러진 물이었다.

"엄니. 뒷방에 사람 재웠소?"

닷새 저잣거리에서 돌아온 아들이 문고리를 잡았다가 댓돌에 놓인 신을 보고 소리를 버럭 질렀다.

"젊은 한 쌍이 왔는데 방이 없어 재웠다."

장독을 드르륵 여는 소리가 들리고 주모의 대답도 들렸다.

"약초 냄새가 사향노루 꽁지보다 훨씬 진한데…, 젊은 내외가 밤새 아리랑 고개를 여남 번은 더 넘었겠는데?"

아들이 앞마당으로 돌아가며 말했다.

"저런 염병할 놈이 어미에게 못하는 소리가 없어."

주모가 된장을 뜨던 주걱을 휘저으며 아들에게 뛰어갔다.

"그러니까 장가 보내달라고 했잖아. 약초 냄새가 독해서 밤마다 날밤을 샌단 말이여."

아들이 손을 사타구니에 찔러 넣고 소리를 버럭 질렀다.

옥녀와 심대곤은 부끄러워 서로 바라보지도 못하고 땅만 쳐다보며 주막에서 나왔다. 옥녀가 베틀재로 향했다. 심대곤은 다나까에게 잡혀 죽어도 상관이 없는 듯 터덜터덜 강둑길로 걸어갔다. 옥녀는 베틀재 정상으로 올라왔으나 발아래 보이는 불당골로 갈 용기가 없었다.

이젠 어떻게 처신해야 하나?

아무리 생각을 돌려도 답이 없었다. 내내 앉아 있다가 밤을 맞이했다. 들짐승처럼 컴컴하게 앉았다가 불당골로 내려갔다. 사립문에 서서 한동안 망설이다가 심대곤이 기거했던 건넛방으로 살며시 들어갔다. 안방에 울음소리가 들리지 않도록 이불을 뒤집어쓰고 밤새 울었다.

심대곤은 강을 따라 무작정 내려가기만 했다. 다나까 일행이 목계로 가는 길이라 잡힐 위험이 큰 행로였지만, 무작정 강물을 따라 내려갔다. 앞서가다 쉬고 있던 다나까에게 잡혀 목계 병참으로 끌려가도 좋다는 허탈한 심정으로 걸어만 갔다. 제천으로 갔다는 의병에 가담하기 위해 베틀재로 넘어왔지만, 심대풍이 있는 곳에 차마 갈 수가 없었다.

6

충주 함락되다

충주성 공략 작전은 두 가지였다. 내통한 훈련대 대장이 성문을 열어주면 벼락같이 함성을 지르며 일시에 성내로 들어가는 것이 첫째였다. 둘째는 후군을 밤중에 은밀히 이동시켜 충주 부근 계명산에 숨겨 두었다가 본진이 충주성 정면을 공격할 때 후면에서 성을 선점하는 것이었다.

심대풍이 훈련대 대장을 만나 내통을 약속받고 왔으니 의암은 의병이 일시에 벼락처럼 성내로 들어가는 작전을 선택했다. 훈련대 대장이 변절하여 성문에 임박한 의병이 곤란한 지경에 처할지도 모른다는 장수의 의견이 있었다. 공격에 앞서 후군을 계명산 자락에 매복하도록 했다. 훈련대 대장의 변절로 충주성 진입에 실패할 경우를 대비하게 했다.

제천에서 출발하여 박달재와 다리 고개로 연달아 넘어갔다. 다리 고개 아래 기슭에서 저녁을 일찍 지어 먹고 비상식량을 각자 챙겼다. 어둠이 기슭에 내려앉았다. 추위도 덩달아 산자락에서 내려와 병사를 에워쌌다. 긴장한 병사들은 추위도 모르고 도끼눈으로 홉뜨고 명령을 기다렸다. 잠을 자두라고 장수들이 독려했다. 자정이 넘고 새벽 세시가 되면 움직여야 했다. 강기슭으로 접근한 후 강을 건너 재빨리 대열을 갖추어 충주성으로 진격해야 했다. 날이 밝기 전에 충주 성문에 도달해야 했다.

의병이 쉽사리 잠들지 못했다. 영월에서 결성된 호좌창의군이 처음으로 맞닥뜨리는 전투가 코앞에 다가왔다. 의병의 절반은 단양전투에서 왜병과 관군의 혼성부대에 패한 경험이 있었다. 어둠도 추위도 병사를 에워싼 긴장을 떨쳐내지 못했다. 여기저기서 뒤척이는 소리가 마치 들짐승이 몰려다니는 것과 같았다.

"해가 떨어지고 갑자기 추워지니 군사들이 잠을 이루지 못하는구나."

의암이 심대풍을 대동하고 진영을 점검했다.

"밤 기온이 쌀쌀해야 북창나루 얼음이 단단할 것입니다. 얼음이 깨져 찬물에 옷을 적시는 것보다는 참을 만한 일입니다."

심대풍이 의암을 위로했다.

이윽고 출정할 시간이 되었다. 의병이 소리 없이 움직이기 시작했다. 군령에 따라 물레바퀴 돌아가듯 열을 지어 빠르게 남한강 기슭으로 달려갔다. 절충의 선봉군이 먼저 강으로 향했다. 하사가 이끄는 전군 삼백이 뒤를 따랐고 중군장 괴은을 필두로 삼백여 의병이 유령처럼 소리죽여 강으로 접근했다. 남한강에서 물안개가 피어올라 충주로 가는 뜰을 하얗게 덮었다.

"천지신명이 우릴 돕고 있다. 잠자코 누워 있기만 하던 강물도 뜻을 알고 안개를 피워 오늘의 거사를 돕고 있다."

먼저 도착한 절충이 말에서 내려 강을 향해 큰절을 세 번 올렸다. 절충이 정찰 의병을 얼음 위로 보냈다.

"북창나루는 얼음이 단단하지 못하여 대군이 동시에 건너기는 어렵습니다."

얼음을 살피러 갔던 정찰 의병이 돌아와 급히 말했다. 북창나루와 충주성과는 불과 십여 리였다. 절충이 급히 달려와 의암에게 알렸다.

"만일 그렇다면 큰 낭패다. 적들이 알게 되어 앞과 뒤에서 공격해오면 강을 건너지도 못하고, 그렇다고 다리 고개로 퇴각하지도 못하고 큰 손실을 입을 것이다."

의암이 안개가 뽀얗게 서린 강을 바라보며 탄식했다. 의병의 흥망은 이번 충주성 공격에 있으니 만일 제대로 싸워보지도 못하고 퇴각한다면 사기가 급격히 저하되고 뿔뿔이 흩어질 터였다.

"지금은 겨울 복판입니다. 얼음의 겉만 보아 깨진다고 판단할 수도 있습니다. 강의 흐름과 지난 삼일간의 기온을 미루어 겉보기와는 달리 속으로는 단단한 얼음 층이 있을 것입니다. 신속하게 도강을 감행한다면 뒤를 따르는 일부가 물에 빠지는 경우를 당할지는 모르나, 전군과 중군이 능히 건널 수 있을 것입니다. 진군을 멈추어서는 안 됩니다."

강을 건너서 훈련대 대장과 은밀히 만나 내통의 약조를 받아냈던 심대풍이 말했다. 얼음이 약하다는 말에 의병이 앞으로 선뜻 나서지 않았다. 심대풍이 말에서 내려 얼음 위로 뛰어갔다. 나를 보시오. 얼음의 두께가 한자는 족히 넘으니 깨지는 일은 절대 없을 것이오. 심대풍이 소리를 지르며 총부리로 얼음을 찍었다. 그래도 선봉군이 얼음 위로 선뜻 올라가지 않았다. 절충이 말을 타고 얼음 위로 올라갔다.

"의암 대장의 만고대의를 위한 명령을 받들고 진군하니 천지신명도 반드시 우리를 도와줄 것이다. 만약 주저하면서 진군하지 않는다면 그자는 단칼에 목을 벨 것이다."

절충이 칼을 휘두르면서 강을 건너기 시작했다. 선봉군이 얼음으로 올라갔다. 의병의 강을 건너는 동작이 날아오는 화살을 피하는 고라니처럼 민첩했다. 순식간에 선봉군이 강을 건너갔다. 전군과 중군도 신속하게 건넜다. 심대풍의 예측이 옳았다. 후방의 정탐을 맡은 의병이 도강을 감행할 때서야 얼음이 풀렸다.

선봉군이 충주성 남문으로 달려갔다. 전군과 중군이 성으로 접근했다. 캄캄한 충주성에 병사의 움직임이 없었다. 관군은 의병이 코앞까지 다가왔음을 전혀 눈치채지 못했다. 전군과 중군이 갑자기 고함을 지르면서 성을 에워쌌다.

훈련대 대장이 성안에서 기다리고 있다가 함성을 듣고 북문을 활짝 열었다. 내통 작전을 미심쩍어하던 의병은 성문이 열리자 사기가 충천했다. 성문으로 쏟아져 들어가는 의병이 마치 둑 터진 물 같았다. 잠자던 관군이 물벼락 맞은 것처럼 놀라 우왕좌왕하는 사이에 선봉군이 성으로 들어갔다.

"계명산에 매복한 후군을 움직여야 하는가?"

의암이 계명산에 매복한 후군의 전략을 심대풍에게 물었다.

"충주성은 이미 우리 수중에 들어온 것이나 다름없습니다. 우리와 내통하여 적에게 변절하고자 한 인물이 북문을 활짝 열었습니다. 전군과 중군이 하늘을 찌를 듯 함성을 지르기만 해도 적은 위축이 돼서 오합지졸이 될 것입니다. 선봉군이 달아나는 왜놈을 척살하고 동문과 남문이마저 열리면 전군과 중군이 성안을 장악하는 동안 후군은 그대로 매복해 있도록 하여 혹여 일이 잘못될 경우 응원군으로 활용함이 옳을 것입니다."

심대풍의 지략에 의암이 옳다며 고개를 끄덕였다. 충주성의 함락은 둑이 무너진 저수지 물과 같았다. 심대풍이 몰래 잠입하여 훈련대 대장과 내통한 것이 승리의 디딤돌이었다.

　박시만은 제금당에서 의관을 정비하다 갑작스러운 고함을 들었다. 황급히 관찰사가 있는 동헌으로 갔다. 낮에는 활터에서 한량들과 활을 쏘고 밤에는 기생을 끌어안고 술에 만취가 되곤 하던 관찰사는 급박한 상황도 모르고 깊은 잠에 빠졌다. 수청을 들던 기생이 놀라 관찰사를 흔들어 깨웠다. 관찰사는 눈을 뻐죽이 떴다가 잠에 떨어졌다.
　"나리, 난리가 난 듯합니다."
　기생이 화급한 목소리로 관찰사를 깨웠다.
　"이년아. 조선 땅에 난리가 없는 날이 있기나 하였더냐?"
　관찰사는 태평이었다. 기생의 젖무덤을 움켜쥐고 이불 속으로 끌어들였다.
　"밖에서 들리는 소란이 심상치가 않습니다."
　관찰사의 몸에 깔리면서 기생이 말했다.
　"경성에 가보았느냐? 청군이 들어오고 왜군이 들어와 자기들끼리 쌈질을 하니, 조정 벼슬아치는 기생 사타구니에 빠져 사는 기쁨이 태산 같다 하더라."
　관찰사가 술 썩는 냄새를 푸푸 품으면서 기생을 끌어안았다. 비명소리, 군마가 내달리는 소리, 총소리가 들리는데 관찰사는 오로지 욕정에서 헤어나지 못하고 기생의 치마끈을 끌렀다.
　"나리. 변란이 났습니다."
　문밖에서 박시만이 다급하게 소리 질렀다.
　"벼…벼…변란이 났다고 하였느냐?"
　박시만의 말을 듣고서야 관찰사가 화들짝 놀라 방문을 열었다. 동헌 뜰로 관병이 우왕좌왕 몰려다니고 화승총 소리가 산발적으로 들렸다. 북문에서 우레 같은 고함이 들리고 왜병이 남문으로 도망가는 모습이 관찰사의 눈에 들어왔다. 의병에게 잡힌 왜병이 그 자리에서 목숨을 잃었다. 관병은 소리를 질러 도망가도록 했고, 왜병은 잡아서 화승총으로 사살했다.

"의…의병이 왔습니다."

패기 있고 침착하던 박시만의 목소리가 떨렸다. 의병이 왔다는 말에 관찰사의 벗은 몸이 사시나무처럼 와들와들 떨었다.

"의…의병이 왔으면 총을 쏘아야지 관병은 어디로 간다는 말이냐?"

남문으로 도망가던 관병에게 팔을 허우적거리며 소리를 질렀다. 관찰사의 외침에 걸음을 늦추는 관병이 없었다. 박시만도 전세는 이미 기울었다는 참담한 표정으로 도망가는 관병을 바라볼 뿐이었다. 관찰사의 수청을 들던 기생도 옷을 급히 걸치고 남문으로 뛰어갔다.

훈련대 대장이 뛰어왔다. 의병이 성을 포위했다는 보고를 했다.

"박도사. 어떻게 좀 해 보오."

관찰사가 박시만의 옷자락을 잡았다.

"대세는 이미 기울었습니다. 자리를 피해 목숨을 보전하는 길밖에 없습니다."

훈련대 대장이 나섰다.

"무슨 소리요? 총 한 발 쏘지도 않고 도망갈 생각을 먼저 품다니. 훈련대 대장이 할 소리요?"

박시만이 호통을 쳤다.

"도사 어른도 어서 제금당의 부인과 함께 속히 성을 빠져나가시오. 그것만이 아직 젊은 목숨을 연명하는 길이오."

훈련대 대장이 박시만에게 도망갈 것을 촉구했다.

"혹시 훈련대 대장 당신이?"

박시만이 훈련대 대장의 변절을 의심했다.

"어쩔 수 없는 대세이니 나를 원망하지 마시오."

훈련대 대장이 주저 없이 의병과의 내통 사실을 인정했다.

"나라의 녹을 먹는 신하로서 어찌 이럴 수 있소?"

박시만이 총을 빼 들어 훈련대 대장에게 겨눴다.

"나라의 녹을 먹기 때문에 이러는 것이오. 오백 년 왕조를 짓밟은 왜놈을 이 땅에서 몰아내고자 생업을 뒤로하고 총과 칼을 쥔 백성에게 맞서는 것이 진정 이 나라를 위하는 것이오?"

훈련대 대장이 면전에 들이댄 박시만의 총구에도 물러서지 않았다.

"훈련대 대장 혼자만의 뜻인가?"

박시만이 허탈한 목소리로 물었다.

"변절은 이 한 몸이오. 하지만 지방대 사백도 나와 한뜻임을 도사는 짐작하지 못하오?"

훈련대 대장이 오히려 박시만을 몰아세웠다. 지방대 병사는 벌써 총을 버리고 쥐약 먹은 개처럼 성내를 쏘다니며 도망갈 틈새를 찾느라 아수라장이었다. 동헌에서 부들부들 떨던 관찰사가 다리에 힘이 마저 풀려 주저앉았다.

"훈련대 대장은 나를 어서 도피시키도록 해라."

관찰사가 입술을 덜덜 떨며 간신히 명령했다. 충주 백성에게 인심을 잃어 도망갈 곳도 없었다.

"혼자 가시오. 이 몸은 이미 관찰사 어른의 편이 아니었소. 이제 솟을 남문마저 활짝 열어 의병대장을 맞이하겠소. 북문은 이미 점령됐고 서문으로 도망치시오"

훈련대 대장이 관찰사에게 허리를 숙였다.

"박도사. 박도사."

관찰사가 물에 빠진 것처럼 팔다리를 버르적거렸다. 훈련대 대장이 성문을 지키는 관병에게 문을 열라고 소리를 질렀다. 솟을 남문이 활짝 열렸다.

"의병이 크게 당도했다. 의병에게 항거하면 육신의 도륙을 면할 수 없다."

남문 누각에서 훈련대 대장이 소리쳤다. 지방대가 허겁지겁 성문 밖으로 달아났다. 그중 일부는 의병에 묻혀서 성안으로 다시 들어와 의병을 자처했다. 성내에 있던 왜병이 밀려오는 의병에게 총을 쏘았다. 함성을 지르며 둑 터진 물처럼 밀려들어 오는 의병을 본 왜병이 달아나기 시작했다. 절충이 이끄는 선봉군이 왜병만 붙잡아 그 자리에서 목숨을 절단했다. 성안에 왜병의 시신이 널브러졌다.

관찰사가 동헌 마루에서 잡혔다. 박시만이 제금당에서 관복을 벗고 평복으로 갈아입었다. 입술이 파래져서 부들부들 떨고 있는 강막실 손을 잡고 제금당에서 나왔다. 성문이 의병에 장악되었다. 의병이 충주 백성을 동헌 뜰로 모이게 했다. 박시만과 강막실은 제금당 뒤에서 뜰을 살피다가 백성 숫자가 많아지자 그들 틈으로 슬며시 들어갔다. 관찰사가 포박되어 동헌 앞에 무릎이 꿇렸다. 동헌 마루에서 호령해야 할 벼슬아치가 땅바닥에 무릎이 꿇렸다.

성내 백성 중에 박시만의 정체를 아는 자가 있었다. 관복을 벗고 백성처럼 평복을 입은 박시만에게 곁눈질했다. 박시만이 가까이 오면 백성이 슬금슬금 물러났다.

의암이 동헌 마루에 우뚝 섰다. 좌우로 의병을 지휘해 온 장수가 도열했다. 박시만 옆에서 오들오들 떨던 강막실이 심대풍을 보았다. 죽었다던 심대풍이 동헌 마루에 나타났다. 강막실은 머릿속에 하얗게 아득해지는 현기증을 느꼈다. 다리에 힘이 빠지고 몸이 쓰러질 듯 휘청거렸다. 박시만의 옷소매를 붙들었다. 박시만이 강막실의 손을 잡았다. 추운 날임에도 박시만의 손바닥에 땀이 질펀하게 솟아났다.

"정신 바짝 차려요."

박시만이 낮게 말했다. 강막실은 박시만의 소리를 듣지 못했다. 동헌 마루 의암 옆에 서 있는 심대풍을 바라보는데 눈앞에 안개가 하얗게 들어찬 것 같았다.

포박당해 무릎을 꿇린 관찰사를 바라보는 충주 백성은 고소한 표정이었다. 관찰사는 강제 삭발을 혹독하게 시행해서 원한을 샀다. 벼락처럼 쳐들어온 의병에게 잡혀 있는 모습을 불쌍하게 여기지 않았다.

관찰사 다음 벼슬인 도사 박시만을 바라보는 평소 눈길도 곱지 않았다. 박시만도 사정을 익히 알았다. 관찰사의 목이 땅에 떨어지면 자신의 목숨도 부지하지 못할 것이라고 생각했다. 자신의 목숨은 이제 어쩔 수 없는 지경이나, 부들부들 떨고 있는 강막실을 이곳에서 벗어나게 하고픈 심정이 간절했다. 방법이 없었다. 성문은 선봉군이 장악하고 있었고, 벗어난다 한들 도사 부인인 강막실이 성문으로 나가도록 입을 다물 백성이 아니라고 생각했다. 백성은 관찰사의 목이 의병에 의해 떨어지는 것을 기대하고 있었다. 목이 떨어지면 관찰사가 무릎 꿇었던 자리로 박시만을 끌어내리려는 눈빛이 날카로웠다.

"네 놈이 정녕 살기를 바라느냐?"

의암이 대뜸 관찰사를 꾸짖었다.

"용서받을 수 없는 죄인이 어떻게 감히 살 희망을 품겠습니까?"

청풍군수와 단양군수가 의병에게 참수당한 것을 관찰사도 알았다.

"네 죄를 알고는 있구나."

"이 나라 벼슬아치인지라 당초에는 짐승 같은 왜병을 죽일 생각을 갖고 있었나이다. 어찌 어찌하다 보니 환장이 되어서 지금은 골수 왜의 몸이 되고 말았소. 우리 가문은 왜놈과는 대대로 배척하였는데, 나는 왜놈의 앞잡이가 됐으니 나라를 잃은 몸이 되었고, 또한 조상도 배반한 몸이 되었소이다."

관찰사가 후회했다.

"그럼 네 놈을 죽여야 하겠구나."

의암이 굳은 의지를 보였다.

"비록 죽어야 마땅한 몸이나 살려주신다면 왜놈을 물리칠 계획을 말하겠나이다."

관찰사가 눈물을 흘리면서 목숨을 구걸했다.

"왜놈의 수족이 되었던 놈이 왜놈을 물리칠 계책을 알려준다고?"

의암이 어이가 없어 허허허 웃었다.

"저놈은 머리를 자르지 않는다고 우리를 핍박하였소. 저놈의 목을 잘라 충주 백성의 한을 풀어주시오."

백성 중에서 소리가 터져 나왔다.

"그렇소. 저놈을 처단하지 않는다면 우리가 달려들어 짓밟아 죽이겠소."

"저놈 말고도 처단할 놈이 또 있으니, 어서 저놈의 목부터 베시오."

충주 백성이 술렁였다. 관찰사가 체념하고 고개를 떨궜다.

"저놈을 지금 처단하여야 합니다. 충주성을 손에 넣었으니 이제는 충주 백성의 민심을 얻어야 다음의 거사를 도모할 수 있습니다."

심대풍이 의암에게 말했다.

"선봉장은 저놈의 목을 베시오."

의암이 절충에게 명령했다.

무엇이? 나보고 관찰사의 목을 참수하라고? 너희들은 선비라서 할 수 없는 망나니짓을 평민인 나 더러 하라고? 절충은 순간 울컥하는 반항심을 느꼈다. 추상같은 의병장의 명령을 거부할 수 없었다.

"선봉장은 저놈의 목을 베어라."

의암이 다시 호령했다.

"포박은 선봉장인 내가 하였으니 단죄는 다른 장수가 하도록 하는 것이 어떻소?"

절충이 불만 섞인 목소리로 의암에게 말했다.

"선봉군이 성을 함락하는 데 일등공신이니 선봉장에게 저 자의 목을 베는 기회를 주는 것이다. 어서 결행하시오."

의암이 물러서지 않았다. 동헌 뜰의 시선이 절충에게 화살처럼 쏘아졌다. 절충은 마지못해 칼을 뽑아 들고 관찰사에게 걸어갔다. 백성의 시선이 관찰사의 목덜미로 모아졌다.

이목이 관찰사로 집중된 순간에 심대곤이 성으로 들어왔다. 심대곤은 용진나루 객사에서 옥녀와 헤어진 후 강을 따라 걷기만 했다. 다나까 일행도 강을 따라 내려가고 있음을 알고 있었다. 자신을 잡으러 의풍까지 왔던 다나까 일행이 조금도 무섭지 않았다. 강을 따라 걷다가 걸음을 멈추고 한숨을 쏟아내곤 했다. 유유히 흐르는 강물을 바라보면서 내가 지금 어디로 가고 있는 것인가? 스스로에게 반문해보기도 했다. 강물은 대답이 없었다. 머리를 쥐어뜯고 가슴을 주먹으로 두드려도 답이 없었다.

고개를 푹 숙이고 객사 마당으로 걸어 나오던 옥녀의 눈물이 어른거렸다. 심대곤은 형의 약혼녀와 부정한 짓을 저지른 자신을 도저히 용서할수 없었다. 벼랑으로 올라가 강물에 몸을 던져 죗값을 치르고 싶은 충동이 생겨났다. 죽는 것도 쉽지 않았다. 세상 어느 곳에도 심대곤이 설자리가 없었다. 사사끼를 죽였고 똥깐을 죽도록 팼으니, 왜병과 관군에잡히면 사형을 면할 수 없었다. 부끄럽고 수치스러워 가족 앞에 나설 수도 없었다. 의병이 되려고 의풍에서 나와 베틀재로 넘었으나, 심대풍이있는 곳을 찾아갈 용기가 없었다. 용진에서 단양까지 강을 따라 내려오면서 자살을 수십 번도 더 생각했다. 누군가를 위해 죽자. 마땅히 죽어야 할 몸이지만 헛되게 죽지 말자. 어금니를 물고 단양에 도착했다. 다행히 다나까 일행과 마주치지 않았다. 심대곤은 단양에 도착해서 의병이 충주성을 공격하기 위해 박달재를 넘었다는 사실을 알았다. 형이 성을 점령하기 위해 왜병과 싸울 것이라는 것을 알고 곧장 충주로 향했다. 강을 따라가면 충주에 닿을 수 있었다. 청풍을 거쳐 충주로 밤을 새워달려왔다.

　심대곤이 동헌 뜰 백성 틈에 섞였다. 관찰사가 포박을 당한 채 끌려와있었다. 심대곤은 동헌 마루에 있는 형을 보았다. 포박된 관찰사에게 호령하는 의병대장 옆에 당당하게 서 있는 형이 높은 지위라고 판단했다. 관찰사의 목을 베라는 명령이 절충에게 떨어졌다. 심대곤은 주변을 두리번거렸다. 강막실이 충주부 도사로 부임한 박시만의 부인이 되었다는 것을 알고 있었다. 관찰사의 목이 떨어진 다음에 도사에게 형벌이 가해질것이라는 판단이 들자 강막실이 궁금해졌다. 백성 틈에서 강막실의 모습이 보였다. 강막실은 박시만에게 손을 잡힌 채 창백한 얼굴로 동헌 마루의 형을 바라보고 있었다. 심대곤이 강막실에게 갔다.

심대곤이 강막실의 팔을 끌었다. 강막실이 심대곤을 돌아보고 또 휘청거렸다. 쉬이! 심대곤이 박시만과 강막실의 팔을 잡아끌었다. 강막실의 정신은 동헌 마루에 서 있는 심대풍에게 온통 빼앗겨 있었다. 절충이 휘두르는 칼날에 관찰사의 목이 떨어지면 서방님인 박시만의 목도 떨어질지 모른다는 위급함을 잊고서, 죽었다는 소문을 뒤집고 나타난 심대풍을 바라보았다. 심대곤이 잡아끌자 강막실이 심대풍을 바라보며 끌림에 저항했다. 심대곤이 다급한 표정으로 다시 잡아끌었다. 박시만은 곧 목을 내놓아야 할 급박한 상황에서 지푸라기도 있으면 잡아야 할 처지였다. 박시만이 어서 가자고 귓속에 소곤거렸다. 강막실이 심대곤을 돌아보았다. 여기에 있으면 이 사람이 죽어. 심대곤이 박시만의 팔도 잡았다. 강막실은 서방님이 죽는다는 말에 심대곤을 따라 움직였다.

절충이 관찰사 옆에 우뚝 서더니 칼을 쥔 손바닥에 침을 탁 뱉었다. 백성은 물론 동헌의 의암과 장수조차 숨을 죽였다. 성문을 지키던 의병도 일제히 동헌 뜰에 시선을 두었다. 절충이 의암에게 머리를 조아렸다. 의암이 고개를 끄덕였다. 관찰사는 모든 것을 체념한 듯 눈을 감고 목을 똑바로 쳐들었다. 절충이 좌중을 한차례 둘러보고 칼을 높이 쳐들었다. 모두 숨을 죽였다. 심대풍의 시선은 관찰사에게 가 있지 않았다. 모든 이들이 관찰사의 목을 바라보는 순간에 강막실과 박시만을 데리고 급히 성문으로 나가는 심대곤을 바라보았다. 칼이 허공을 가르고 관찰사의 목이 땅에 떨어졌다.

"잘 들어라. 이 나라가 어찌 일본이 된단 말이냐? 국모의 원수로 절치부심하고 있는데 부모에게 받은 머리칼도 깎아야 하는 처지에 처했으니 원통하기 짝이 없다. 왜놈의 앞잡이를 자처한 저자의 목은 이미 떨어졌다. 이 땅에서 왜놈을 몰아내고 오백 년 왕조의 정맥을 보존키 위해 군사를 모아 충주로 달려왔다. 우리의 뜻에 따르는 자는 오늘 이후 평안할 것이다, 그렇지 않고 적과 내통하는 자는 목이 떨어질 것이다.”

의암이 한 걸음 나서서 소리쳤다.

“목이 떨어져야 할 사람이 우리 중에 또 있소.”

백성 중에서 소리가 터져 나왔다.

“그게 누구인가?”

의암이 살펴보며 물었다.

“관찰사 다음 벼슬아치로서 지방대의 총 두령인 도사 박시만이 이 중에 있소.”

나이가 지긋한 노인이 무리에서 걸어 나와 의암에게 말했다

“끌어내라.”

의암 명령에 백성이 술렁였다. 박시만은 관찰사 머리가 땅에 떨어지는 틈에 성문으로 나간 뒤였다. 술렁이며 두리번거렸으나 박시만을 끌어낼 수 없었다.

“그자는 조금 전에 성문으로 빠져나갔소.”

누군가 소리쳤다. 심대풍은 강막실과 함께 성문을 나간 젊은이가 도사 박시만임을 알아차렸다. 백성이 도사를 처단해야 한다며 웅성거리자 심대풍은 가슴이 무거워졌다. 도사와 강막실이 성문으로 나가도록 도운 심대곤에게 화가 미칠 것임은 자명했다.

심대곤은 충주 지리를 알지 못했다. 산으로 가는 것이 도피하기에 이롭다고 판단하여 남산 기슭으로 바삐 갔다. 강막실과 박시만도 목덜미를 잡힐세라 빠른 걸음으로 따라갔다. 목계로 피신시키려는 마음도 있었다. 목계로 피신하면 병참 왜병이 있으므로 당분간은 안전할 수 있었다.

의병이 기세를 몰아 수안보 왜병과 목계 왜병을 공격하면 안전한 곳이 되지 못했다. 인적이 드문 골목으로 들어갔다. 심대곤은 몰랐지만 홍금희 행랑으로 가는 골목이었다.

"나는 이제 성으로 가봐야 하니까 어서 몸을 숨기시오."

심대곤이 산으로 달아나라고 재촉했다.

"뉘시오. 훗날을 위해서 존함 석 자라도 알려주시오."

박시만이 고마운 눈빛으로 말했다. 심대곤은 박시만이 창말 사람임을 알고 있었다. 박시만은 심대곤이 달마실 사람임을 알지 못했다.

"시간이 없소. 행인의 눈에 들면 추적을 당할 것이오."

심대곤이 걸어왔던 골목으로 몸을 돌렸다.

"오빠."

강막실이 바삐 걸어가는 심대곤을 불렀다. 심대곤이 멈췄다가 걸어갔다.

"누구신지 아는 사람이요?"

박시만의 물음에 강막실이 눈물을 글썽이며 끄덕였다.

심대곤이 고마워서가 아니라 심대풍 때문에 눈물이 솟았다. 성에서 나와 박시만과 걸으면서 죽었다던 심대풍이 어른거렸다. 심대풍이 죽었다고 말한 심대곤이 원망스러웠다. 박시만이 강막실을 끌고 홍금희의 행랑채로 들어갔다.

심대곤이 남문으로 충주성에 들어갔다. 들것에 의해 밖으로 나가는 관찰사의 시신과 마주쳤다.

"저 사람이오. 저기 젊은이가 도사 박시만을 성 밖으로 빼돌린 장본인이오."

백성 무리에서 소리가 터져 나왔다. 삽시간에 이목이 동헌 뜰로 걸어오는 심대곤에게 몰렸다.

"맞소. 저자가 도사 박시만과 그의 부인을 데리고 성문으로 나갔소."

백성이 심대곤에게 손가락질했다.

"의병 대장께서 조금 전에 말씀하시기를 왜놈의 앞잡이를 돕는 자는 목이 떨어질 것이라고 하였소. 관찰사와 더불어 마땅히 목이 떨어져야 할 박시만을 빼돌린 이 자의 목도 베어야 하오."

나이가 지긋한 선비가 의암 앞으로 걸어가 말했다. 백성은 선비의 말이 옳다고 일제히 웅성거렸다. 동헌 마루에 선 심대풍이 곤혹스러워졌다. 의암이 심대풍을 바라보았다. 심대풍이 걸어 내려간 줄로 착각했다. 곁에 있던 장수들도 심대풍과 심대곤을 번갈아 보며 갸웃거렸다.

"조용히 하라."

의암이 소리를 질러 소란을 멈추려고 했다. 백성 중 일부가 심대곤을 에워쌌다. 여차하면 달려들어 집단으로 폭행을 가할 기세였다.

"조용히 하라고 명령하였다."

의암이 다시 소리를 버럭 질렀다. 절충이 허공에 총을 쐈다. 총소리에 놀라 소란이 거두어졌다.

"정황을 조사하여 처결할 것이니 모두들 집으로 돌아가라."

의암의 명령에 백성이 흩어졌다. 선봉군이 심대곤을 포박했다.

"어쩌시렵니까?"

절충이 의암에게 물었다.

"선봉에서 저자를 처결하도록 하시오."

절충은 심대풍과 단양전투에서 함께 싸웠다. 심대풍의 용맹과 기개를 높이 여겼다. 심대풍의 입장을 생각해서라도 절충이 심대곤을 함부로 하지 않을 것이라 믿고 의암이 명령을 내렸다.

"옥에 가두어라."

절충의 명령에 심대곤이 옥에 갇혔다.

홍금희는 무서워 문밖에 나가지 못했다. 박시만과 강막실이 들어오자 기뻐 반겼다.

"관찰사는 어찌 됐어?"

홍금희가 관찰사 안부를 물었다.

"목이 떨어졌을 거야."

박시만이 힘겹게 말했다.

"총 한번 쏘지 않고 성을 내줬어요."

강막실이 울먹였다.

"예견되었던 일이었어. 왜를 이 땅에서 몰아내겠다고 달려오는 동족에게 총을 쏠 수 없다는 것을 알고 있었어. 같은 핏줄끼리 총을 쏠 수 없다는 것을 예감하고 있었어."

박시만도 어쩔 수 없는 상황이었음을 인정했다.

"어떡해요?"

강막실은 아직도 부들부들 떨었다.

"부인은 나와 같이 있어서는 아니 되오."

박시만이 다정하던 목소리를 뚝뚝하게 바꾸어 말했다.

"무슨 말씀이세요? 곤경에 처한 서방님을 두고 저만 달아나란 말이에요?"

강막실이 펄쩍 뛰었다. 어젯밤에 평안하더니 날 밝기가 무섭게 상황이 돌변했다. 무섭고 두려워 덜덜 떨고 있는데 서방님이 헤어져야 한다고 말했다. 강막실은 곧 죽는 한이 있다 해도 서방님 곁에 있고 싶었다.

"충주부 으뜸 벼슬아치는 이미 단죄를 당했어. 그들이 버금 벼슬아치인 나를 그냥 둘 리 없어. 나를 비롯한 몇몇을 더 공개 처단하여 충주 백성에게 겁을 주고 아울러 호응을 얻고자 할 것이야. 나를 꼭 잡아 들이려고 갖은 수를 쓸 것이야."

박시만이 떨고 있는 강막실의 손을 잡았다.

"서방님을 도운 대곤 오빠는 어떻게 되나요?"

강막실은 심대곤이 걱정되었다.

"우리를 도운 그분은 지금 곤경에 처했을 것이야. 우리에게 도움을 주는 것을 여러 백성이 보았으니 어쩌면 목숨 부지하기도 어려울 것 같아."

박시만이 괴로운 듯 말했다. 강막실이 얼굴을 싸매고 흐느꼈다.

"그분이 부인을 잘 알고 있던 것 같던데…."

박시만이 흐느끼는 강막실에게 말끝을 흐렸다. 강막실은 흐느끼면서도 심대곤이 아니라 심대풍을 더 생각했다. 추운 새벽 봉학사에서의 가슴 저미는 이별 뒤에 죽었다는 소문을 뒤엎고 멀쩡하게 살아 있는 모습에 기가 막혔다. 사모했던 임을 다시 보았는데 가슴으로 칼날을 들이대는 서러움이 복받쳤다.

"어떻게 할 거야?"

지켜만 보고 있던 홍금희가 물었다.

"여기도 안전하지 못해. 충주에서 벗어나야 해."

박시만이 괴로운 듯 말했다.

"막실씨와 함께 가."

홍금희가 말했다.

"안 돼."

박시만이 강하게 부정했다.

"혼자만 살겠다는 생각이야?"

홍금희가 성질을 냈다.

"충주부 벼슬아치는 나야. 부인은 그저 백성이야. 나와 동행하다 그들에게 잡히는 날엔 자초지종 말할 기회도 없이 함께 변을 당할 수 있어."

박시만이 곤혹스럽게 말하자 홍금희가 고개를 끄덕였다.

"부인."

박시만이 서럽게 우는 강막실을 불렀다.

"지금 일어나 달마실로 가시오. 부인은 외모가 순해서 가는 길에 붙잡아 뭐라고 시비할 사람이 없으니 어서 떠나시오."

박시만은 강막실을 친정인 달마실로 보내려고 했다.

"죽어도 서방님과 함께할 것이니 그런 말씀 하지 마세요."

강막실의 얼굴이 눈물로 흥건했다.

"부인. 내 마음을 진정으로 이해한다면 어서 일어나시오."

박시만도 목이 메었다.

박시만이라고 어찌 강막실과 함께 있고 싶지 않을까? 위험에 처할수록 외롭고 힘든 것인데, 부인을 보내고 싶지 않았다. 그렇지만 강막실을 곤경에 처하게 할 수 없었다.

"야속하시오. 서방님 목숨이 바람 앞에 호롱불인 줄 알면서 어찌 떠나라 채근하는 것이오? 정말 야속하시오. 목숨이 백척간두에 선 서방님을 두고 제 한 목숨 살자며 떠나는 여인이 조선 천지 그 어디에 있었단 말입니까? 조선이 그렇게 막돼먹은 나라도 아니거늘, 어찌하여 이년을 천하의 몹쓸 년으로 치부하시려 하오? 참말로 야속합니다."

강막실이 눈물을 쏟으며 하소연했다. 박시만도 참지 못하고 눈물을 쏟았다. 홍금희가 돌아서서 눈물을 찍었다.

"어서 떠나세요. 족히 반나절 거리인데 해 넘으면 길이 무서워요. 부인을 생각하는 시만씨의 마음을 생각해서라도 안전하게 달마실로 돌아가려면 서둘러야 해요."

홍금희가 강막실을 일으켰다. 강막실이 비틀 일어나 문턱을 넘다가 쓰러져 흐느꼈다. 홍금희가 또 강막실을 일으켰다. 마당으로 내려간 강막실이 걸음을 떼지 못하다가 이를 악물었다.

"서방님."

박시만은 간신히 다져 잡은 강막실의 마음이 느슨해질까 주먹을 쥐었다.

"부디 목숨 보전하시어 서방님의 핏줄에게 아버지의 모습을 보여주세요."

강막실이 아이를 잉태하였단 말에 박시만이 방에서 나가려 하자 홍금희가 붙잡았다. 박시만이 홍금희를 제치고 방문을 열었다. 강막실이 쪽문으로 나가고 있었다.

"부인. 송구하구려. 그리고 감사하오."

쪽문을 바라보며 중얼거렸다. 골목으로 걸어가는 강막실은 눈물이 앞을 가렸다. 팔자가 사나워서 사모하는 남자와 헤어지는 이별 수가 이리도 많단 말인가.

"잠깐만요."

홍금희가 급히 뛰어나와 강막실을 불러 세웠다. 강막실이 눈물을 닦고 돌아섰다. 홍금희가 품에서 종이와 연필을 꺼내 무슨 내용인지 급하게 썼다.

"병참 다나까에게 전해줘요. 다나까가 물으면 아무 말도 하지 말고 그냥 전해주기만 해요."

홍금희가 종이를 접어 내밀었다. 강막실이 주변을 살펴보고 종이를 옷섶에 품었다.

"조심해요…. 그리고 참말로 아이가 섰어요?"

홍금희가 강막실의 아랫배에 시선을 두었다.

"홑몸이 아니에요. 서방님을 도와주세요."

강막실이 홍금희 손을 잡았다.

"어서 가세요. 창말에 도착하면 병참부터 들려요. 시만씨에게 아주 중요한 일이니까."

강막실이 골목으로 바삐 돌아갔다.

심대풍은 의풍에 두고 온 가족과 옥녀 소식이 궁금했다. 옥에 갇힌 심대곤이 걱정되었다.

"막실이를 위해 나섰는데 네가 위험해 처했구나."

심대풍이 감옥으로 왔다. 심대곤은 옥녀와의 부정한 일이 확 떠올라 얼굴을 붉히고 고개를 들지 못했다.

"선봉장이 내게는 모진 사람이 아니니 힘들어도 조금만 견디고 있으면 방면이 될 것이다."

심대곤의 속을 모르는 심대풍이 다독였다.

"군율이 나를 처단한다면 기꺼이 응할 것이니 형은 나서지 마."

심대곤의 비장한 목소리에 심대풍이 멈칫 놀랐다.

"군율이 아무리 엄하다 해도 절충이 내 입장을 헤아릴 것이니 크게 근심하지 마라."

심대풍은 선봉장을 믿고 싶었다. 선봉장의 성질이 급하여 불의를 보면 불같이 화내는 것을 보아온 터라 안심할 수도 없었다.

"나 때문에 형이 곤란해지는 거 원하지 않아."

강 따라 내려오면서 죽을 각오를 수차례 거듭했다. 강물에 몸을 던져 헛되이 죽지 말자. 누군가를 위해 죽자. 이를 악물고 충주에 왔다. 위험에 처한 막실을 구했는데 심대풍의 입지가 곤란해졌다. 형의 약혼녀 옥녀와의 부정한 짓만으로도 씻을 수 없는 죄를 지었다. 형을 곤란한 지경에 빠지게 할 수 없었다. 차라리 죽기를 자처했다.

"절충이 너를 풀어준다 해도 내 입지가 크게 위축되지 않아…. 막실이는?"

심대풍은 의풍에 두고 온 가족과 옥녀의 소식을 알고 싶었다. 죽음의 문턱에서 간신히 빠져나간 강막실의 소식도 궁금했다. 심대곤이 강막실의 행방을 말하지 않았다. 심대풍을 믿지 못해서가 아니었다.

"나 때문에 큰 뜻을 그르치지 마. 군율로 처단하라고 의암 선생께 말씀드려."

심대곤이 고집을 부렸다. 심대풍은 갑자기 처지가 곤란해진 심대곤을 물끄러미 바라보았다. 왜병 대장 사사끼를 죽여 왜병과 관병에게 쫓기는 몸이 되었다. 충주성에서 도사를 도망가게 하였으니 의병에게도 적이 되었다. 설사 의암이 몰래 방면하라는 명을 내린다 해도 의지할 곳이 없었다. 오로지 의병의 세력을 확장해서 왜를 조선에서 몰아내는 방법밖에 없었다.

동상이몽이 이런 경우였던가. 형제가 마주 앉아 속에 품은 생각이 달랐다. 심대풍은 의암에게 건의하여 동생을 방면하려 했다. 심대곤은 형의 입지가 약화될까 우려되어 군율에 의한 처결을 원했다. 심대곤이 군율대로 처결해달라고 고집을 부렸다. 심대풍은 강막실의 행방을 더 물을 수 없었다. 사랑했던 여인이지만 박시만의 부인이 된 지금은 위험한 처지라서 가슴이 아팠다. 박시만을 잡다가 목을 베어야 하니 기구한 상황이 됐다.

의암이 심대풍과 절충을 조용히 불렀다.

"도사를 도망가게 한 죄로 갇힌 자와 형제인가?"

의암은 외모만으로도 심대풍과 형제임을 알아챘다. 처단하라며 함성 지르는 백성 앞에서 단죄하지 않고 옥에 가두었다.

"목계 병참 주둔 왜군 대장 사사끼를 죽이고 쫓기는 신세가 된 동생입니다."

심대풍이 자세하게 설명했다.

"목계 병참 왜군 대장을 죽였으니 임금에 충성한 공이 있소이다. 오늘의 일은 분명 잘못되었으나 충성심이 이미 증명되었으니 마땅히 방면함이 옳은 일이오."

절충이 심대곤을 두둔했다.

"중군장이나 전군장은 설득할 수 있으나, 충주 백성이 납득하지 못한다면 큰 소동이 일어날 것이니 충주성을 도모한 대의에 흠이 될 것입니다."

심대풍은 충주 백성이 두려운 존재라고 판단했다.

"이곳에 있게 하여도 목숨이 위험하고 방면한다 해도 관군과 왜병에게 쫓기는 신세가 되었으니, 이 모두가 나라가 힘이 없는 죄다."

심대곤을 불쌍히 여긴 의암이 몰래 방면하라고 했다. 충주에 남아 있는 것은 곧 목을 내놓는 것과 같으니 멀리로 보내라고 했다. 날이 밝으면 군사를 보내 도사 박시만을 잡아다 처단할 것이니 경거망동 말라고 엄하게 경고를 덧붙였다. 심대풍이 물러 나와 옥으로 갔다. 옥의 자물쇠를 풀라고 하자 지키고 있던 의병이 말을 듣지 않았다.

"이놈은 충주부 도사를 빼돌린 놈인데 무슨 마음으로 방면하려 하시오."

의병이 심대풍과 심대곤을 번갈아 바라보고 뒷머리를 긁었다.

"의병장 명이오. 이유는 묻지 말고 옥 안에 든 자를 어서 내놓으시오."

의암 곁에 동행하는 장수임을 보아온 의병이 자물쇠를 풀었다.

"지금 있었던 일은 의병장과 나만이 몰래 시행하는 것이니 누구에게도 발설하지 마시오."

심대풍의 다짐에 의병이 끄덕였다. 심대곤이 동헌 뜰을 지나 태연하게 성에서 빠져나갔다. 한참 뒤에 심대풍도 성에서 나갔다. 둘은 인적이 없는 남산 숲에서 만났다.

"당분간 충주에서 떠나있어야 하겠다."

심대풍이 말했다.

"떠나고 싶지 않아."

"여기 남아 있다가 또 잡히면 그때는 어쩔 수 없이 너의 목을 참수할지도 몰라."

심대곤은 차라리 목을 베이고 싶었다. 형과 마주 서 있는 것조차 부끄럽고 혀를 깨물고 싶었다.

"내가 알아서 행동할 테니까 형은 그만 관아로 돌아가."

심대곤이 심대풍의 등을 떠밀었다.

"숨어 있다가 곧 어두워지면 곧장 떠나도록 해. 의풍으로 가면 아버지와 만옥이, 그리고 옥녀와 옥영감네 어르신을 잘 보살펴 줘."

심대풍의 입에서 옥녀가 나왔다. 심대곤은 뒷머리가 아뜩해짐을 느꼈다.

"오늘 밤은 떠나지 않을 거야."

"무슨 소리야? 너의 목숨이 걸린 충고를 가볍게 듣지 마."

심대풍이 화를 냈다.

"오늘 밤에 꼭 해야 할 일이 있어."

"지체없이 여길 떠나야 목숨을 구할 수 있어."

"내일 새벽에 떠날 테니까 어서 돌아가."

심대곤이 심대풍의 등을 떠밀었다.

"막실이는 지금 어디 있니?"

몇 걸음 옮기던 심대풍이 돌아서서 물었다. 심대곤도 강막실의 행방이 궁금했다. 홍금희가 살던 행랑으로 들어가는 것을 목격했다. 행랑에 박시만과 강막실이 아직 있는지 알 수 없었다.

"막실이를 네가 충주성에서 데리고 나가지 않았니?"

심대풍이 강막실의 행방을 다시 물었다.

"창말로 갔어."

심대곤이 거짓으로 대답했다. 강막실이 달마실로 떠났음을 알지 못했다.

포성이 일고 총소리가 요란하며 함성이 일던 충주성에 어둠이 내렸다. 성을 지키는 의병의 배치가 완료되었다. 충주성에 들어온 군사들이 몫을 나누어 수안보 병참과 목계 병참 왜병의 공격에 대비했다. 심대풍이 막막한 심정으로 밤하늘을 바라보고 있는데 사내가 주변을 경계하며 빠르게 다가왔다.

"누구냐?"

속도가 빨라 마치 칼날을 앞세우고 오는 것 같아 심대풍이 나지막하게 소리쳤다.

"쉬이."

턱밑에 온 사내가 심대풍의 입을 손으로 막았다. 심대풍이 주춤 물러섰다.

"어둑한 곳으로 가세."

사내가 심대풍을 제금당 처마 밑으로 끌었다. 어둑한 곳에서 보니 경성에 밀사로 파견된 장종선이었다. 먼 길을 바삐 왔는지 피곤하고 지친 모습이 역력했다.

"요기는 하였는가? 이러지 말고 안으로 들어가세."

도사 박시만이 묵었던 제금당으로 들어갈 것을 심대풍이 권했다.

"내가 밀사임을 잊지 말게."

장종선이 만류했다.

"육포라도 가져올 테니 요기라도 하게나."

"날이 밝기 전에 충주에서 떠나 있을 것이네."

"자네가 욕을 많이 보는구먼?"

심대풍이 장종선의 손을 잡았다.

"임금이 러시아 공사관으로 파천하실 조짐이 있네."

"무슨 소린가? 임금이 궁을 두고 어딜 가신단 말인가?"

"임금이 궁을 버림은 국권을 버림인데 노관으로 가신다는 풍문이 경성에 자자하네."

"혹여 엄상궁이 노관의 파천에 관련되어 있는 것이 아닌가?"

심대풍이 물었다.

"옳게 보았네."

장종선이 경성에서 일어나고 있는 음모를 말했다.

고종의 승은을 입었다 하여 궁궐에서 쫓겨나 십 년 세월을 와신상담한 엄상궁은 명성 황후가 시해되자 대전의 안방 주인이 될 것이라고 은근한 기대를 품었다. 국모를 시해한 일본의 압력에 굴복한 조정이 황후 간택령을 서둘러 내렸다.

황명으로 입궁한 엄상궁이 어금니를 지그시 물었다. 명성 황후가 시해되고 이제 임금은 자신의 독차지라며 쾌재를 불렀는데 장애물이 돌연 생겨났다. 승은한 궁녀 입장에서 궁궐에 중전이 있음과 없음은 하늘과 땅의 차이였다. 새로운 황후가 간택이 되어 내전에 들어온다는 것은 청천벽력과도 같았다.

하늘은 엄상궁을 외면하지 않았다. 일본과 친일세력에 연금당하고 있던 임금이 궁궐을 탈출하려는 의도로 밀서를 내렸는데 성공하지 못했다. 새로 간택된 김씨를 궁으로 모셔온다는 구실로 일이 진행되었으니 간택된 황후가 의도하지 않게 사건에 연루되었다.

새 황후의 입궁이 미루어지자 엄상궁이 속으로 만세를 불렀다. 엄상궁은 마음을 놓을 수 없었다. 황후로 간택된 김씨 가문의 처녀가 사건과 전혀 무관하다는 것은 누구나 아는 상황이었다. 더구나 친일세력의 의도로 황후가 간택되었고 궁궐과 정권이 친일세력에 장악되었다. 새 황후가 임금의 침전에 들어가는 상황이 온다면 엄상궁의 와신상담은 물거품이 되는 것이었다. 엄상궁은 불안한 상황을 일거에 없애버릴 획기적인 음모가 절박했다.

"왜를 피하고 임금을 독차지하기 위해 엄상궁이 노관파천이라는 음모를 추진하고 있음이군."

심대풍이 말했다.

"엄상궁의 음모가 성사된다면 친일내각의 중심인물 김홍집, 유길준, 정병하, 조희연, 장박 등은 목숨을 잃거나 일본으로 망명을 하고, 박정양, 이완용, 이윤용, 윤용선, 이범진 등의 친러파들이 득세를 할 것이라는 소문이 경성에 자자하네."

"이범진은 나라 밖으로 도망을 다니고 있는 인물이 아닌가?"

"이범진은 정국이 바뀌지 않으면 살아남을 수가 없으니 엄상궁과 손을 잡을 수밖에."

"나라 밖으로 도망 다니는 인물과 임금의 승은을 독차지하려는 상궁의 술수에 임금이 궁을 나선다니 큰일이 아닐 수 없네."

"일본의 내정간섭으로 임금이 흔들리고 있는 틈을 둘이 이용하고 있는 것이지. 이범진이 엄상궁에게 은자 사만 냥을 주었다는 소문도 파다하다네. 엄상궁이 임금에게 밤마다 울면서 변란이 있을 기미가 있으니 어서 궁을 나가자고 떼를 쓰는 대가라 하네."

경성 소식을 알려준 장종선이 충주성에서 나갔다.

충주성이 함락되고 벌써 여러 날 지난 듯 고요한 밤이었다.

홍금희는 불을 밝히지 않고 깜깜한 방에 박시만과 마주 앉았다.

"금희도 날 밝으면 목계로 갔다가 경성으로 올라가는 게 좋아."

"나와 이렇게 단둘이 있는 것이 그렇게도 싫어?"

홍금희가 농을 섞었다. 농담할 상황이 아니었다. 암울하고 막막해서 분위기 전환을 위해 해본 것이었다. 농담은 분위기를 반전시키지 못했다.

"금희도 신분이 밝혀지면 위험해져."

박시만의 걱정에 홍금희가 고개를 끄덕였다.

"어디로 갈 거야?"

홍금희가 물었다.

"어디로든 충주가 아닌 곳으로 가야겠지."

"나와 경성으로 가. 우리 아버지라면 시만씨를 보호해줄 수 있어."

홍금희가 뭉그적뭉그적 옮겨왔다. 박시만은 대답하지 않았다. 경성으로 가고 싶었다. 하지만 낮에 달마실로 간 강막실이 눈에 밟혔다.

동헌에 의암과 장수들이 모여 앉았다. 충주 백성에게 의병의 입장을 알리는 포고문을 의암이 써 내려갔다.

…의병장 의암은 삼가 짤막한 포고문으로 충주 백성에게 알리니, 천하의 어느 곳 어느 때를 막론하고 사람에게서 없앨 수 없는 것이 있으니

이는 곧 의리다. 왜의 앞잡이에 불과한 자가 나라의 녹을 먹고 있어 관찰사 셋과 군수 여섯을 역당의 졸개로 처단했다. 그 역당의 원흉과 완악한 왜놈의 귀를 잘라 소금에 절여 임금에게 바치려고 싸우는 중에 백성에게도 화가 미치고 있으나, 이는 본의가 아니다. 이렇게 백성이 화를 당하고 있는 고을이 많은데 충주가 제일 심했다. 충주는 경기도와 충청도 사이에 끼어 있어 본래부터 저명한 사대부가 많이 살아 충의를 숭상하며 마치 연나라와 조나라같이 비분강개하는 기풍이 많았다. 그리하여 의병 활동에도 적극 성원하고 직접 동참하는 사람이 많아 유망했는데, 불행하게도 적이 진주해와 있는 탓에 이런 재앙을 초래한 것이다. 아, 슬프다. 향교가 먼저 불에 타고 민가도 이어 불에 타 재로 변했으니 그 통탄함이 과연 어떠하겠는가! 실상 우리 의병 때문에 왜적이 저질러 놓은 만행이니 죄송함을 금치 못하노라. 선비 된 자가 어찌 왜놈과 더불어 이 땅에 섞여 살 수 있겠는가? 백성 모두가 왜병에게 원한을 품어 이 땅을 능멸한 도적을 죽이고 쫓아 한 놈도 남기지 말아야 한다….

"경성에 갔던 밀사가 왔었습니다."

지휘부 장수가 진영으로 돌아가고 심대풍이 장종선이 왔었음을 의암에게 말했다.

"장종선이 왔다 하였는가? 어디 있는가? 내 직접 경성 상황을 듣고 싶네."

의암이 급하게 말했다.

"지금쯤은 충주 경계를 벗어나고 있을 것입니다."

"충주 경계를 벗어나고 있다니? 무슨 소리인가?"

의암이 몹시 서운한 표정으로 물었다.

"장종선은 밀사입니다. 경성에서 우리 편이 아닌, 적의 편에 서 있는 듯 자신을 숨겨야 하는 입장입니다. 충주성에서 적을 몰아냈다고는 하나, 뜨고 다니는 눈을 모두 우리 편이라고 속단할 수는 없는 것입니다."

심대풍의 말을 듣고 의암이 고개를 끄덕였다.

"경성의 상황이 어떻다고 말하던가?"

"임금이 러시아 공사관으로 파천하시려는 움직임이 엿보인다고 하였습니다."

"임금이 러시아 공사관으로 이어하신단 말인가?"

"엄상궁과 그의 무리가 농간을 부리고 있음입니다. 임금은 국모 시해 사건으로 왜를 두려워하고 있으며 경복궁에 연금 중입니다. 왜와 친일세력이 작성한 조칙이나 칙령에 저항하지 못하고 그저 서명을 하고 있는 상황이니, 국권이 이미 왜의 손에 들어 있는 것이나 다름이 없음입니다."

"임금이 러시아 공사관으로 이어하심은 왜를 배척함인데 우리가 왜와 맞서 싸울 명분이 강화되는 것이 아닌가?"

"임금이 러시아 공사관으로 파천하심은 의병의 저항이 있었기 때문이기도 합니다."

"왜를 몰아내려는 의로운 봉기가 곳곳에 있었으니 임금도 왜를 배척할 용기를 얻으신 것이야."

의암이 심대풍 말에 동조했다.

"단발령이 의병 봉기의 기폭제가 되었는데 임금이 러시아 공사관으로 파천을 하신 연후에 강제 삭발을 완화할 조짐이 엿보인다 하였습니다."

"왜의 강제 삭발 강요로 민심이 분개하고 의병이 일었으니 그런 조짐이 일겠지."

임금이 일본의 내정간섭을 마다하고 단발령을 완화한다면 의병의 명분이 작아지는 것이었다.

심대풍이 동헌 뜰에 나와 박시만과 강막실이 살았다는 제금당을 바라보았다. 막실아. 심대풍이 나지막하게 불러보았다. 대답 없는 방문을 바라보며 의풍에 두고 온 옥녀를 떠올렸다. 박시만의 옆에 있던 강막실의 모습이 옥녀의 모습을 지우며 떠올랐다.

말을 타고 가면 목계에 갔다가 날이 밝기 전에 돌아올 수 있는 시각이었다.

"목계에 다녀오겠습니다."

의암에게 고향에 다녀오겠다고 청했다.

"목계는 왜병이 주둔해 있는데 위험한 곳을 어찌 가려 하는가?"

의암이 놀라 물었다.

"병참 왜병이 주둔하고 있음을 잘 알고 있습니다. 그곳 지리는 눈을 감고도 곳곳을 돌아다닐 수 있을 정도로 훤히 알고 있습니다. 바삐 가서 왜병의 동태를 정탐하고 포고문도 마을에 살포한 후 날이 밝기 전에 돌아오겠습니다."

심대풍이 포고문을 품에 넣었다.

"포고문 살포와 왜병 정탐을 위해 목계에 가는 것이 아닌 것 같네."

의암의 말에 심대풍은 부인도, 긍정도 하지 않았다.

"사사로운 정에 집착하면 일을 그르칠 수 있네."

의암이 걱정되는 눈빛으로 말했다. 심대풍이 말을 타고 목계로 내달았다.

강막실은 박시만이 달마실로 가라 했지만, 홍금희가 준 편지를 품고 병참 다나까를 만났다.

"박시만의 부인이 충주에 있다고 들었는데 어인 일이시오?"

다나까가 무거운 표정으로 농을 던졌다. 충주가 의병의 손아귀에 넘어가자 다나까가 겁을 먹었다. 가흥창고에 전쟁물자가 될 만한 물품이 보관되었으니 의병이 공격을 해올 것은 빤한 이치였다. 의병이 관찰사 목을 베었고 홍금희가 무서워 울고 있다고 말했다. 홍금희가 건네주라는 쪽지를 다나까에게 주었다. 다나까가 켜켜이 접은 쪽지를 펴들었다.

"…나를 구해줘요. 나를 이곳에 그냥 두면 의병에게 잡혀가서 목이 베일지도 몰라요. 의병이 충주에 들어와서 함부로 이곳에 올 수 없다는 거 알아요. 하지만 무서워요. 무섭고 두려워지니까 다나까상이 그리워져요. 밤중에 조선옷으로 변복하고 오던지 다른 방법으로 와서 나 좀 구해줘요…."

다나까가 고민에 빠졌다. 정황이 급한 듯 휘갈긴 글씨가 다나까의 마음을 흔들었다. 병참에서 나가는 강막실을 다나까가 불러 세웠다. 강막실은 홍금희가 일러준 데로 아무 말도 하지 않았다.

7

밀고

심대곤이 강막실을 확인하러 행랑채로 갔다. 자정이 넘은 방에 불이 꺼져 있었다. 마당을 가로질러 마루로 접근했다. 방에서 인기척이 들리지 않았다.

다른 곳으로 피신한 것일까? 주저하는데 쪽문에서 인기척이 났다. 급히 마루 밑으로 숨었다. 쪽문으로 들어온 남자가 조심스럽게 주변을 두리번거렸다. 고양이처럼 잽싸게 마당을 지나서 마루에 착 엎드렸다.

"금희. 금희."

사내가 나지막하게 불렀다. 발음이 몹시 서툴렀다. 방에서 기척이 없다.

"금희. 내가 왔소. 다나까가 왔단 말이오."

다나까가 홍금희의 쪽지를 받고 밤중에 충주로 숨어들었다. 마루 밑에서 숨을 죽이던 심대곤의 눈동자가 반들거렸다.

"금희. 다나까가 목계에서 왔단 말이오."

다나까가 또 나지막하게 말했다. 방문이 열렸다. 홍금희가 나왔다. 쉬이! 홍금희가 다나까를 얼싸안아 방으로 끌고 갔다. 방문이 닫혔다. 마루 밑에 있던 심대곤이 마루에 엎드려 방으로 귀를 기울였다.

"금희. 보고 싶어 미칠 뻔했는데 위험에 처했다는 쪽지를 받고 이렇게 달려왔어."

다나까가 홍금희 속곳에 숨긴 쪽지를 품에서 꺼냈다.

"강막실이 쪽지를 옳게 전해주었군요. 무서웠어요. 와줘서 고마워요."

강막실이 목계로 무사히 돌아갔구나. 박시만도 목계로 간 것일까? 심대곤이 마루 밑에서 중얼거렸다. 금희? 금희가 누구일까? 심대곤은 홍금희를 알지 못했다. 홍금희란 여자와 안방에 들어 있는 일본인은 의풍으로 왔던 다나까였다. 심대곤의 손에 죽은 사사끼의 후임이 충주 홍금희에게 와 있다. 이놈. 잘 만났다. 여기가 네놈 무덤이다. 심대곤이 주먹을 쥐고 부르르 떨었다.

"정말 보고 싶었어."

다나까가 홍금희를 와락 끌어안았다.

"의병이 충주를 점령했어요. 관찰사의 목이 땅에 떨어졌어요. 무서워요. 두려워요."

홍금희가 다나까의 품에 파고들었다. 홍금희 비음을 들으며 심대곤이 주먹을 불끈 들었다. 홍금희란 년도 사사끼와 붙어 음탕한 짓을 일삼던 논다니 연화처럼 죽어야 할 년이구나. 나라를 짓밟으러 온 왜놈보다 더 나쁜 놈은 왜놈에게 붙어사는 매국노다. 홍금희 네년도 오늘이 제삿날이다. 방문을 박차고 들어가 왜놈을 끌어들인 홍금희를 박살 내고 싶은 충동을 강하게 느꼈다.

"이럴 시간이 없어요. 여긴 위험해요. 나를 어서 목계로 데려가요."

홍금희가 다나까의 품에서 거짓 앙탈을 부렸다.

"걱정하지 마. 내가 이렇게 죽음을 무릅쓰고 왔잖아."

다나까가 콧바람을 푸푸 쏟았다. 다나까의 손이 홍금희의 속살을 더듬었다.

"아이. 이러면 안 되는데."

홍금희가 비음을 흘렸다. 버르적거리는 소리가 들리고, 쿵! 두 몸이 바닥에 쓰러지는 소리가 들렸다. 심대곤이 이를 악물었다. 사사끼와 알몸으로 뒹굴며 멸사봉공을 외치던 연화의 모습이 떠올랐다. 그러자 몸이 부르르 떨렸다. 마루에서 나와 마당에 세워 둔 작대기를 집어 들었다. 심대곤의 존재를 모르는 방에서는 다나까의 손놀림이 급해졌다. 너무 급해서 저고리가 찢어졌다. 홍금희는 다나까에게 몸을 맡기면서 머리맡에 놓아 둔 이불에 손을 찔러 넣었다. 홍금희 손에 칼이 쥐어졌다. 고개를 살짝 비틀어 샛문을 보았다. 박시만이 잠든 샛문이 닫혀 있었다.

박시만은 윗방에서 잠깐 잠에 빠졌는데 누군가 방으로 들어오는 기척을 들었다. 자신을 잡으러 온 의병인 줄 알고 황급히 일어났다. 그런데 다나까였다. 박시만은 아랫방으로 갈까 하다가 샛문에 귀를 댔다. 다나까가 홍금희의 치마를 걷어 올렸다. 홍금희는 저항하지 않으면서 칼을 움켜잡았다. 홍금희를 올라탄 다나까를 끌어안으며 두 팔을 위로 들어 올렸다. 두 손으로 칼을 단단히 움켜쥐었다. 다나까가 입을 맞춰왔다. 홍금희가 순순히 입술을 열어주었다. 다나까가 낮은 괴성을 질렀다. 문틈으로 이들을 지켜보는 박시만은 기가 막혔다. 샛문을 우지끈 부러뜨리고 홍금희를 덮치고 있는 다나까의 등짝에 칼을 꽂고 싶었다. 그런데 홍금희의 손에 들린 칼이 보였다. 박시만은 홍금희의 의도를 짐작하고 문틈에서 물러앉았다.

심대곤이 작대기를 쥐고 마루로 올라갔다. 다나까가 누에머리처럼 상체를 들어 윗옷을 벗었다. 심대곤이 문고리를 잡는 순간, 홍금희의 손아귀에 들렸던 칼이 다나까의 심장에 푸욱 박혔다. 으헉! 다나까가 외마디를 지르면서 홍금희의 몸에 축 늘어졌다. 입에서 시뻘건 피가 흘러나와 홍금희 가슴에 번졌다. 문이 와락 열렸다. 심대곤이 작대기를 쳐들었을 땐 다나까는 이미 축 늘어진 뒤였다. 방문이 열리는 소리와 다나까의 외마디 비명에 박시만이 샛문을 열고 아랫방으로 왔다. 갑자기 나타난 심대곤을 본 홍금희가 다나까를 밀쳐내고 일어났다. 심대곤의 손에는 작대기 들렸고 눈알이 이글이글 불타며 당장 무슨 일을 낼 것만 같았다.

"안심해. 이분은 해치려고 온 사람이 아냐."

박시만이 심대곤을 알아보고 홍금희를 달랬다. 심대곤이 박시만을 알아보고 쳐들었던 작대기를 내렸다.

"어찌 된 일이야? 다나까가 여기까지 와서?"

박시만이 옷매무새를 여민 홍금희를 다그쳤다.

"이놈은 죽어도 마땅한 놈이야."

홍금희가 다나까에게 겁탈을 당한 사실을 모르는 박시만은 돌발적인 행동을 이해하지 못했다.

"왜놈에게 붙어먹는 똥개 같은 네년도 죽어 마땅해."

심대곤이 홍금희에게 작대기를 겨눴다. 박시만이 깜짝 놀라 앞을 가로막았다.

"비키시오. 논다니보다 더러운 저년을 살려둘 수 없소."

심대곤이 박시만을 밀치고 소리 질렀다. 박시만이 문짝에 머리를 부딪고서 방바닥에 나동그라졌다. 홍금희는 심대곤이 쳐든 작대기를 무덤덤하게 바라보았다. 다나까에게 정조를 잃고서 더 살고 싶은 생각이 없었다. 자살을 시도했지만 죽기가 사는 것보다 더 어렵다는 것을 깨달았다.

박시만을 사랑할 수 없게 만든 다나까에게 복수하고 싶었다. 목계로 가는 강막실에게 쪽지를 주어 다나까를 충주로 유인했다. 계획대로 다나까가 와주어 복수를 했다. 방바닥에 죽어 늘어진 모습을 보니 모든 것이 부질없어 보였다. 심대곤이 작대기로 내리치면 피하지 않고 맞을 작정이었다. 그토록 사모했던 박시만의 존재도 이 순간에는 스쳐 가는 사내로만 여겨졌다. 심대곤이 작대기로 후려치는 순간, 홍금희가 눈을 감았다. 방바닥에 나동그라졌던 박시만이 심대곤의 가슴으로 파고들었다. 심대곤이 뒤로 넘어지면서 작대기가 허공을 휘저었다.

"이게 무슨 짓이오?"

박시만이 심대곤을 꾸짖었다.

"이년은 왜놈과 붙어먹은 년이니 죽어야 마땅하오."

심대곤이 목소리를 높였다.

"아니오. 금희는 그런 사람이 아니오."

박시만이 급해졌다.

"이 방에서 음탕한 짓이 있었음을 눈으로 보고서도 저년을 두둔하시오?"

심대곤은 홍금희를 연화와 같이 왜병과 놀아나는 논다니로 여겼다.

"오해가 있는 것 같소. 저놈은 목계 병참 대장 다나까라는 놈이오."

"나도 저놈을 알고 있소. 저놈은 물론 이 땅에 들어온 왜놈은 모조리 죽어야 하오."

두 남자가 물러서지 않고 빠르게 말을 주고받았다.

"목계로 간 부인이 쪽지를 전달하도록 해서 저놈을 이곳으로 유인하여 죽인 것이니 금희는 잘못이 없소."

강막실이 목계로 갔다는 말에 심대곤이 한걸음 물러섰다. 심대곤이 쥐고 있던 작대기를 방바닥에 떨어뜨렸다.

"부모님께서 정하신 강막실과 혼인했지만, 경성에서 외롭게 공부를 할 때 큰 도움이 되었던 분이오. 처자를 두고 외간 여인네를 마음에 두고 있다고 욕을 할지 모르나 조강지처만큼 내게 소중한 여인이오."

박시만이 홍금희에게 몸을 돌려 말했다. 조강지처만큼 소중한 여인이라는 말에 홍금희가 눈물을 흘렸다. 홍금희가 박시만의 품에 안겼다. 홍금희가 어깨를 흔들며 흐느꼈다.

"세상이 어지러워 금희와 내가 고통을 받고 있어."

박시만이 홍금희를 그윽하게 안았다. 홍금희는 박시만의 품에 안겨 울면서 죽겠다는 마음을 지웠다.

"여기에서 떠나야 해."

박시만의 품에서 나온 홍금희가 말했다. 가방을 꺼내 옷가지를 욱여넣었다. 갑자기 변한 홍금희의 행동에 박시만과 심대곤은 잠시 아연해졌다.

"어디로?"

박시만이 우두커니 서서 물었다.

"몰라. 저놈을 내 손으로 죽였으니 떠나야지. 시만씨도 충주에 계속 남아 있을 형편이 아니잖아?"

홍금희가 동행을 요구했다.

"낮엔 정말 감사했습니다. 은혜 잊지 않겠습니다."

박시만이 심대곤을 돌아보았다.

"막실이 목계로 갔다 했는데 어찌 된 일이오?"

심대곤이 물었다.

"여기에 남아 있으면 위험에 처할까 목계로 피신시켰소."

"착각을 하고 있군. 위험에 처한 사람은 막실이 아니라 충주부 도사 당신이오."

심대곤이 목소리를 높였다. 조강지처 강막실을 목계로 보내고 홍금희와 짐을 싸고 있는 박시만에게 화가 났다.

"아…알고 있소. 그래서 떠나려 하고 있소."

"조강지처는 시댁에 두고 이 여인과 떠난다는 것이오?"

심대곤의 추궁에 박시만이 대답하지 못했다. 옷가지를 챙기는 홍금희를 그저 물끄러미 바라보았다. 심대곤은 방바닥에 떨어뜨린 작대기를 바라보았다. 가슴으로 치솟는 화를 참지 못한다면 작대기로 박시만과 홍금희를 요절낼 것 같았다. 박시만은 강막실의 남편이었다. 박시만을 요절낸다면 강막실이 평생 과부가 되는 것이었다. 그래. 박시만을 충주에서 무사히 빠져나가도록 해야 한다. 막실이를 위해서. 심대곤이 평정심을 되찾았다. 심대곤이 발을 딛는데 끈적거렸다. 다나까의 옆구리에서 흘러나온 피가 방바닥에 흥건해졌다. 죽어 자빠진 다나까의 시신을 두고 윗방으로 갔다. 박시만이 홍금희를 간단히 소개했다.

"경성으로 동행한다고 말했소?"

심대곤은 화가 났다. 홍금희가 달갑지 않았다.

"충주부가 의병의 수중에 들었으니 보은이나 청주는 물론 예천, 공주까지 수령들의 목이 떨어질게 분명하오. 때문에 경성으로 가야 온전하게 피신을 할 수 있어 그러는 것이오."

경성으로 가면 친일세력이 많고 일본 공사관이 있어 목숨이 위태롭지 않을 터였다.

"그럼 목계로 간 막실을 어찌할 셈이오?"

심대곤의 물음에 박시만이 대답하지 못했다.

"이 여인과 경성으로 도망을 가면 막실은 어찌하겠냐고 묻지 않소?"

심대곤이 다그쳤다.

"난리가 진정되면 목계로 돌아올 것이오. 기필코."

"난리가 진정된다는 말이 무엇이오? 의병이 왜놈을 이 땅에서 몰아낸다는 뜻이오? 아니면 의병이 진압되면 목계로 오겠다는 뜻이오? 이 여인의 부친 되는 사람이 보아하니 왜놈의 앞잡이가 분명하니 의병이 진압되어야 막실이를 부인으로 여기겠다는 뜻으로 들리는데 내 생각이 틀렸소? 그리고 의병이 진압되면 왜놈이 득세를 할 텐데. 앞잡이의 딸인 이 여인의 손아귀에서 벗어나 막실이를 거둘 수 있을 것 같소?"

심대곤의 조목조목 따져 드는 말에 박시만이 곤혹스러워 쭈물거렸다.

"목숨이 경각에 달린 사람의 발목을 잡고 무엇을 하자는 것입니까?"

홍금희가 심대곤에게 역정을 냈다.

"상황이 어찌 진행되든지 목계에 있는 부인을 그냥 버려두지는 않을 것이오. 맹세를 하라면 손가락을 깨물어 혈서를 쓰겠소."

박시만이 비장한 목소리로 말했다.

"서둘러야 해. 날이 밝기 전에 충주를 벗어나야 해."

홍금희가 박시만을 잡아끌었다. 심대곤은 방문을 열고 나가는 둘을 말리지 못했다. 심대곤도 따라나섰다. 마당을 가로질러 갈 때 쪽문이 와락 열렸다.

"저놈이다."

쪽문에서 튀어나온 사내가 소리쳤다. 다섯의 사내가 몽둥이를 들고 뛰어 들어왔다. 홍금희와 박시만이 깜짝 놀라 심대곤의 뒤로 숨었다.

"누구냐?"

심대곤이 소리를 질렀다.

"도사를 잡으러 왔다."

사내들이 살기를 번득이며 다가왔다. 홍금희의 시중을 들던 행랑 할아범이 그들 뒤에 보였다. 홍금희는 행랑채를 얻으면서 노인 내외에게 삯을 주기로 하고 종으로 고용했다. 원래 행랑 할아범과 행랑 할멈은 종이었다. 작년에 동학이 들어왔을 때 주인과 식솔이 모두 죽임을 당했다. 동학 농민군은 남산 아래에 그래도 대갓집인 이곳을 본부로 삼았다. 행랑 할아범의 외아들이면서 종노릇을 하던 덕배가 주인을 밀고했다. 대대로 벼슬하며 소작료를 배로 받았으며 농민을 착취했다고 밀고했다. 주인과 식솔이 동학군에게 죽임을 당했다. 동학이 물러나면서 덕배에게 대갓집을 주었다. 덕배는 동학 농민군을 따라 보은으로 갔다가 관군에게 사살되었다. 행랑 할아범과 행랑 할멈은 홀로된 며느리 서창댁과 대갓집에서 주인행세를 하며 살고 있던 차에 홍금희에게 고용되었다. 어지러운 세상에 자식을 잃은 행랑 할아범이 충주부 도사가 행랑에 들어있다는 것을 알았다. 또 해를 입을까 지레 겁먹고 밀고했다.

"네놈을 잡아 의병에게 넘겨야겠다."

사내들이 몽둥이를 치켜들고 다가왔다. 심대곤도 몽둥이를 집어 들었다. 사내들이 몽둥이를 휘두르며 달려들었다. 심대곤도 몽둥이를 휘두르며 접근을 막았다.

"저놈을 내놓지 않으면 네 놈도 살아남지 못할 것이다."

사내들이 일제히 달려들었다. 뗏목으로 뼈가 굵은 심대곤이 싸움에서는 결코 뒤지지 않았다. 사내 다섯과 심대곤이 휘두르는 몽둥이가 둔탁한 소리를 냈다. 잠깐 싸웠는데 위치가 바뀌었다. 심대곤이 의도한 바였다. 사내들이 행랑 쪽으로 밀리고 심대곤이 쪽문을 등졌다. 박시만과 홍금희가 쪽문으로 나갈 수 있는 위치가 되었다.

"뭣 하는 게요? 어서 달아나시오."

심대곤이 소리를 질렀다. 사내들이 쪽문으로 거세게 달려들었다. 심대곤이 쪽문을 지키려 맞싸웠다.

"빨리 달아나시오."

심대곤이 급하게 소리 질렀다. 박시만과 홍금희가 쪽문으로 달아났다.

"막실이를 버려두면 내 가만두지 않겠소."

심대곤이 쪽문으로 소리를 버럭 질렀다. 심대곤의 어깨에 몽둥이가 정통으로 내리쳐졌다. 심대곤이 무릎을 꿇었다가 앞으로 고꾸라졌다. 사내들이 쪽문으로 몰려들었다. 심대곤이 그들을 저지하려고 안간힘을 다해 일어섰다. 몽둥이가 뒷머리를 때렸다. 심대곤이 다시 앞으로 고꾸라졌다. 사내들이 쪽문으로 몰려나갔다. 박시만과 홍금희가 종적을 감춘 뒤였다.

얼마 후, 사내들이 마당으로 돌아왔다. 사내가 들고 있던 몽둥이로 혼절한 심대곤의 옆구리를 쿡쿡 찔렀다. 반응이 없자 사내들이 쪽문으로 나갔다. 숨어서 지켜보던 행랑 할아범과 할멈이 왔다.

"피가 범벅인데, 목숨이 꼴깍꼴깍 붙어 있네?"

심대곤의 맥을 짚은 행랑 할아범이 말했다.

"어쩐대요?"

할멈이 겁먹은 소리로 물었다.

"글쎄 어쩌지?"

할아범도 결정을 내리지 못했다.

"그냥 죽게 내둬요?"

늙은 부부가 쓰러진 심대곤을 가운데 두고 소곤거렸다. 동학 농민군이 들어왔을 때 죽은 사람을 여럿 보았던지라 덤덤했다.

"사람 목숨이 붙어 있으면 살려야 하는 거 아녀요?"

며느리 서창댁이 안채에서 나와 심대곤 곁에 쪼그려 앉았다.

"얘야. 쓸데없이 선심 썼다간 곤욕을 치른다."

할아범이 심대곤의 상처를 살피는 서창댁을 만류했다.

"아버님. 밀고 때문에 자식을 잃고서도 또 밀고를 하셨네요?"

서창댁이 시부모를 힐난했다.

시부모는 며느리의 말을 듣고 무슨 일을 저질렀는지 깨달았다. 대대로 섬긴 주인과 식솔이 밀고로 몰살당했다. 동학이 물러가면서 밀고한 아들의 입지가 곤란해졌다. 동학을 따라갔다가 사살되었다. 밀고로 주인 가족과 아들을 잃은 노인 부부가 또 밀고했다. 서창댁이 심대곤을 겨우 안고 방으로 들어갔다.

"아버님!"

행랑방에서 서창댁이 소리 질렀다. 행랑 할아범이 급하게 방으로 들어갔다. 안고 들어간 심대곤이 기어코 숨을 거두었다고 생각했다. 또 하나의 사내가 피를 흘리며 바닥에 엎드려 있었다. 맥을 짚은 행랑 할아범이 고개를 절레절레 흔들었다.

"얘야. 하나도 아니고 둘인데 밖에 알려야 하지 않겠니?"

행랑 할멈이 의병에게 알리자고 했다.

"안 돼요. 이 사람이 누군지도 모르고 알렸다가 잘못되면 우리 전부 위험해져요."

며느리가 시부모를 밖으로 나오게 했다. 죽어 있는 사내가 의병인지 왜병인지 모르는데 누구에게 알리겠느냐? 왜 행랑에서 죽었는지 설명할 수 있느냐? 죽은 자가 의병이라면 의병이 우리를 가만두겠느냐? 시부모에게 따져 물으며 협박했다. 죽은 사람이 누구이며, 언제 들어와 어떻게 저렇게 됐는지 모르는 행랑 할아범은 며느리 말에 겁이 덜컥 났다.

의병이 충주에 들어왔다는 소문이 돌고 문밖에 다니는 사람이 줄었다. 부잣집은 생각이 달랐으나 백성은 의병이 무섭지 않았다. 빼앗길 것이 많은 자는 변화가 두려웠다. 가진 것이 없는 자는 원래부터 바닥이니 변화의 돌풍이 거칠게 불어 닥쳐도 잃을 것이 없었다. 태풍이 거세게 불고 소낙비가 쏟아져 홍수가 휩쓸고 가면 우주의 바탕인 땅이 달라졌다. 높은 곳이 낮은 곳으로 내려앉고 부족한 곳은 많은 곳에서 채워졌다. 덮였던 것들이 푸른 하늘 아래로 드러났고 호사를 누리던 것들이 묻혔다. 꼿꼿하기만 하던 것이 부러지거나 뿌리가 뽑혀 드러누웠고, 옆에 것에 의지하여 매달렸던 넝쿨이 잘려져 떠내려갔다. 굽혀서 자신을 낮출 줄 아는 줄기는 폭우와 홍수에도 멀쩡하게 살아남았다.

캄캄한 밤 문설주에 귀를 대고 밖의 소리를 들으려 했다. 변화를 거부하는 자와 변화를 은근히 기다리는 사람 모두 잠을 설쳤다. 새벽녘에 깜박 잠들었다가 눈 뜨면 골목으로 나와 변화의 조짐이 밤새 왔었는지 살폈다.

창말과 달마실 목계 백성이 주시하는 또 하나가 있었다. 병참 왜병이 백성의 관심거리였다. 사사끼 똥개 노릇을 하던 똥깐이 없어지지 않았다면 그놈의 설레발 때문에 소문이 바람처럼 돌았겠지만 새로 부임한 다나까마저 저잣거리나 목계 나루터에 아예 나타나지 않았다. 반가운 놈은 아니지만 궁금하기는 하여 귀를 열었지만 목격하지 못한 억측이 목계 저잣거리에 무성했다.

강막실은 창말 시댁으로 왔으나 들어가지 않았다. 찬 돌담에 기대 생각에 잠겼다. 밤바람이 몹시 차가웠다. 돌담 냉기가 몸으로 스며들었다. 캄캄한 밤에 만날 수 있는 사람이 누구일까? 곰곰 짚어봐도 나타나지 않았다. 옆집 쌍둥이 오빠와 동갑내기 심만옥이 달마실에서 떠났다. 서방님은 충주에 두고 왔다. 시부모와 시누이가 잠든 방문을 바라보다가 달마실 친정 부모가 생각났다.

달마실로 가는 역답 논둑길이 캄캄했다. 헛발을 짚어 쓰러질 듯 기우뚱거리며 달마실 어귀로 갔다. 봉암댁 집 앞에서 불행의 시초가 된 그날을 떠올렸다. 새벽에 사사끼 총에 여주댁이 죽었다. 심대풍이 왜병을 죽이고 쫓기는 신세가 되었다. 등불이 꺼진 달마실이 통째로 캄캄했다. 부모님이 잠든 방문을 바라보다가 봉학사로 가고 싶어졌다. 혜원 스님에게 충주에 있는 동안의 소식을 듣고 싶었다.

골목에서 나와 장미산으로 가는 고갯길로 발걸음을 옮겼다. 몇 시나 되었을까. 캄캄한 하늘에 희미하게 뜬 달을 보아도 시각을 가늠할 수 없었다. 모든 것이 잠들고 강막실 혼자 캄캄하게 움직였다. 어둠이 세상의 모든 불행을 덮어주는 솜이불처럼 포근했다. 아침 꿀잠을 자듯 어둠 속으로 천천히 빨려들어 갔다.

따각따각 장미산 봉학사로 가는 말발굽 소리가 희미하게 들렸다. 목계에서 말을 타고 다니는 사람은 왜병뿐이었다. 왜병이 밤중에 무슨 연유로 봉학사에 오는 것일까? 따각따각 말발굽 소리가 가까워졌다. 강막실이 길옆 나무에 숨었다. 따각. 따각. 경사가 있어서 말발굽 소리가 늦어지고 푸우– 말이 지친 숨을 토했다. 강막실이 숨은 나무 옆으로 말이 지나가는 순간, 아– 강막실이 벌떡 일어나 탄성을 질렀다. 오빠. 중얼거리며 머뭇거리는 사이 저만큼 올라간 뒷모습이 분명하게도 심대풍이었다. 오빠–! 강막실이 소리 내어 부르려다 입을 다물었다. 숨었던 나무에서 나와 손짓하며 몇 발자국 올라가다가 걸음을 멈췄다. 강막실을 발견하지 못한 심대풍이 봉학사로 따각따각 올라갔다. 충주성에 있어야 할 대풍 오빠가 봉학사에 어쩐 일일까?

강막실은 천천히 걷던 걸음을 서둘러 봉학사로 올라갔다. 심대풍의 말이 매어진 봉학사 오동나무 주변을 두리번거렸다. 강막실을 바라보는 눈동자가 있었다. 강막실이 눈동자를 보았다.

"막실이가 왔구나?"

심대풍이 걸어왔다.

"…대풍 오빠…."

강막실이 주춤주춤 걸어갔다. 심대풍도 강막실을 포옹할 듯 걸어왔다. 한 걸음씩 남겨두고 둘이 멈췄다. 언 땅을 파고 여주댁을 묻던 새벽. 헤어지기 아쉬워 깊게 포옹하던 그 자리가 이제는 포옹해서는 안 될 곳이 되었다.

"충주성에 있어야 할 오빠가 여기까지 왔네?"

강막실이 한 걸음 물러났다.

"내가 묻고 싶은 말이야. 정월이라 칼바람이 부는데 어쩐 일이니?"

여주댁 묏등으로 걸어가서 물었다.

"오빠. 충주 관아에서 봤어."

"동헌 뜰에서 그 사람하고 서 있는 거 봤어."

그 사람. 강막실이 속으로 중얼거렸다. 심대풍이 동헌 뜰에서의 박시만을 떠올랐다. 강막실도 충주에 남은 박시만의 소식이 궁금해 마른 풀을 뜯어 만지작거렸다.

"대곤 오빠가 우리를 살렸어."

우리? 그래. 막실이 네게 우리라고 말할 수 있는 사람이 따로 있구나. 옆집에 살면서 강막실이 심대풍에게 흔하게 말했던 우리가 그렇게 변했구나. 캄캄한 어둠이기 때문에 강막실은 심대풍의 쓸쓸해진 표정을 보지 못했다. 충주 백성의 고자질로 심대곤이 옥에 갇혔었다고 말하려다

그만두었다. 갇혔지만 갇히지 않은 것으로 상황이 변했다. 의암과 절충의 배려로 심대곤이 풀려났다. 강막실이 박시만의 소식을 알 수 없는 것처럼 심대풍도 심대곤의 소식을 알지 못했다.

"대곤 오빠가 우리 때문에 곤욕을 치르는 거 아니야?"

강막실이 심대풍의 가슴을 한줌 쥐어뜯는 말을 했다. 심대풍이 대답하지 않았다. 성문 밖 캄캄한 어둠으로 걸어 나간 심대곤의 행방이 불안했다. 가슴에 품고 있는 불안한 심기를 강막실에게 옮겨주기 싫었다.

"충주부 도사도 창말로 왔겠지?"

심대풍은 박시만이 충주에서 탈출했는지 궁금했다. 강막실이 박시만의 소식을 말하지 않았다. 강막실도 충주에 남아 있는 서방님이 몹시 불안했다. 홍금희와 충주에 남아 있을까. 의병에게 잡히지는 않았겠지. 생각할수록 불안해지는 심정을 심대풍에게 말하기 싫었다. 강막실은 박시만이 홍금희를 따라 경성으로 갔을 것이라고 생각하지 않았다.

심대풍은 박시만이 위태로운 상황에 있을 것이라고 판단했다. 박시만이 충주에서 창말로 왔다면 강막실 혼자 봉학사에 올라오지 않았을 터였다. 캄캄한 밤에 홀로 장미산 봉학사에 올라온 것으로 미루어 강막실의 힘들고 외로운 상황이 짐작되었다. 박시만의 아내가 된 것도, 왜병에게 시달려야 하는 것도 자신 때문이라고 심대풍이 자책했다. 강막실에게 해줄 수 있는 것이 아무것도 없어 곤혹스러웠다.

"막실아. 같이 창말로 왔니?"

박시만과 함께 충주에서 창말로 왔는지 심대풍이 또 물었다. 캄캄해서 서로의 표정은 보지 못했지만 강막실의 우물쭈물하는 태도가 심대풍을 불안하게 했다.

"막실아. 사실대로 말해야 해. 충주부 도사 박시만이 너랑 충주에서 탈출한 것이 맞니?"

심대풍은 박시만이 어디 있는지 집요하게 물었다.

강막실은 혼란에 빠졌다. 심대풍이 박시만에 대해 묻는 의미에 혼란이 생겼다. 의병으로서 충주부 도사를 포박하려는 의도일까. 서방님의 안전을 염려하는 것일까?

"그 사람이 어디에 있는지 알아야 할 이유가 도대체 뭐야?"

강막실이 하고 싶지 않은 말을 했다. 해서는 안 되는 말이라고 속으로 금방 자책했다.

"충주에서 나오지 못했구나?"

심대풍이 강막실에게 다가왔다. 당돌하게 물어야 하는 강막실의 입장을 이해했다. 겉은 당돌한 체했지만 속은 그렇지 못하다는 것을 표정에서 읽었다.

"충주에 남아 있고 나 혼자 왔어."

강막실도 가까이 온 심대풍의 표정을 보았다. 아침마다 담 너머로 바라보던 따뜻하고 인자한 표정 그대로였다. 강막실이 알고 있는 것들을 심대풍이 모두 알지 못했다. 강막실이 박시만에 대한 얘기를 주저하는 이유였다. 동헌 뜰에서 나온 후 박시만에 대해 얘기를 시작하면 홍금희도 등장해야 했다. 강막실은 다른 얘기는 다 해도 홍금희를 심대풍에게 말하고 싶지 않았다. 강막실의 볼로 눈물이 주르륵 흘러내렸다.

"충주에 남아 있다면 큰일이다. 날이 밝으면 의병이 충주 대갓집이며 여염집까지 샅샅이 뒤질 거야."

심대풍이 박시만을 진심으로 걱정하고 있음을 강막실은 느꼈다. 심대풍이 봉분으로 갔다. 강막실과 심대풍이 돌처럼 언 땅을 파서 만든 여주댁의 봉분이었다. 슬픔에 복받친 심대풍이 한동안 울음을 삼키며 서 있었다.

"혜원 스님이 아직도 계시겠지?"

심대풍이 봉학사 법당을 보면서 눈물을 닦았다. 바람에 흔들리는 풍경이 맑은 금속성을 냈다.

"허허허. 깊은 밤에 빈도를 찾는 이 누구시오?"

혜원 스님이 어느새 법당 앞에 나와 있었다. 심대풍이 혜원 스님에게 걸어가다가 되돌아와 강막실을 바라보았다. 함께 스님에게 가자는 눈빛이었다.

"날이 찬데 두 분이 어인 연유로 재회하셨소?"

혜원 스님이 둘이 헤어지던 그날 아침을 기억했다. 혜원 스님이 요사채 방문을 열었다. 종일 곡기를 굶었음이 생각나고 허기가 왔다.

"오빠는?"

따뜻한 방과 곡기가 절실해진 강막실이 물었다.

"난 돌아가야 해. 날이 밝기 전에 돌아가기로 약속하고 왔어."

계명산 너머에서 새날이 밝는 기미가 보이는 듯했다.

"곧 의병이 목계로 올 거야. 마을에 있지 말고 여기에 와 있도록 해. 의병이 창말에 오면 박시만의 가족에게 해를 가할지도 모르니까."

심대풍이 힘겹게 말했다.

"스님. 막실이 종일 굶었으니 요기를 주시면 고맙겠습니다."

심대풍이 뒷걸음하며 청했다.

"그러는 사람도 몹시 지쳐 보이니 잠시 요기를 하고 가시구려."

혜원 스님이 심대풍의 걸음을 붙잡았다.

"고맙습니다만 너무 늦었습니다."

심대풍이 강막실을 바라보다가 혜원 스님에게 합장하고 묶어놓은 말에게 걸어갔다. 따각따각 장미산에서 내려가는 말발굽 소리가 어둠 속으로 멀어졌다. 소리가 사라지자 강막실은 갑자기 허탈해졌다. 스님의 방으로 들어갔다. 초저녁에 군불을 넣어 방바닥이 미적지근했다. 혜원 스님이 내주는 고구마를 먹고 벽에 기대앉았다. 돌덩이처럼 얼었던 몸이 차츰 녹으면서 졸음이 걷잡을 수 없이 몰려왔다.

얼마나 잤을까. 깨어보니 해가 중천에 떠 있었다. 화들짝 놀라 말을 매두었던 오동나무로 뛰어갔다. 말도 심대풍도 없었다. 허탈해져 휘청거리는데 충주에 남아 있는 박시만 때문에 느닷없이 불안해졌다.

8

몸은 먼저 갔어도 의로운 그대

의병이 충주를 장악하고 파수장이 왜병의 병참 책임자를 잡아 처단했다. 의기 있는 백성이 자진해서 의병을 도왔으나 벼슬이 높았던 달관과 땅 부자가 외면했다. 마땅히 의병을 도와야 할 지주와 벼슬아치들이 월나라 사람이 수척한 진나라 사람을 보듯 의병을 달가워하지 않았다. 지방의 수령과 은퇴한 재상이 도와주지 않으니 살림살이가 궁핍해졌다. 병사의 식량을 구하러 사람을 성 밖으로 보내야 했다.

천안과 공주가 강제삭발로 백성의 소란이 많았다. 의병장 의암이 두 지역의 수령인 군수를 처단하기로 했다. 의암이 조암 이범직을 소모장으로 임명하여 천안으로 보냈다. 조암은 충주 출신으로 중군장 괴은과 더불어 제천 의병에 합류하고 단양 전투에 참여했다. 출발한 지 사흘 만에 천안군수를 처단했다. 의병 해산의 임무를 띠고 중앙에서 파견된 선유사를 붙잡아 돌아오는 길에 청주 관군의 매복 기습을 받아 병사를 잃었다.

의병을 모집하는데 예천군수가 관군과 왜병을 몰래 끌어들여 훼방을 놓았다. 경암이 분개하여 예천군수를 붙잡아 처단하였다. 곳곳에서 의병을 돕겠다고 나섰다. 소백산 산포수 수십 명을 모집해 온 사람도 있었다. 직접 와서 함께 싸우겠다는 사람도 있었고 서신을 보내 격려하기도 했다. 지주와 벼슬아치가 계속 외면하여 식량이 부족했다.

참령이 이끄는 관군과 왜병의 첩자들이 의병의 곤란한 사정을 날마다 와서 엿보고 갔다. 먹을 것이 없어서 군사를 해산해야 할 처지에 놓였다.

의암이 장수를 모이게 하여 대책을 논의했다.

"나라를 위해 나서는 자가 많으나 식량은 바닥이 날 지경입니다. 충주는 예로부터 부호가 많은 지역인데 가진 것이 많으면서도 도와주지 않고 있습니다."

군량미 조달을 맡은 중군장 괴은뿐만 아니라 모두 걱정이 컸다. 의암도 침통한 표정이었다. 충주를 점령하면 영남으로 호서로 승승장구 뻗어 나갈 줄 알았는데 뜻하지 않은 어려움에 부닥쳤다. 적이 쳐들어와 싸워야 하는 문제가 아니라 먹을 것이 모자라 겪어야 할 고통이 작지 않았다.

"곳간에 쌓아두고 있으면서 내놓지 않는 자들의 목을 베고 곳간을 열어 식량을 내옵시다."

중군장이 흥분한 목소리로 말했다. 군량미 조달의 책임을 중군장이 져야 했다.

"있는 자들이 없는 자보다 이기적이고 베풀지 않는다는 옛말이 있지만 야속할 정도로 인색한 자들이니 강제로 빼앗아 옵시다."

전군장 하사가 동조했다.

중군장이 식량을 빼앗아 오자고 강하게 주장했다. 지평에서 중군장과 의기투합했던 하사도 중군장 의견을 지지했다. 의로운 행동으로 의병이 되었는데 의에 어긋나는 행동을 하지 말자는 의견이 제천 유생을 중심으로 고개를 들었다.

"의로서 목숨을 걸고 뭉쳤는데 의에 어긋나는 일을 함부로 해서는 안 됩니다."

항재가 중군장을 차분하게 달랬다.

"경성 궁에 남은 대신들의 동조를 얻지 못하면 큰 낭패를 당할 수 있습니다. 임금님의 지척에 있는 대신들이 우리를 한낱 도적으로 인식한다면 장차 큰일을 그르칠 수 있습니다."

심대풍이 항재를 두둔했다. 지방의 달관이나 지주는 경성의 대신과 재물로 환심을 사서 연을 맺고 있었다. 목숨을 빼앗고 재산을 강탈하면 궁내 내신의 지지를 얻을 수 없다는 후군장 모양의 의견에 반대하지 못했다.

경성 대신의 미움을 사지 않으려니 당장 먹을 식량이 부족했다. 군량미 확보 문제를 미룰 수도 없었다. 가진 것을 내놓지 않는 달관이나 부자들은 의로운 사람이 아니므로 빼앗아도 된다고 중군장이 고집했다.

의견이 분분하던 중에 경성에 밀사로 간 장종선이 서찰을 보내왔다.

참령의 경군이 충주로 오고 있으니 대응하라고 적혀 있었다. 식량 확보도 급하지만 경군에 대응하는 것이 한발 더 위급했다. 군량미 부족으로 사기가 떨어진 와중에 임금의 군대가 의병을 토벌하러 온다는 전갈이 왔다. 지주가 의병에 협조하지 않으니 호의적이던 충주 백성도 의병에게 등을 돌렸다. 지주의 땅은 소작인의 목숨 줄이었다. 지주를 배반하고 의병에게 기울었다가 토지를 뺏기면 낭패를 보는 것은 백성이었다.

참령이 지휘하는 경대가 의병을 공격하러 온다는 소문이 돌고서 의병과 등을 돌리는 백성이 늘어났다. 의병이 충주성에 계속 머무른다는 보장이 없었다. 의병이 관군과 왜병의 연합에 승리할 것이라고 믿는 백성이 드물었다. 왜병이 조선에서 철수한다는 가능성은 아예 없어 보였다.

친일세력인 참령이 지휘한다지만 경대는 임금의 군대였다. 임금의 군대와 싸우는 것이 의로운 일인가. 드러내고 말을 하지 못했지만 의병도 술렁였다.

친일세력이 밀정을 보내 의병을 선동하는 소문을 퍼뜨렸다. 나라와 임금을 구한다는 의병의 말은 거짓이다. 나라와 임금의 군대인 관군과 맞서는 의병은 역모로 다스릴 것이다. 경대가 포위만 하고 공격하지 않아도 충주성에 갇혀 굶어 죽을 것이다. 의병의 화승총이 경대의 포와 소총을 이기는 법은 애초부터 없다.

의암이나 장수들은 소문에 대응할 전략을 찾기도 쉽지 않았다. 사안마다 뾰족한 전략이 없어 의견이 엇갈렸다. 경대에 대항할 전략을 급히 마련하자는 의견은 반대 없이 일치되었다.

"소총과 포로 무장한 적을 충주성 한곳에서 화승총으로 버티는 것은 현명하지 못한 전략입니다."

심대풍이 의병을 성에만 배치해서는 위험하다고 말했다.

"임진왜란 때 신립장군의 군사가 전멸한 탄금대 배수진을 답습하지 말자는 전략이구나."

의암이 심대풍의 전략을 논의하자고 말했다.

선조 이십오 년 조선에 상륙한 왜가 부산과 동래를 함락하고 경성을 향해 파죽지세로 북상했다. 소서행장의 왜병이 양산 대구 인동 상주를 거쳐 조령에 이르렀다. 가등청정의 왜병은 동래 경주 영천 군위를 거쳐 조령 넘어 충주에서 소서행장 왜병과 합류하기로 했다.

경상도의 여러 고을이 차례로 함락되었다는 급보에 조정은 이일을 순변사로 삼아 상주 방면으로, 성응길을 좌방어사로 삼아 죽령 방면으로, 조경을 우방어사로 삼아 추풍령 방면으로 보내 적을 막도록 했다. 조방장 유극량이 죽령을, 조방장 변기는 조령을 방어하도록 했다.

순변사 이일이 군관 삼백 명을 선발하려 명단을 보니 훈련을 받지 않은 장정들과 유생이 반을 차지했다. 이들마저 병역을 면하려고 갖가지 구실로 하소연하여 선발하지 못했다. 삼일이나 지체되었고 육십여 명의 군관과 출발했다.

좌의정 유성룡이 도체찰사로 임명되어 군권을 전담하게 되었다. 신립을 총지휘관인 삼도순변사로 임명하여 순변사 이일의 뒤를 따라 충주 방면으로 출군하라 했다. 신립도 데리고 갈 병사가 없어 유성룡이 모집한 군관 팔십여 명으로 떠났다.

충주는 남과 북을 잇는 교통의 요지였으며 전략상 요충지이기도 했다. 신립은 군관 팔십여 명과 훈련 한 번 받아 보지 못한 농민에서 병사를 모집해 충주 단월에 진을 쳤다. 모은 군사가 팔천여 명이었는데 화살 한 번 제대로 쏴 보지 못한 오합지졸이었다.

상주에서 진을 치고 있던 순변사 이일이 적의 급습을 받아 문경으로 후퇴하였다. 조령에서 왜병의 북상을 방어하려다 신립이 충주에 진을 쳤다는 소식을 듣고 조령에 진을 친 조방사 변기와 함께 충주로 왔다. 신립은 이들을 선봉으로 삼았다. 충주목사 이종장이 종사관 김여물과 장령 몇 명을 거느리고 조령으로 가서 형세를 살펴보았다.

왜병은 큰 병력이고 우리는 적기 때문에 정면으로 적과 싸우기 어렵다. 조령의 협곡을 이용하여 지키지 않으면 적을 막을 수 없다. 조령으로 군진을 옮겨 산중에 군사를 매복시켰다가 적이 골짜기로 들어오면 양쪽

언덕 높은 곳에서 내려다보고 공격하면 성공하지 못할 리가 없다.

충주목사와 종사관이 전략을 말하니 수행한 장령도 의견이 같다고 말했다. 그러나 신립은 생각이 달랐다.

조령은 좁은 골짜기라서 기마병을 충분히 활용할 수 없을 것이다. 적은 보병이고 우리는 기마병이니 넓은 들로 유인해서 철기로 족치면 이기지 못할 리가 없다. 적은 바다를 건너와 긴 행군으로 북상하면서 매우 피로할 것이다. 넓은 들판으로 유인하여 철기로 대응하면 능히 저항하지 못할 것이다.

신립이 충주목사의 전략을 받아들이지 않았다. 급하게 조직한 군사의 훈련이 미숙하고 의사소통이 되지 않으며 상하 위계가 정립되지 않았다는 내부 사정으로 조령 방어 전략을 마다하고 충주로 돌아왔다.

왜군이 세 갈래로 탄금대를 포위하고 공격했다. 신립은 탄금대와 서쪽의 달천을 등지고 남쪽의 충주천과 동쪽의 금릉천의 외곽 지대인 넓은 들에 군사를 배치하여 일차 방어진을 쳤다. 탄금대를 둘러싼 충주천과 금릉천과 샛강은 천연의 해자였다. 무모한 배수진을 친 것이 아니라 천연의 해자를 이용하여 방어 진지를 구축했다.

일차 방어진은 논과 수초가 우거진 습지였다. 강을 등지고 진을 쳤는데 앞에는 논이 있어서 말이 달리기가 불편했다. 더구나 음력 사월 하순경에 모내기를 위해 물을 담고 있어 말뿐 아니라 군사가 움직이기 곤란했다.

왜군의 공세가 치열했다. 칼날이 햇빛에 번쩍이고 포성이 천지를 진동시켰다. 군사의 대열이 흩어지고 도망갔다. 왜군의 공세에 밀려 탄금대로 밀려났다. 물러설 곳이 없는 최후의 저항선이었다. 뒤로는 깎아지른 절벽 아래 남한강이 흐르고 앞으로는 작은 분지가 있는 탄금대 지형으로 학의 날개 배수진을 쳤다.

신립의 배수진은 한나라 한신의 고사를 따랐다고 했으나 한신의 휘하는 고도로 훈련된 정예병이었기 때문에 성공했다. 훈련받지 못한 오합지졸에게는 어차피 죽을 바이니 일대일로 상대하겠다는 용기가 나지 못하는 법. 뒤에 강물이 있어 빠져 죽는다는 것을 알면서도 앞에서 총과 칼로 공격해오면 담력이 약해 뒷걸음질 치다가 물에 빠질 수밖에 없었다.

전세가 급격하게 불리해졌다. 신립이 남은 군사를 이끌고 마지막 돌격을 감행했다. 개떼같이 달려드는 왜군을 당하지 못하고 되돌아오니 종사관 김여물이 말을 타고 최후의 돌격을 준비하고 있었다. 신립이 미소를 짓고, 그대를 살려 볼까 하오. 말하니, 김여물이 빙긋이 웃으며, 어찌 내가 죽음을 아낄 것이라 생각하시오. 대답하고 신립과 돌격대의 진두에 나섰으나 승리할 수 없었다. 신립과 김여물이 북쪽으로 절을 한 뒤절벽 아래 남한강 물에 몸을 던졌다.

충주목사 이종장과 조방장 변기도 배수진에서 필사의 힘으로 싸웠으나 패했다. 주검과 병기가 벌판을 메우고 강물이 핏빛으로 물들었다. 주인 잃은 기마가 서글프게 울었다.

순변사 이일이 샛길로 달아나 장계를 조정에 올렸다. 충주전투 패전의 소식을 접한 조정은 한성을 버리고 피난길에 오르게 되었다.

"비록 왜군에게 패하였지만, 나라를 위해 목숨을 바친 명장이다. 죽기를 다해 왜적과 싸운 정신을 본받아 할 것이다."

의암이 신립의 정신을 본받자고 했다.

"신립장군은 북방에서 기병으로 여진족을 제압한 승전 경험이 있어서 배수진을 선택하는 계기가 된 것 같습니다. 우리가 각 군의 장수라고는 하나 북벌 전쟁에 참여한 적이 없으니 장군이 남긴 교훈을 새겨야 할 것입니다."

의암과의 대화가 많은 항재가 신립장군의 패배를 교훈삼자고 말했다.

"한나라 한신의 배수진은 적의 후방에 아군의 복병이 있었으나 신립은 오로지 배수진뿐이었습니다. 복병이 없는 배수진이 위험하다는 것을 모르셨겠습니까? 한솥밥 먹던 정규군이 아니라 급하게 모집해서 군령이 서지 않는 군사였기 때문에 싸우지도 않고 도망갈까 우려했을 것입니다."

심대풍이 배수진을 쳐야만 했던 사연을 말했다.

"내통하는 자가 있어서 충주성에 들어왔지만 제대로 싸워보지 않은 우리가 신립 군사보다 나은 것이 무엇이 있겠소?"

절충의 격한 말에 장수 모두 입을 다물었다.

"선봉장과 유격장이 수안보와 목계 병참의 왜병과 맞선다면 앉아서 지키는 것이 아니라 나아가 대적하는 것이며 적을 분산시키는 효과도 있을 것입니다."

심대풍이 전략을 말했다. 절충의 선봉군이나 운강의 유격대는 군사의 이동이 빠르고 돌격적이었다.

"선봉장과 유격장이 수안보와 목계로 진군하면 참령의 경병을 어찌 대적할 것이오?"

괴은이 시퉁한 표정으로 심대풍의 전략에 빗장을 걸었다. 수안보와 목계의 병참 왜병과 맞서지 말고 충주성 근처 요충지에서 분산 대적하자는 전략을 품었다. 심대풍은 충주의 남과 서북에 있는 왜병을 경대와 분리시키려는 목적이었다. 선봉장이 수안보 병참 왜병의 충주로의 이동을 차단하고 유격장이 목계 병참 왜병이 경대와 연합하는 것을 차단하자고 했다.

왜병과 관병을 분리시키자는 전략에 전군장도 찬성을 했지만 실행할

방도를 찾지 못했다. 의병이 충주성을 함락하고 관찰사의 목을 베었다는 소문이 팔도에 빠르게 퍼졌다. 천안과 공주에 가서 수령을 베었고 예천 수령도 베었다. 지방 수령이 의병을 두려워했다. 의병에 잡히면 목이 달아날 판이니 의병의 해산을 고대했다.

"왜병과 관병이 한통속이 되어 우리를 치려 하는데 그게 가능하겠소?"

후군장이 소신을 말했지만 장수들의 탄식이 되었다.

"관병이 왜적에 등을 돌리고 우리와 손을 잡게 할 수 있을 묘책이 필요합니다."

심대풍의 제안에 의견을 내지 못하고 서로의 입만 바라보았다.

"한 가지 방법이 있기는 합니다만…. 임금을 움직이는 것입니다."

임금의 어명이 유일한 해결책이었다. 어명을 내릴지도 불분명하고 어명을 내린다고 친일 대신이 이행할지도 의문인 조정의 상황이었다. 지푸라기라도 잡자고 했는데 지푸라기를 믿을 수 없는 지경이었다.

"임금을 알현하여 경병의 움직임을 멈추게 하자는 뜻이냐?"

듣고만 있던 의암이 심대풍에게 물었다.

"임금님의 주변에 친일 대신이 가득한데 어찌 가능하겠소."

중군장이 심대풍의 대답도 듣기 전에 반대했다.

"중군장의 말도 일리가 있다. 임금이 친일 대신에게 수족이 묶여 있는 상황이다. 어명을 내리고 싶어도 시행이 가능하겠느냐?"

의암도 시행이 어렵다고 판단했다.

가능성이 희박해도 시도는 하자고 심대풍이 고집했다. 누가 임금을 알현하러 갈 것인지가 새롭게 해결될 문제로 떠올랐다. 판서의 아들이 충주에 있으니 그가 적임자라는 의견이 나왔다. 조정에서 의병을 의로운 행동으로 생각하는 대신들과 친분이 있는 선비를 골라야 한다는 의견도 나왔다. 전투가 임박했으니 의병의 장수가 임금에게 가는 것은 곤란하다고 했다. 드러내어 말하지 않았지만, 임금을 알현하기도 전에 친일 대신에 잡혀 참수당할 것이기 때문에 두려웠다. 갑론을박을 거듭하여 휘암 이주승이 적임자로 결정되었다. 휘암은 제천과 충주 사이 한수면 사람으로 충주성을 공략할 때 충주향교 도유사의 도움을 받아 훈련대 대장이 의병과 내통하게 하였다.

휘암이 사명을 띠고 경성으로 떠났다. 의병은 역모가 아니라 조선에서 오랑캐를 몰아내고 임금을 구하기 위한 의로운 봉기임을 아뢰어 관병이 의병을 공격하지 못하게 하자는 목적이었다. 아울러 의병의 부족한 식량 문제를 해결할 수 있도록 재정 원조도 요청하도록 했다.

의병에 협조하지 않는 고을 수령들이나 벼슬아치가 각처에서 처단됐다. 고을 수령이 중군장의 추적을 피하기 어렵다고 판단하여 자수해왔다. 자수한 수령의 처결을 두고도 장수의 의견이 엇갈렸다. 백성을 핍박하고 의병에 방해를 한 죄가 있으나 자수했으니 용서가 옳다. 죄지은 자가 자수했다고 죗값을 없애준다면 죄짓기를 두려워하는 사람이 어디 있겠는가. 온건과 강경이 충돌했다. 의병의 앞날이 순탄하지 못한 탓도 있었다. 죄를 눈감아주면 의병 통솔이 불가능하다며 중군이 강경하게 화를 냈다. 중군장의 말이 일리가 있으나 스스로 찾아와 의병을 돕겠다고 했으니 기회를 주자고 중군장에게 양보를 요구했다.

"벌하지 않으면 중군장의 직을 더 이상 수행하지 않겠소."

중군장이 불같은 성미로 양보하지 않았다. 의암이 수령을 하옥하도록 했다.

이튿날 하옥했던 수령을 동헌 뜰로 끌어냈다. 목을 베려던 참인데 정찰 갔던 의병이 급하게 달려왔다.

"왜병 수백 명이 달천으로 몰려왔습니다."

달천이라면 십여 리 밖이었다.

"중군장이 왜병을 막아라."

의암의 명령이 떨어졌다. 선봉장과 유격장은 적과 맞서 싸웠으나 중군장은 기회가 없었다. 중군장이 적과 싸울 기회를 얻었다.

"유격장과 선봉장은 밤낮으로 적과 대치하고 있지만 중군장의 소임 때문에 적과 싸우지 못해 마음이 온전하지 못하였습니다. 목숨을 걸고 왜적을 물리쳐서 그동안 싸워 온 장수와 의병에게 보답하겠습니다."

중군장이 의병 오백을 이끌고 달천으로 갔다. 달천으로 진군한 왜병이 육백으로 추정되었다. 왜병은 강을 건너와 모시래 넓은 뜰에 막 진을 치는 중이었다. 중군장을 선두로 중군 오백이 달려갔다. 왜병이 깜짝 놀라 허둥대기 시작했다. 강의 오랜 흐름으로 넓게 퇴적된 모래톱이라 숨을 곳이 없었다. 추수 끝나고 쌓아둔 짚가리에 숨고 논두렁에도 숨었다. 우왕좌왕하는 왜병에 사기가 오른 중군이 벼락같은 함성을 지르며 총을 쏘아댔다. 왜병이 혼비백산하여 강둑으로 밀려나 숨었다가 이마저 여의치 않자 강 건너로 도망갔다. 중군의 급습으로 모시래 뜰에 넘어진 왜병의 수가 육십에 이르렀다. 짧은 순간의 엄청난 승리였다. 중군은 강 건너로 도망가는 왜병을 그냥 두지 않았다. 왜병의 등에 총을 쏘며 이십 리를 추격하고 성으로 돌아왔다.

"왜병은 훈련이 잘 된 군대이고 의병은 겁쟁이 오합지졸이라는 헛소문이 백성에게 떠돌았다. 중군이 왜병 육십을 죽이고 이십여 리까지 쫓아가 충주 밖으로 밀어냈다. 왜병은 강하고 의병이 약하다는 소문이 거짓이었음을 중군이 입증했다."

충주성 함락 후에 첫 전투에서 승리를 거두었다. 중군의 사기가 높았다. 사기가 높을 때 적을 이길 수 있다며 승리의 기세를 몰아 수안보 병참 왜병을 공격하자고 중군장이 의암에게 요청했다.

수안보는 오십 리 남쪽이었다. 달천강의 지류인 석문천을 따라가는 길이 수안보로 평탄하게 가는 길이었다. 겨울에 오십 리를 이동하여 왜병과 싸운다는 것은 무리가 있었다. 중군장의 요청이 간절하고 중군의 사기가 높아 의암이 진군을 허락했다.

"달천강과 석문천의 물길을 따라가는 것보다 재오개로 넘어가는 것이 좋겠습니다."

중군장을 보좌하는 종사가 고개를 넘어 수안보로 가자고 말했다. 물길을 따라가는 길은 시위를 당긴 활이었고 고갯길은 시위에 걸린 화살이었다. 종사는 길게 돌아가지 말고 짧게 고개를 넘자고 했다.

"평탄한 길을 두고 험한 고개를 넘자는 이유가 무엇이냐? 정월이라서 고갯길은 눈이 덮여 군사의 행보가 쉽지 않다."

중군장이 종사의 전략을 마땅하게 생각하지 않았다.

"재오개로 넘어 수안보로 향하다가 방향을 틀어 제천 방향으로 가는 것입니다. 적은 월악산 송계입구 서창나루 왜병을 공격하는 줄로 판단할 것입니다. 서창나루로 가다가 공이동 고개를 넘으면 단번에 공격할 수 있는 거리에 수안보가 있습니다."

월악산 서창나루로 가다가 공이동 고개를 넘어 단번에 급습하자는 전략이었다. 석문천 도랑에서 매복하고 있을 수안보 병참 왜병의 뒤를 급습하자고 했다.

"재오개도 넘고 공이동 고개를 또 넘는단 말이냐? 당치 않다."

승리를 맛본 중군장은 마음이 급했다. 중군의 사기가 누그러지기 전에 어서 빨리 왜병과 맞붙고 싶었다.

"기세가 높다 하여 성급하게 대적함은 자칫 함정에 빠질 수 있습니다. 적이 매복해서 소총으로 공격하면 희생이 많을 것입니다. 우리의 움직임을 적이 모르고 적이 우리의 한눈에 보인다면 필시 승리할 것입니다."

종사가 공이동 고개를 넘는 전략을 한사코 고집했다.

"종사의 말에 일리가 있다. 기세가 높은 군사가 눈 덮인 산을 넘다가 지치면 기세가 흐트러질 것이다."

중군장이 종사의 의견을 따르되 눈 쌓인 고개는 넘지 말자고 했다.

"재오개는 넘지 말고 달천강 물길로 가다가 서창으로 방향을 잡으면 될 것입니다."

종사가 재오개는 넘지 말고 공이동 고개만 넘자고 전략을 변경했다.

중군이 달천강 물길로 가다가 살미에서 수안보로 향하지 않고 서창나루로 방향을 틀었다.

살미에서 수안보까지는 십오 리 남았다. 서창나루로 가다가 공이동 고개를 넘으려면 족히 오십 리 길이 또 남았다. 공이동 계곡이 깊고 험했지만 수안보로 넘어가는 고개 또한 만만한 높이가 아니었다. 서창나루로 가다가 공이동 계곡으로 들어갔다. 계곡 찬바람이 칼날 같았다. 계곡이 깊어 응달이 많고 눈이 고스란히 쌓였다. 낮은 곳을 지날 때는 배꼽이 눈에 묻혔다. 공이동 골짜기 끝에서 고개로 올라가기 전에 해가 저물었다. 캄캄해지고 한기가 들이닥치고 몸이 우둘우둘 떨렸다. 수안보 병참 왜병에게 발각될까 우려하여 불을 피우지 못했다. 이빨이 달달달 부딪는 소리. 추워 신음하는 소리. 골짜기로 불어 닥치는 칼바람 소리로 긴 겨울밤을 보내야 했다.

이튿날. 꽁꽁 언 주먹밥을 먹고 고개로 올라갔다. 종사의 전략대로 수안보에 주둔하고 있던 왜병의 동태가 한눈에 보였다.

중군이 공이동 고개로 오는지 모르는 왜병이 아침을 지어 먹느라 경계가 느슨했다. 중군이 낮은 자세로 고개에서 내려왔다. 화승총 사거리까지 접근해서 총을 쏘고서야 왜병이 중군의 공격을 알았다. 왜병이 밥그릇을 내던지고 중군에게 총을 쏘며 대항했다. 대열이 흐트러진 왜병이 후퇴했다. 수안보 남쪽 언덕으로 왜병이 물러났다. 중군이 사기가 올라 도망가는 왜병을 추격했다.

"왜병 이십여 명이 중군의 총에 쓰러졌습니다."

종사가 중군장에게 기습공격의 전과를 보고했다.

"도망가는 왜놈의 숫자가 대략 어느 정도이냐?"

"어림으로 백 오십은 되어 보입니다."

"우리는 피해가 없는 것으로 판단되니 의병의 숫자가 왜놈보다 월등하다."

중군장이 선두에서 도망가는 왜병을 추격했다. 월악산 송계를 거쳐 서창나루로 가는 길목 미륵리에서 왜병이 대열을 갖추었다. 송계계곡으로 가기 전에 전멸시켜야 한다고 중군장이 추격을 멈추지 않았다.

왜병이 밭두렁과 바위에 숨어 반격을 해왔다. 의병의 무기는 화승총이었다. 의병 모두 화승총을 갖고 있지 못했다. 절반은 활과 창칼을 들고 왜병에게 쫓아갔다. 화승총은 십 보 가까이 접근하여 쏘아야 적에게 치명상을 줄 수 있었다. 비가 오거나 물에 젖으면 발사할 수 없었다.

"추격을 멈추어야 합니다."

종사가 중군장의 추격을 만류했다.

"저놈들은 기세가 꺾였다. 수안보에 다시는 들어오지 못하게 해야 한다."

중군장이 추격을 멈추지 않았다. 왜병이 바위 뒤에 숨어 의병이 가까이 오기를 기다렸다가 소총을 쏘았다. 앞에서 추격하던 의병이 가슴에 총을 맞고 쓰러졌다.

"위험합니다. 앞으로 나가지 마십시오."

종사가 중군장에게 소리쳤다. 밭두렁에 죽은 척 누워 있던 왜병이 벌떡 일어나 중군장의 가슴에 소총을 쏘았다. 중군장이 쓰러졌다.

"중군장이 총에 맞았다."

종사가 달려가 보니 중군장이 숨을 거두었다. 총성이 멈추고 의병의 시선이 중군장의 주검으로 모였다. 중군의 사기가 급격히 떨어졌다. 도망가던 왜병이 돌아서서 소총으로 반격했다. 화승총에 불을 붙이다가 쓰러졌다. 활과 칼을 든 의병이 소총에 맞아 쓰러졌다. 삽시간에 중군이 오합지졸이 되었고 도망가기 바빴다. 왜병이 수안보 병참을 되찾고 의병이 충주로 물러났다.

중군장의 시신을 충주로 운구하였다.

"종사란 비록 작은 소임이지만 인물을 가려 써야 한다. 옛날 임진왜란에 이완은 그의 숙부 충무공이 탄환에 맞고 쓰러졌는데도 끝내 사실을 숨기고 싸웠다. 적이 패하여 물러간 뒤 머리를 풀고 울면서 초상이 난 것을 알렸다. 종사의 사람 됨됨이가 대세의 흥망과 관계되어 있으니 어찌 종사의 임명에 신중을 기하지 않으랴."

의암이 동헌 마루에서 눈물을 흘렸다. 중군장 괴은의 나이 스물여덟이었다.

경성으로 임금을 배알하러 갔던 휘암이 돌아왔다. 의병을 하루빨리 해산하라는 임금의 교서를 가지고 왔다. 해산하지 않으면 참령의 군대가 진압하러 올 것이라고 했다.

9

생명의 은인 서창댁

행랑할멈이 물에 적신 무명천으로 이마에 송골송골 솟은 땀을 찍어냈다. 겨우 눈을 떴다. 저승 문턱에서 오락가락하다 살아난 얼굴에 노란 꽃이 피었다. 피를 흘려 핏기가 없어 보였다. 정신이 혼미해진 듯 잠에 빠져들었다.

한나절 동안 죽은 듯이 깊은 잠에 빠졌다가 다시 눈을 떴다. 접시불꽃이 하느작하느작 방을 희미하게 밝혔다. 주변을 찬찬히 살펴보았다. 머릿속에 하얀 구름이 가득 들어찬 듯 생각이 없다.

"이봐요. 젊은이."

행랑할아범이 심대곤의 이마를 짚었다. 심대곤이 행랑할아범을 물끄러미 바라보다 상체를 일으키려 했다. 어깨가 바닥에서 붙은 듯 움직이지 않았다.

"저승문지방 넘은 송장인 줄 알았는데 명줄이 고래심줄이구만?"

행랑할아범의 말을 듣고 행랑할멈이 들어왔다.

"젊은이가 깨어났어요?"

행랑할멈이 놀란 눈으로 머리맡에 와 앉았다.

"여기가 어디입니까?"

심대곤이 겨우 말해놓고 끄응 신음을 흘렸다.

"이제야 정신이 돌아왔는가 보오."

머리맡에서 도란도란 말을 나누던 노인 내외가 방에서 나갔다.

눈 감으면 생각이 백지장처럼 하얗다. 나는 누구인가. 왜 이렇게 누워 있는 것인가. 여기는 어디인가. 늙은 내외는 누구일까. 아무런 생각이 나지 않았다. 몸을 일으키려 했다. 여의치 않았다. 갖은 힘을 동원해서 상체를 일으켜 벽에 기댔다. 어깨에 통증이 왔다. 어깨는 왜 아픈 것일까.

문이 열리고 찬바람이 불어왔다. 접시불꽃이 흔들렸다. 늙은 내외가 아니라 젊은 여인 서창댁이 들어왔다. 서창댁이 다가와 앉았다. 서창댁 얼굴이 불꽃에 환하게 도드라졌다. 서창댁이 들고 온 흰죽 그릇을 바닥에 놓았다.

"일어나 앉아도 괜찮아요?"

서창댁이 심대곤의 어깨 상처를 살폈다. 심대곤이 서창댁을 물끄러미 바라보았다.

"나흘 동안 혼절해서 누워 있었어요."

심대곤은 어깨를 짓누르는 통증을 느꼈다.

"나흘 동안 굶었으니 곡기를 좀 드셔야지요?"

서창댁이 죽 그릇을 내밀었다. 심대곤은 나흘 동안 굶었다는 서창댁의 말이 믿기지 않았다. 허기가 없다.

"누구…십니까?"

심대곤이 물었다.

"누군지는 나중에 아시고… 죽 드시고 기운을 차려야지요?"

서창댁이 죽에 숟갈을 얹어 권했다. 물끄러미 바라보는 심대곤의 시선에 서창댁의 눈동자가 말똥거렸다.

"잘못되시는 줄 알았어요. 몽둥이 뜸질을 당하고 나흘 만에 일어나 앉았으니… 쯧쯧."

핏기없는 심대곤에게 서창댁이 혀를 찼다. 몽둥이질을 당했다고? 소매를 걷어보니 피멍이 번져 있었다. 뒷머리가 맷돌을 얹어놓은 듯 무거웠다. 바람에 문풍지가 흔들렸다. 행랑할아범이 군불을 잔뜩 넣은 방바닥이 뜨거웠다.

"어멈아. 그 양반 기침은 했니?"

밖에서 행랑할멈 소리가 들렸다.

"일어나 앉았어요."

서창댁이 죽을 숟가락에 떠서 심대곤의 입술에 댔다.

"일어나 앉았다고? 그 몸으로?"

마루로 올라서는 행랑할멈의 기척과 함께 방문이 열렸다.

"저승 문지방 넘어간 송장인 줄 알았는데. 정말로 일어나 앉았네?"

행랑할멈이 대견하다는 시선으로 벽에 기대앉은 심대곤을 바라보았다.

"아직 성치 않은 몸에 냉기 들어요."

서창댁은 심대곤이 찬바람 맞고 고뿔 들까 걱정했다. 행랑할멈이 들어왔다. 심대곤이 벽을 짚고 일어나려 했다.

"뼈마디가 욱신욱신할 텐데 어디를 가시려고?"

성하지 않은 몸으로 일어나겠느냐며 의심스러운 눈빛으로 행랑할멈이 구부정하게 서서 바라보았다.

"밖에 나가면 큰일 나요. 화승총을 들고 골목골목에서 지키고 있는 의병에게 잡히면 이보다 더한 곤욕을 치를 거예요."

서창댁이 일어나려 안간힘 하는 심대곤의 손을 잡았다.

"의병이 골목에 있다고요?"

심대곤이 엉덩이를 바닥에 놓았다. 살짝 엉덩이를 들었는데 이마와 등줄기로 땀이 흥건했다.

"의병이 관찰사 목을 베고 도망가는 왜병도 잡아서 도륙을 냈어요."

서창댁이 의아한 표정으로 심대곤의 얼굴을 빤히 바라보았다.

"작년에 왔던 그놈들이 또 온 줄 알고 얼마나 놀랐는지 아직도 가슴이 벌렁벌렁하다."

주인과 아들의 목숨을 앗아간 동학농민군에 놀랐던 할멈이 가슴에 손을 얹고 숨을 몰아쉬었다.

"의병이 들어왔다고 하셨어요?"

심대곤이 물었다.

"박달재를 넘고 북창나루 얼음으로 건너와서 성에 있던 관병과 왜놈을 도륙 냈어요."

심대곤을 바라보는 행랑할멈이 쯧쯧 혀를 찼다. 박시만과 홍금희를 도피시키려다 사내들에게 몽둥이로 맞아 혼절했다. 행랑할아범과 행랑할멈이 사내들을 불러왔다. 홍금희와 나누는 말을 엿듣고 행랑할아범은 박시만이 충주부 도사인 것을 알았다. 의병이 도사를 잡아가려고 골목골목을 뒤지고 있었다. 도사를 숨겨주다 들키면 동학농민군이 들어왔을 때처럼 화를 입을까 두려워졌다. 행랑할아범이 사내들에게 밀고했다.

박시만과 홍금희를 도피시키려다 뭇매를 맞고 혼절한 심대곤을 서창댁이 알아보았다. 충주 관아 동헌 뜰에서 붙잡혀 감옥에 갇혔던 젊은이였다. 행랑할아범이 높은 곳에서 떨어져 뼈가 부러지고 살이 찢어졌다며 첩약을 지어왔다.

　기절한 입에 첩약을 달여 먹이고 밤새워 돌보았다. 눈 한번 뜨지 못하고 꿍꿍 앓다가 깊은 수렁에 빠지듯 혼절했다. 혼절한 사흘 동안 심대곤의 사지를 주물러 피를 통하게 하며 돌보았다. 안채에서 잠깐 눈 붙인 중에 심대곤이 낮에 깨어났다. 사경을 헤매던 심대곤의 정신이 돌아오자 서창댁은 이유 없이 가슴이 뭉클했다.

　의병에 잡히면 곤욕을 치를 것이니 방에서 한 발짝도 나가지 말라고 당부하며 죽을 먹였다. 심대곤은 왜 누워 있어야 하는지 알지 못했다. 이곳이 어디인지 궁금했다.

　"의병에게 잡힌다고요? 내가 뭐 잘못한 것이라도?"

　심대곤이 고개를 갸웃거렸다.

　"의병을 정말 모르세요?"

　서창댁도 고개를 갸웃거렸다. 기억을 잃은 것인가?

　"사흘 전 마당에서 있었던 일들이 기억나지 않으세요?"

　사내들에게 몽둥이로 맞은 기억이 있는지 물었다. 심대곤이 멀뚱멀뚱한 눈으로 기억을 찾으려 했다. 몽둥이로 머리를 맞아서일까? 첩약을 잘못 먹어서일까? 사흘 전도 기억하지 못함이 확실해 보였다. 행랑할멈도 서창댁과 같은 생각이었다.

　"동헌에 갔던 기억이 없으세요?"

　서창댁이 물었다.

　"동헌? 거기가 어디인가요? 그것보다 여기는 어디입니까?"

　심대곤이 눈동자를 말똥거리며 물었다. 서창댁과 행랑할멈이 눈을 맞췄다. 기억을 잃어버린 것이 확실하구나. 둘이 눈짓을 주고받았다. 심대곤이 자리에 눕더니 시름시름 잠들었다.

본인이 누군지도 어디서 왔는지도 사흘 전에 있었던 일도 모르니 몽둥이로 머리를 얻어맞아 멍청이가 된 것 같다고 행랑할멈이 말했다. 행랑할아범이 고개를 끄덕였다. 몽둥이로 머리를 흉측하게 맞았으니 그럴 수도 있다는 표정이었다.

"어쩌지요? 영감."

행랑할멈이 걱정스럽게 물었다.

"뭘 어째?"

행랑할아범이 퉁명스럽게 대꾸했다.

"어디서 무엇을 하다 온 놈인지도 모르는 병신을 행랑에 둘 참이오?"

노부부가 밀고를 했으니 꺼림칙해진 표정이었다.

"행랑에 그냥 두지 않으면?"

"내보내야지요."

행랑할멈이 차갑게 말했다.

"행랑에서 나가면 의병에게 잡혀도 죽고 걷지도 못해 굶어 죽을 판인데?"

행랑할아범이 투박하게 대꾸했다. 심대곤을 숨겼다가 의병에게 발각되면 치도곤 당할 것이나, 운신도 못하는 젊은이를 내보내 길거리에서 죽게 하자니 양심이 허락하지 않았다. 경성에서 관군이 충주로 온다는 소문과 수안보 왜병과 싸우다가 장수가 죽었다는 소문을 들었다. 충주 밖 고을로 부족한 식량을 구하러 다닌다는 소문이 돌더니 충주 백성도 식량을 내놓아야 한다는 격문이 붙었다. 충주성으로 들어는 왔으나 하루하루 버티기가 어렵게 되었다는 등 갖가지 소문이 풍성했다. 의병이 충주에 몇 날이나 있을지 의문스러웠다. 의병이 충주에 있는 동안만 숨겨두면 된다는 생각도 들었다.

"우리가 화를 입으면 어떡해요?"

행랑할멈이 또 밀고를 하던지 집 밖으로 내보내던지 화를 피해야 한다고 골골거렸다.

"저승 문지방에서 간신히 살아온 사람을 쫓아내서 죽여?"

죽든 말든 내보내자는 행랑할멈이 행랑할아범은 마뜩하지 않았다.

"사흘 만에 죽 한 사발 목구멍에 넘겼는데 일어서지도 못하는 사람을 사립문 밖에 내놓으면 당장 얼어 죽어요."

문밖에서 엿듣던 서창댁이 들어와 말했다.

"딱한 사정 봐주다가 곤욕 치를까 봐 그런다."

행랑할멈은 며느리 서창댁이 심대곤을 극진하게 돌보는 것이 마음에 차지 않았다.

"사립문 닫고 행랑채에 꼭꼭 숨겨두면 밖에서 누가 알겠어요?"

사립문을 닫고 병간호한다면서 행랑에 드나들겠다는 며느리가 행랑할멈에게 밉상이었다. 아들이 죽어 과부가 된 며느리가 외간 남자에게 호의적인 것이 싫었다. 심대곤을 돌보는 며느리가 화를 입을 수 있다고 말하는 속내는 따로 있었다. 외간 남자와 며느리가 엮이는 것을 달갑게 여길 시어머니가 어디 있을까.

"젊은이가 저렇게 된 것은 우리 책임도 있으니 며느리 말대로 하자고."

행랑할아범이 서창댁의 뜻에 따르자고 했다. 서창댁이 다소 안심하는 표정으로 방에서 나왔다.

"며느리 나이 서른이요. 불효막심 놈 첫 제사를 지낸 지 엊그제인데 외간 남정네를 행랑에 숨기고 있다는 소문이 풍기면 그 망신을 어쩌려고 그런 말을 하시오?"

행랑할멈이 고집을 꺾지 않았다.

"소문 풍기는 것이 무서워서 앞날이 구만리인 젊은이를 엄동설한 길바닥에 내몰아 죽이잔 말이어?"

행랑할아범이 행랑할멈을 나무랐다.

"영감. 혹시… 딴 생각 잡숫고 있는 것은 아니지요?"

행랑할멈이 의심스러운 표정을 지었다.

"딴 생각이라니?"

행랑할아범이 행랑할멈의 속내를 알아채고 냉담하게 반문했다.

"아니면 관두시요. 며느리 혼자된 지 두 해도 못 되었어요. 아이고, 몹쓸 놈. 동학인지 뭔지를 한다고 설레발을 놓더니 눈알이 시퍼런 처를 두고 먼저 가다니."

행랑할멈이 돌아앉아 눈시울 붉혔다. 행랑할아범도 돌아앉아 곰방대를 뻑뻑 빨았다. 행랑할아범은 며느리 서창댁보다 행랑할멈이 불안했다. 고집을 꺾지 않고 의병에게 밀고를 할 것 같아 고민이 생겼다. 의병이 행랑으로 들이닥쳐서 심대곤만 데려가면 다행이지만 서창댁까지 화를 입을 가능성이 농후했다.

서창댁이 행랑 방문을 살며시 열었다. 흰죽을 먹은 심대곤이 미동하지 않았다. 한참 바라봐도 움직임이 없어 코밑에 손가락을 대고 숨을 쉬는지 확인했다. 귀를 얼굴에 대고 가슴이 오르락내리락하는지 살폈다. 가녀리게 숨소리가 들렸다. 잠든 모습을 바라보다가 방에서 나왔다.

서창댁은 월악산 자락 서창에서 살았다. 충주 부잣집 행랑에 얹혀 종노릇을 하는 서방에게 시집 왔다. 팔 년 동안 서방과 한방에서 살았지만 자식이 없었다. 서창댁 서방은 젊은 나이에 종노릇이 불만이었다. 백성을 핍박했다고 주인을 밀고했다. 동학농민군을 따라갔다가 보은에서 관군에 붙들려 죽었다. 행랑에서 종노릇하던 시부모와 서창댁이 대갓집

안방에 주인처럼 살아왔다.

잠자리에 누운 서창댁이 잠에 들지 못하고 뒤척였다. 흰죽을 받아먹던 심대곤이 눈앞에 어른거렸다. 죽을 먹었으니 슬그머니 일어나 밖으로 걸어 나가지는 않을까. 살금살금 방에서 나와 행랑으로 갔다. 방문 틈으로 귀를 대자 심대곤의 숨소리가 들렸다. 서창댁이 돌아와 잠자리에 누웠다. 그래도 잠이 오지 않았다. 시어머니가 몰래 나가 의병에게 밀고하는 것은 아닐까. 심대곤을 내보내자고 고집 피우던 시어머니 때문에 잠들지 못했다. 시어머니가 방문이 열고 나오는 환상이 서창댁을 괴롭혔다. 이불을 뒤집어쓰고 잠을 청했다. 귀가 행랑 방문으로 활짝 열려 좀처럼 잠들지 못했다. 방문 열리는 소리가 들려 일어나 앉으면 바람이 문풍지를 흔드는 소리였다. 새벽에 깜빡 잠들었다가 후다닥 깼다. 아침이 환하게 밝았다. 화들짝 놀라 행랑으로 갔다. 심대곤이 이불을 개고 방에 얌전히 앉아 있었다.

"더 누웠어야 하는 몸인데 이불을 개켰어요?"

서창댁이 방바닥에 손을 얹고 물었다. 행랑할아범이 벌써 군불을 넣어 방이 뜨끈뜨끈했다.

"나흘 동안 정신없이 잠을 잤고 어젯밤에는 죽까지 얻어먹었습니다. 무슨 염치로 이불을 깔고 누워 있겠습니까."

심대곤이 공손하게 말했다.

"여기 누우세요."

서창댁이 이불을 다시 깔았다. 심대곤이 서창댁을 묵묵히 바라보다가 이불에 누웠다.

"요렇게 쭉 누워 계세요. 죽을 써 올게요."

서창댁이 심대곤을 젖먹이 아기처럼 바라보았다.

"고맙습니다. 누구신 줄 아직 모르지만 은혜 꼭 갚겠습니다."

심대곤이 눈물을 글썽였다.

"정말로 의병을 모르세요?"

서창댁이 문고리를 잡고 물었다.

"뿌연 안개 속에 혼자 서 있는 느낌밖에 없습니다. 안개가 자욱한 언덕에 혼자 서 있는 내가 아는 사람이라고는 어제 뵈었던 어르신 내외와 또…"

심대곤이 서창댁을 누구라고 불러야 할지 몰라 말을 끊었다.

"저는요? …서창댁이라고 남들이 불러요."

서창댁이 얼른 말하고 얼굴을 붉혔다.

"서…창댁과 안개 자욱한 언덕에 서 있을 뿐입니다."

심대곤이 기억을 잃고 만난 사람은 행랑할아범과 행랑할멈과 서창댁이었다. 아는 사람이 이들 셋뿐이었다. 행랑 부엌으로 군불을 살피러 온 행랑할아범이 둘의 대화를 들었다. 며느리가 방에서 나오자 행랑할아범이 안채로 걸어갔다.

심대풍은 충주성에서 심대곤의 소식이 궁금했다. 의풍으로 가기 전에 꼭 해야 할 일이 있다고 심대곤이 말했다. 목숨이 위태로운 상황에서 해야 할 일이 무엇일까. 심대풍은 동생의 의중을 가늠하지 못하고 혼란스러웠다. 동헌에서 남산을 바라보면 불길한 상상이 생겼다. 지금은 베틀재 넘어 의풍에 가 있을 것이라고 불길함을 애써 달랬다.

의풍에서 심익수가 심대풍을 찾아 충주로 왔다.

"너희 둘의 소식이 궁금해서 왔다."

동헌으로 큰아들을 찾아온 심익수의 첫마디였다.

"대곤이 의풍에 있지 않아요?"

심대풍이 되물었다.

"대곤이 의풍에 있다니 그게 무슨 소리냐?"

심익수가 놀라 물었다.

"대곤이 의풍에 진정 오지 않았어요?"

심대풍이 또 물었다.

"오지 않았다고 말하지 않았느냐."

심익수가 버럭 화를 냈다. 심대곤이 닷새 전에 의풍으로 간다고 했다. 가는데 이틀이 걸렸다 해도 심대곤이 의풍에 가 있어야 했다.

"닷새 전에 의풍으로 간다고 떠났어요."

심대풍이 심대곤에게 의풍으로 가라고 말했지만 의풍으로 출발했는지 확인하지 못했다. 그럼에도 아버지를 안심시키려고 거짓말했다.

"의풍에 오지 않았다. 충주로 오면서 듣기로는 의병이 사람 죽이기를 길거리에 돌아다니는 개를 잡는 것과 같다 하더라."

심익수는 충주로 오면서 의병 소식에 귀를 기울였다. 주막에서 묵은 어젯밤에도 술객이 하는 말을 귀담아들었다. 가는 곳마다 고을 수령의 목을 잘랐다. 식량을 내놓지 않는 대갓집 마님을 종으로 만들고 종놈을 주인으로 둔갑시켰다더라. 의병이 밀정으로 고발당해 공개 처형당했다더라. 소문이 한입 건너면 억측이 되었고 억측이 한입 건너면 사실인 것처럼 둔갑했다. 어젯밤 심익수는 소문을 듣고 새벽까지 뒤척였다. 훈련대 장교 벼슬하다 낙향한 큰아들이 왜병과 연계되었다는 이유로 집안이 풍비박산이 되었다. 사사끼에게 아내가 살해되었다. 엄동 겨울에 딸과 옥살이를 했다. 고향에서 도망치듯 떠나 소백산 골짜기 의풍으로 숨어 살게 되었다.

"왜의 앞잡이 노릇을 한 역적을 처단한 것입니다."

심대풍은 의병이 고을 수령의 목을 베는 것이 탐탁하지 않았다. 의병을 방해하는 관군의 수장이므로 목을 베어야 한다는 이유를 들었지만 관군도 조선 백성이었다. 왜병이 조선에 끼어들어 백성들끼리 싸우고 목을 베는 기막힌 상황을 만들었다.

"대곤이는 왜적도 아니고 왜놈의 앞잡이도 아니거늘 어찌하여 행방을 모른다는 것이냐?"

심익수가 큰아들을 나무랐다. 남산을 바라볼 때마다 떠오르던 불길함을 아버지가 콕 찍어 말했다. 백성을 처단하면 의암에게 보고해야 했다. 심대풍은 의암 곁에서 심대곤을 어찌했다는 보고를 듣지 못했다. 심대풍의 표정이 굳어졌다.

"의풍에 오지 않았다. 마땅히 짐작되는 곳은 없느냐?"

심익수는 큰아들보다 둘째아들이 걱정되었다. 둘째아들이 의병 대열에 있다면 크게 걱정되지 않았다. 큰아들과 작은아들이 왜병을 살해한 죄목으로 수배되었다. 관군과 왜병이 있는 충주성 밖에 있다고 생각하니 걱정이 크게 몰려왔다.

"의풍이 아니면 갈 만한 곳이 목계가 아닐까요?"

심대풍이 짐작할 만한 곳은 창말이나 목계였다. 뗏목 단짝 떡할배나 황달건에게 갔거나 가흥창고 장길수를 몰래 만나러 갔을 가능성을 줄곧 생각하고 있었다. 만석지주 박초시의 딸 박옥화를 만나러 갔을 가능성도 생각했다.

"사사끼란 놈을 죽였는데 목계에 어찌 간단 말이냐?"

심익수가 꾸짖었다.

"남한강 물줄기 주변 사정을 잘 알고 있으니 강변 어느 고을에 무사히 있을 거예요."

심대풍이 근거도 없이 추측하여 아버지를 안심시키려 했다.

"마지막으로 헤어진 곳이 어디냐?"

심익수가 헤어진 곳으로 가보자고 말했다. 심대풍이 심익수를 남산자락 골목으로 안내했다. 밤중에 헤어지던 기억을 더듬어 골목으로 갔다. 나흘이나 지난 골목에 심대곤이 있을 리 없었다. 충주성으로 돌아오는 길목에 대갓집이 보였다. 마당이 넓고 기와집과 행랑채가 있어 지주와 머슴이 있을 줄 알았는데 조용했다.

"대갓집에 사람이 보이지 않는구나. 의병이 벼슬아치를 혼낸다며 무고하게 사람을 죽인 것이 틀림없다."

심익수가 기와집 앞마당을 들여다보았다.

"의병이 무고한 백성을 괴롭히지 않았어요."

심대풍이 안채 방에서 나오는 서창댁을 바라보았다. 서창댁은 담 너머 심대풍이 바라보는 줄 모르고 댓돌에 쭈그려 신을 신었다. 심대풍이 서창댁을 보고 고개를 돌렸다. 담 너머로 여염집 아낙을 훔쳐보기가 민망했다. 서창댁이 부자지간으로 보이는 남정네 둘을 설핏 바라보고 부엌으로 들어갔다. 솥뚜껑을 열고 저녁거리를 넣던 서창댁의 손이 멈췄다. 담 너머로 걸어가던 남자가 행랑에 심대곤과 너무 닮았다는 것을 깨달았다. 서창댁이 밖으로 나갔다. 심익수와 심대풍이 골목에 보이지 않았다. 서창댁이 고개를 갸웃거리면서 행랑으로 갔다. 방문을 살짝 열고 들여다보니 심대곤이 누워 있었다.

심익수가 목계로 가서 심대곤을 수소문해야겠다고 떠났다. 심대풍은 충주에서 심대곤을 수소문해 보겠다고 마음먹었다. 골목을 잘 알지도 못했고 적이 갑자기 나타날까 우려되어 혼자는 위험했다. 의암에게 자초지종을 말하고 군사를 내어달라 할 수 없었다.

동헌에 뜰에서 달을 바라보는 가슴이 답답했다. 심대곤이 있을 만한 곳을 손가락으로 짚어보았다. 의풍으로 향했다면 서창나루와 청풍나루, 용진나루가 있을 만한 곳이었다.

목계로 갔다면 아버지가 갔으니 무슨 소식이라도 있을 터였다. 목계로 갔던 아버지가 이틀 후에 충주로 왔다. 목계에서 심대곤의 흔적을 찾아내지 못했다. 의풍으로 가는 서창나루나 청풍나루나 용진나루에 머물고 있을 가능성이 희박했다. 나루터는 왜병이 주둔한 병참이 있거나 왜병이 파견되어 머물러 있을 곳이 못 되었다. 충주 어딘가에 있을 거라는 예감이 생겼다.

심익수가 청풍나루와 용진나루에 들러서 심대곤의 소식을 알아본다며 의풍으로 돌아갔다.

심대풍은 심대곤이 충주에 있을 가능성이 짙다고 판단했다. 왜병은 물론 의병에게 발각되면 위험하다는 것을 알면서도 충주에 있다면 필시 곡절이 있을 거라고 판단했다. 마음이 조급해졌다.

밤중에 의병이 성 밖으로 나가는 것이 평탄하지 않았다. 백성의 민심이 차츰 외면하고 있으며 밀정이 백성을 가장하여 잠입해 있다는 보고가 있었다. 위험이 따르더라도 심대곤을 찾기로 했다. 강막실이 충주에서 잠깐이라도 살았던 곳이 퍼뜩 떠올랐다. 관아에 근무하다가 항복해서 의병이 된 병사를 찾아냈다. 도사 박시만과 강막실이 제금당으로 이사 오기 전에 잠깐 살았을 거처를 수소문했다. 병사가 남산 아래 기와집을 찾아냈다. 심대풍이 병사를 앞세워 기와집으로 갔다. 마당으로 들어오는 심대풍을 서창댁이 먼저 보았다. 행랑할아범과 행랑할멈은 산으로 땔나무를 구하러 가고 없었다. 가까이서 심대풍을 본 서창댁 가슴이 쿵 쿵거렸다.

"사람을 찾고 있습니다."

심대풍이 정중히 말했다. 서창댁은 심대곤이 누워있는 행랑을 바라보았다.

"저와 닮은 사람을 본 적이 있는지요?"

심대풍이 얼굴을 내밀어 물었다. 서창댁이 입을 다물고 고개를 가로저었다. 입을 열면 목소리가 덜덜 떨릴 것 같아 어금니를 물었다.

"이 집에서 충주부 도사 박시만이 머물렀다는 얘기를 듣고 왔습니다."

심대풍이 병사를 가까이 오게 했다.

충주부 도사가 경성에서 온 처녀와 살았다는 행랑 쪽문을 병사가 가리켰다. 병사의 말이 거짓이라고 부인하지 못한 서창댁의 얼굴이 하얗게 질렸다.

"충주부 도사가 신식 처녀와 신접살림한 것이 맞죠?"

병사가 으쓱해져서 서창댁을 추궁했다.

"살기는 했는데 의병이 오던 날 야밤에 도망갔어요."

서창댁이 안색에 핏기를 채우며 대답했다.

"그럴 겁니다. 잡히면 목이 뎅강 떨어질 것인데 충주에 남아있을 리가 없지요."

병사가 서창댁을 두둔했다.

"도사를 찾으러 온 것이 아닙니다. 나와 닮은 젊은이를 찾으러 왔습니다."

심대풍이 서창댁 앞에 얼굴을 내밀었다.

"그런 사람 오지 않았어요."

서창댁이 주저 없이 대답했다. 다리가 부들부들 떨렸다. 심대풍의 몸시 허탈해진 시선이 행랑 쪽문으로 향했다. 서창댁이 어금니를 물었다. 행랑채 문을 열고 심대곤이 걸어 나올 것 같아 가슴도 떨렸다.

"저와 닮은 사람이 찾아오거나 보거든 연락 주세요. 저는 충주성 동헌에 있을 것입니다."

심대풍이 정중하게 부탁했다.

"어디 사는 누구신데 찾으시나요?"

서창댁이 능청스럽게 물었다. 고분고분한 말투에 점잖은 행색으로 보아 무지막지하게 화를 입힐 사람이 아니라는 생각이 들었다. 행랑에 누운 환자의 이름이 무엇이고 어디 살았는지 가족관계는 어떻게 되는지 알고 싶었다.

"행방을 모른 지 닷새가 넘었습니다. 날마다 사람이 죽어 나가는 혼란스런 충주에서 동생의 행방을 모르니 걱정되어 찾아다니고 있습니다."

심대풍이 동생을 찾아다닌다고 말했다. 서창댁은 동생이 행랑에 있다고 말하고 싶은 충동을 느꼈다. 모른다고 거짓말을 했기 때문에 주저했다. 심대곤을 행랑에서 내어주기 싫었다. 이윽고 심대풍이 대문으로 걸어갔다. 행랑에 있다고 말을 할까? 가슴을 졸이는 사이 심대풍이 대문으로 나갔다.

행랑 방문이 덜컥 열렸다. 심대곤이 방에서 나왔다. 서창댁이 화들짝 놀라 대문으로 뛰어갔다. 심대풍이 골목 끝으로 걸어갔다.

"고뿔 들면 큰일 나요."

서창댁이 대문을 단단히 닫고 행랑으로 갔다. 심대곤이 댓돌에 엉덩이를 놓고 앉았다.

"방에만 있으니 답답해서요."

심대곤의 백짓장 얼굴로 햇살이 내려앉았다.

"구수한 냄새가 나네요?"

심대곤이 코를 큼큼거렸다.

"닭을 삶고 있어요."

서창댁이 시부모가 남산으로 가고서 닭을 잡아 솥에 삶았다.

"어디서 살았는지 아직도 기억이 나지 않아요?"

서창댁이 물었다. 심대곤이 시무룩해져 멀리 남산자락을 멀거니 바라보았다. 방금 전에 왔다 간 심대풍과 옆모습이 똑같아 보였다. 괜히 물었구나. 서창댁이 후회했다.

"부모와 형제도 기억나지 않아요?"

안채 마당에 왔다 간 형을 기억하고 있을까 물었다. 심대곤이 여전히 시선을 산에 두고 고개를 가로저었다. 서창댁이 한숨을 푸욱 쏟았다. 심대곤이 가여워서 쏟아낸 것인지 심대곤이 가족을 몰라본다는 말에 안도하는 한숨인지 자신도 분간할 수 없었다.

심대곤이 산에서 시선을 거두어 서창댁을 바라보았다. 머리칼 몇 올 목덜미로 흘러내린 여인의 외모가 순해 보였다. 종살이로 거멓게 그을린 목덜미의 살결이 고왔다. 서창댁이 댓돌 틈에서 공깃돌을 꺼내 만지작거렸다. 목덜미를 바라보는 심대곤의 시선에 서창댁의 귓불이 발갛게 익었다.

"닭 국물 한 사발 내올게요."

서창댁이 부엌으로 갔다. 햇살이 댓돌로 풍성하게 내려앉았다. 응달에는 정월 바람이 칼날을 세우고 귓불을 때렸다. 서창댁이 국물을 퍼왔다. 심대곤은 댓돌에서 햇살을 듬뿍 맞고 싶었다. 서창댁의 채근에 방으로 들어왔다. 뽀얗게 고아온 닭 국물을 한 사발 들이켰다.

"시부모님은 어디 가셨나요?"

"남산에 땔나무하러 가셨어요."

서창댁은 시부모가 산에 올라갔다는 말을 하고 어색해졌다. 행랑 좁은 방에 둘이 마주 앉아서 어색해지기는 심대곤도 마찬가지였다.

"가족이 찾느라고 애를 잡숫겠네요?"

어색한 분위기를 깨트리며 서창댁이 물었다.

"그렇겠지요. 가족이 있다면…."

심대곤이 말끝을 흐렸다. 서창댁이 낮에 왔던 심대풍을 떠올렸다. 심대곤이 여기 있음을 왜 말하지 못했을까. 거짓말한 이유를 생각하니 부끄러워졌다. 얼굴이 발갛게 붉어지고 가슴이 콩콩 뛰었다. 계속 마주 앉아 있으면 콩콩거리는 소리가 점점 커져 가슴을 뚫고 나올 것 같았다. 일어나 밖으로 나가고 싶은 마음도 없었다.

심대곤과 용진에 갔다가 돌아온 옥녀가 문밖 출입을 하지 않았다. 끼니때만 겨우 나와 먹는 둥 마는 둥 하고 심대풍이 살았던 건넛방에 들어가 문고리를 걸어 잠갔다. 깊은 밤중에 흐느끼는 소리가 문틈으로 새어나왔다.

"혼인을 먼저하고 의병에 보냈어야 했는데…."

옥영감 내외는 심대풍을 애절하게 보고 싶어서 저러는 줄 여겼다.

심대곤의 행방을 찾던 심익수가 옥영감 집으로 갔다.

"대곤의 행방이 충주에 없다."

심익수는 심대곤이 옥녀와 용진에 갔었다는 것을 알고 있었다. 옥녀에게서 소식을 얻을 수 있을까 기대를 걸었다.

"해…행방이 없다고 말씀하셨어요?"

옥녀의 얼굴이 새파랗게 질렸다가 귓불까지 발갛게 붉혔다. 옥녀가 입다물고 고개를 푹 떨궜다. 심익수는 옥녀에게서 아무런 단서도 얻지 못하고 회골로 갔다. 그날 밤 옥녀는 누워도 잠이 오지 않아 눈을 똥그랗게 뜨고 아침을 맞이했다.

"충주에 다녀와야겠습니다."

옥녀가 아침 밥상머리에서 선언했다. 갔다 오겠으니 허락해달라는 것이 아니라 갔다 오겠다고 당차게 말했다.

건넛방에서 문밖 출입도 않고 소리죽여 울던 옥녀의 청을 옥영감 내외는 거절하지 못했다.

옥녀가 회골로 가서 심익수와 심만옥에게 충주로의 출발을 알렸다. 베틀재 정상에서 용진으로 내려가다가, 심대곤이 그 주막에 있을지 모른다는 예감이 들었다.

옥녀가 주막을 기웃거리다가 마당으로 들어갔다. 주모가 잠깐 바라보더니 옥녀를 알아보았다. 주막에는 심대곤이 없었다. 주모는 용진에서 심대곤을 보지 못했다고 말했다.

단양을 거쳐 제천에 도착해보니 의병이 머물렀다 떠난 흔적만 입소문으로 돌았다. 충주성을 장악한 의병이 청주와 공주로 진군할 것이라는 소문도 돌았다.

옥녀의 마음이 급해졌다. 박달재를 넘고 북창나루에서 강을 건너야 충주에 도달할 수 있었다. 제천에서 하룻밤 묵는 동안 의병이 충주에서 떠나고 있는 것은 아닐까. 마음이 급하여 걸음을 서두르는데 날이 저물었다. 제천에서 하룻밤 묵으려던 생각을 접고 밤길로 걸어갔다. 베틀재도 넘어다녔는데 그깟 박달재를 넘지 못할까. 봉양삼거리를 지나자 어둠의 기미가 보였다. 박달재 고개 입구에 왔을 때 사방에 어둠이 깔렸다. 처음 넘는 길이라 무섭기도 했지만 이를 악물고 눈을 치켜뜨고 박달재로 올라갔다. 고개로 오를수록 한발 앞이 보이지 않았고 산짐승 울음소리가 옆구리에서 들리는 것 같았다. 마른 나뭇가지를 다발로 묶어 횃불을 앞세우고 박달재 정상에 올라갔다. 고갯마루에서 칼바람이 볼을 때렸다. 체온이 급격히 내려가고 몸이 덜덜 떨렸다. 이대로 칼바람을 맞다가는 얼어 죽기 십상이었다.

성급하여 큰일을 자초했구나. 후회를 한들 소용없었다. 칼바람에 흠씬 두들겨 맞은 볼을 감싸 쥐고 발을 구르다가 충주 방향으로 걸어갔다. 고갯마루에서 조금 내려왔더니 칼바람이 잦아들었다. 체온이 회복되자 졸음이 몰려왔다. 감기는 눈을 부릅뜨면 다리가 휘청거렸다. 허벅지를 꼬집고 눈을 비비며 내려오다가 쓰러지듯 주저앉았다. 이를 악물고 일어서다 가물가물한 불빛을 보았다. 불빛이 꺼질 듯 가물거리는 곳으로 걸어갔다. 깜깜한 밤중에 불빛을 목표로 걷기만 했다. 길을 벗어나 가시덤불에 찢기고 바위에 걸려 넘어졌다.

불빛이 가물거리는 곳은 천등산 경은사였다. 상매는 오늘따라 풍경 요란해서 잠들지 못했다. 뒤척이다 밖으로 나가면 바람이 맵찼고 칠흑 같은 어둠이 앞을 가로막았다. 어둠 속에서 움직이는 것이 보였다. 추위에 지치고 굶주린 산짐승이 먹이를 찾아 들어오는 줄 알았다. 마당으로 걸어오더니 푹 쓰러졌다.

감기는 눈을 겨우 뜨고 불빛으로 불나방처럼 걷던 옥녀가 상매를 보고서야 쓰러졌다. 상매가 겨드랑이에 손을 넣어 부축하자 옥녀가 이제 살았다는 안도감으로 정신을 잃었다. 상매가 스님을 깨웠다. 돌덩이처럼 언 옥녀를 요사채로 옮겼다. 스님이 처방한 탕약을 먹이고 사지를 주물렀다. 혼절했던 옥녀가 깨어난 시각은 아침이었다.

"얼마나 더 가야 충주인가요?"

옥녀가 기진한 몸으로 물었다.

"저 고개를 넘고 강령 뜰을 지나 강물을 건너면 충주랍니다."

상매는 충주에 간 적이 없었다. 스님에게 귀동냥한 것이 전부였다.

"은혜 잊지 않겠습니다."

옥녀가 길을 떠나겠다며 마당을 가로질러 걸어갔다. 몇 걸음 걸어가던 옥녀가 휘청거렸다.

"그 몸으로는 고개를 넘을 수 없어요."

상매가 쫓아와 붙들었다. 스님도 극구 붙들었다. 스님이 처방한 탕약과 송이버섯 죽을 먹고 잠들었다가 일어나 보니 해가 중천에 솟았다. 스님의 탕약을 먹어서 몸이 한결 가뿐해졌다.

"무슨 급박한 사연이라도?"

옥녀가 충주에 가야 한다며 고집부리다 쓰러져 잠든 동안 상매는 우용을 생각했다. 밀정에게 쫓겨 천등산에서 목숨을 잃을 뻔했던 우용과는 잠깐의 만남이었다. 장담에서 헤어진 후 시시로 그의 모습이 떠올랐다.

칼바람이 불고 맹수가 우글거리는 깜깜한 박달재를 넘어와야 했던 사연이 무엇일까? 얼어 죽거나 맹수에 물려 죽을지도 모르는 박달재를 밤중에 넘어야 할 만큼 소중한 사람이 충주에 있음일까? 목숨이 아깝지 않을 만큼 연모하는 사람이 있다면 얼마나 행복할까. 상매는 지쳐 쓰러진 옥녀가 부러웠다. 봉양삼거리를 거쳐 장담으로 동행했던 우용이 또 떠올랐다. 의병이 제천에서 충주로 진군하였으니 우용도 필시 충주에 있을 터였다.

"꼭 만나야 할 사람이 있어요."

옥녀가 간절한 눈빛으로 말했다. 만나야 할 사람이 심대풍인지 행방이 없다는 심대곤인지 구별이 되지 않아 혼란스러웠다.

"만나야 할 분이 의병인가요?"

상매가 우용을 염두에 두고 물었다. 옥녀가 대답하지 않았다.

"그 몸으로 설사 고개를 넘었다 해도 강물 건너기가 위험해요."

상매가 옥녀를 붙들었다.

"지금 떠나지 않으면 평생 후회하는 일이 생길 수도 있어서 꼭 떠나야 해요."

옥녀가 극구 일어섰다.

"그럼 함께 가요."

상매의 말에 스님이 깜짝 놀랐다. 마당에서 기다리는 옥녀에게 행장을 꾸린 상매가 나타났다. 옥녀의 눈이 휘둥그레졌고 스님이 그냥 허허 웃었다. 상매가 우용을 장담으로 안내할 때처럼 초립 쓴 남자로 변복했다.

10

충주로 온 두 여인

왜병이 게릴라로 출몰하며 의병을 괴롭혔다. 조선 변복을 하고 민가에 들어가 주인을 가두고 순찰도는 의병에게 담 너머에서 소총을 쏘았다. 의병이 민가를 포위하면 왜병은 벌써 도망간 뒤였다. 골목에서 갑자기 소총 소리가 나면 의병이 바닥에 쓰러져 숨지기 일쑤였다. 게릴라로 숨어서 소총을 쏘아대니 의병이 성 밖에 나갈 수 없었다. 왜병이 민가를 습격하는 일이 잦아지고 백성의 피해가 늘어났다. 의병이 충주성을 장악했기 때문에 백성이 피해를 본다며 의병에 대한 원망도 커졌다. 의병에게 곡식을 내놓던 백성이 줄었다.

"이대로 앉았다간 군사들의 식량은 물론이고 땔나무도 부족해서 얼어 죽을 판입니다."

새로 임명된 중군장의 첫마디가 식량과 물자조달 걱정이었다. 식량이 부족하다는 말을 듣기는 하였지만 얼마나 남았는지 몰랐다. 왜병이 출몰해서 괴롭히는 것보다 시급한 것이 군량미 조달이었다. 의암이 중군장에게 물자 상황을 보고하라고 지시했다. 중군장이 중군 종사를 시켜 점검하도록 했다. 성안에 있는 사람이 하루 세끼가 아니라 아침과 저녁만 먹는다고 해도 닷새를 버티기 어렵다고 했다. 땔나무가 부족한 것은 건물을 헐어 버틸 수 있다지만 굶으면서 적과 싸울 수는 없었다. 식량이 아무리 부족하다고 선봉군 기마병의 말을 잡아먹을 수도 없었다.

원주로 의병과 물자를 구하러 갔던 선봉장 절충이 돌아왔다. 조달해 온 것은 미미했다. 왜병에게 포위되어 바깥의 원조가 없다면 성안의 목숨은 불과 닷새 정도밖에 되지 않는 시한부였다. 마치 새장에 갇힌 새와 다름없어 오륙일 지나지 않아 모두 굶고 얼어 죽을 판이었다. 설상가상으로 남산에 배치한 포를 왜병이 급습해서 빼앗아갔다. 남산은 충주를 손바닥처럼 내려다볼 수 있는 곳이므로 탈취한 포로 조준 발사하면 피해가 엄청날 판이었다.

의병이 성안에서 우왕좌왕하고 있는데 남산에서 포탄이 날아와 성내 곳곳에 떨어졌다. 포성에 놀라 의병이 아궁이로 들어가려고 머리를 들이댔다. 추녀 아래 숨어 있다가 파편에 맞아 절명하는 의병이 생겨났다. 의병이 독 안에 든 쥐가 되었다.

의암과 장수가 동헌에 모였다.

"불을 꺼야 합니다."

심대풍이 등잔불을 꺼뜨렸다.

"불을 꺼놓고 어찌 큰일을 논의한답니까?"

장수가 불편한 심기를 드러냈다. 소총소리가 들리고 어둠을 찢는 울음이 터져 나왔다. 성 밖에서 쏜 탄환에 뜰을 지나던 의병이 쓰러졌다.

"불을 밝히면 적의 탄환이 집중될 것입니다."

심대풍이 장수들의 몸을 낮추도록 했다.

"큰일이다. 중군이 수안보 싸움에서 패하고부터 적의 기세는 오르고 우리 군사의 사기는 떨어지고 있으니…."

의암이 한숨을 길게 쏟았다. 언제 왜병이 성 밖 높은 곳에서 성안으로 소총을 쏘는지 예측이 되지 않았다. 느닷없이 날아온 탄환에 맞아 쓰러지고 이를 지켜보는 사람이 기절초풍하여 그야말로 혼비백산이었다. 숨어 있지 못하고 드러나면 소총의 과녁이 되었다. 성 밖으로 나가기란 적의 소총에 가슴을 내놓는 것과 다름없었다.

뾰족한 묘수가 없어 가슴이 무거웠다. 방 안에 근심이 가득 고였다. 요란하게 소총소리가 나더니 문종이가 찢어졌다. 흙벽에서 흙가루가 우르르 떨어졌다. 탄환이 방문을 뚫고 들어와 맞은편 벽에 박힌 것이었다. 의암과 장수가 모여 있는 동헌 마루로 올라와 소총을 쏘고 도망갔다. 절충과 우용이 뛰어나갔다. 동헌 마루에서 보초를 서던 의병이 피를 쏟으며 죽어 있었고 왜병은 흔적도 보이지 않았다.

"함께 모여 있는 것조차 위험하다."

의암은 장수에게 각자의 위치로 가서 몸을 숨기도록 했다. 의암이 심대풍에게 우용을 불러 오라 했다.

"내일도 왜적이 높은 곳에 올라 총을 쏘기 시작하면 성안의 군사들은 조금도 동요하지 말고 건물 안에 숨어 있으라 하라. 또한, 모든 깃발을 눕히고 북소리도 그쳐서 사람이 없는 듯 조용히 숨어 있으라 하라."

표적이 되지 않도록 몸을 드러내지 말라고 의암이 명령을 내렸다.

"성안에 사람이 없는 듯 숨어 있으면 적이 쳐들어오지 않을까요?"

우용이 의암의 처사가 의아해서 물었다.

"사람이 없는 듯 숨어 있으면서 성문은 빈틈없이 지켜야 한다."

의병이 성안에서 사기충천한 모습을 보여주어야 하는데 숨어 있으라고 명령했다. 왜병이 오판하고 성으로 함부로 들어올까 걱정이 됐다. 심대풍과 우용은 의암의 처사를 납득하지 못하고 동헌에서 나왔다.

동헌 마당으로 걸어오는 두 사람이 있었다. 성안의 움직이는 물체는 적의 표적이 되었다. 성 밖에서 매복하고 있다가 표적이 나타나면 소총으로 조준 사격했다. 성안에서 사람이 없는 듯 숨어 있으라는 의암의 명령이 내려진 데도 불구하고 태연하게 걸어오는 사람이 왜병일 거라고 판단되었다.

"꼼짝 말고 그 자리에 멈춰라."

우용과 심대풍이 동시에 소리치고 화승총을 겨누었다. 걸어오던 두 사람은 동시에 터져 나온 목소리의 주인공을 각각 알아차렸다. 옥녀는 심대풍의 목소리를 듣고 가슴이 쿵 내려앉아 걸음이 저절로 멈췄다. 상매는 우용의 목소리에 가슴이 뭉클해져서 한 걸음 더 내디뎠다.

"움직이지 마라."

우용이 급히 소리쳤다. 여차하면 화승총에 불을 댕길 태세였다.

"저…저예요."

상매가 우용을 알아보고 한 걸음 더 가서 초립을 벗었다. 초립에 감춰진 머리칼이 쏟아지듯 내려왔다.

"사…상매."

우용이 얼싸안을 듯 걸어왔다. 한걸음 남겨두고 우용이 멈칫 섰다. 옥녀를 알아본 심대풍이 성큼성큼 걸어가서 옥녀를 품에 안으려 두 팔을 벌렸다. 옥녀가 심대풍의 포옹을 거부했다.

"대곤씨 행방이 없다는 소리를 듣고 왔어요."

옥녀가 심대풍에게 한걸음 물러서고 말했다.

"아버님이 의풍으로 가셨군요?"

심대풍이 무안해져 어색한 표정을 지었다.

"어떻게 된 일이지요? 대곤씨 행방이 없다니요?"

옥녀가 심대곤의 행방을 또 물었다. 심대풍은 예고 없이 찾아와 포옹을 거부하고 심대곤의 행방을 묻는 옥녀가 이해되지 않았다. 동생을 걱정해주는 옥녀가 고맙기도 했다.

"이곳에 서 있으면 적의 탄환을 피할 수 없어요."

우용의 말을 좇아 넷이 제금당으로 들어갔다. 넷이 캄캄한 방에 둘러앉았다. 소총소리가 들리고 어둠을 찢는 울부짖음이 들렸다. 성안의 누군가 왜병의 소총에 맞아 쓰러졌다. 상매와 옥녀가 놀란 눈으로 두리번거렸다.

"의병이 충주에 들어와 왜병이 모두 도망갔다는 소문과는 딴판이네요?"

상매가 예기치 않은 사태의 심각함을 알아차리고 물었다.

"곧 이동이 있을 것입니다."

왜병에게 성을 넘겨주어야 하는 날이 며칠 남지 않았음을 우용은 알고 있었다. 우용뿐만 아니라, 성안의 의병들도 드러내어 말하지 않았지만 예감하고 있었다. 성 밖의 충주 백성도 같은 생각이었다.

"공주로 나가나요?"

충주를 점령한 의병이 공주까지 나갈 것이라고 제천에 파다하게 퍼진 소문을 옥녀가 들었다. 우용과 심대풍이 대답하지 않았다. 반가웠지만 정담을 나눌 상황이 되지 못했다. 밤이 깊었으므로 두 여인을 제금당에 두고 심대풍과 우용이 동헌으로 왔다.

"우용의 가슴에 살아 있는 분은 참할뿐더러 용맹하기도 하구려."

심대풍이 상매의 어여쁘면서도 눈빛에서 까맣게 터져 나오는 총기에 감탄했다.

"남 말하고 있소. 심대풍의 가슴에 둔 여인도 녹록지 않은 미모와 몸매를 가졌구려."

우용은 옥녀의 군더더기 없는 몸매와 여인다움이 부러웠다. 천등산 산중 경은사에서 자란 상매는 바깥세상에 나가 본 적이 없었다. 옥녀도 소백산 산중 의풍에서 자랐다. 표정과 미소와 말하는 모습이 산나리 꽃처럼 청초해보였다. 소총과 화승총에 맞아 갑자기 쓰러지는 아비규환의 충주성으로 깊은 산중의 꽃 두 송이가 걸어왔다.

"어떻게 맺은 인연이오?"

심대풍은 우용의 아내가 원주 안창에 있음을 알고 있었다. 제금당에 옥녀와 있는 여인이 우용의 처가 아님을 직감했다.

"생명의 은인이오."

우용이 오랜만에 흐뭇한 표정을 지었다. 스승의 밀서를 품고 장담의 의암에게 가다가 밀정에게 쫓기던 순간과 상매의 도움으로 밀정을 따돌리던 순간이 떠올랐다.

"내게도 생명의 은인이 있소이다."

심대풍이 말끝을 흐렸다. 강막실과 헤어지고 의풍 횟골로 피신했을 때 옥녀가 날라다 준 밥을 먹고 얼어 죽는 것을 면했다. 충주성에 온 옥녀가 동생의 행방을 먼저 물었다. 총탄이 곧 날아올지도 모르는 밤하늘처럼 심정이 착잡했다. 한편으로 동생이 어찌 되었는지 걱정됐다.

의암의 명령으로 성안의 모든 사람이 건물 속에 몸을 숨겼다. 깃발도 눕혀졌고 북소리도 나지 않았다. 성이 텅 빈 것 같았다. 성이 조용하면 왜병이 오판하여 더 날뛸 것이라는 우용의 우려는 빗나갔다. 성이 빈 것처럼 고요한데 왜병이 감히 다가오지 못했다. 성에서 빠져나간 의병을 보지 못했으니 무슨 계략이 있는 줄로 알고 섣불리 다가오지 못했다.

왜병의 움직임이 의병에게 노출되기 시작했다. 성안에 사람이 없는 듯 조용하게 반나절이 지나갔다. 정오 무렵에 왜병 이십여 명이 접근해서 성 밑에서 땅을 파기 시작했다. 의병이 대응하지 않았다. 왜병이 땅을 판 구덩이에다 무엇인가를 굴려 와서 묻었다.

"왜병이 성벽 아래에 진천뢰를 설치하고 있습니다. 성벽 아래에서 진천뢰를 쏘면 성안의 건물은 물론이거니와 사람조차 온전하지 못할 것입니다."

남문 누각에서 왜병의 동태를 살피던 입암 주용규가 의암에게 급히 보고했다.

의암이 장수를 은밀하게 모이도록 했다.

"놀라지도 말고 동요하여 움직이지도 말도록 군사들을 단속하라."

의암이 계속 숨죽여 있으라고 명령했다.

"이대로 앉아서 왜병의 진천뢰에 맞아 사지가 산산이 찢기자는 말씀이십니까?"

의암의 전략이 옳지 않다고 절충이 퉁명스럽게 말했다.

"저놈들은 원래 얕은꾀를 많이 쓴다. 저놈들이 성 가까이에 굴려와 묻고 있는 것이 우리를 해치려는 물건이라면 필시 몰래 파묻을 것이다. 우리가 뻔히 보고 있는 것을 알면서도 드러내어 묻는 것은 허장성세로 우리를 혼란스럽게 기만하려는 의도다."

의암은 절충의 성급하고 과격한 성격이 마음에 들지 않았다. 땅을 파고 묻던 왜병이 물러갔다. 남문 성루에서 왜병을 지켜보던 입암이 의병을 백성으로 위장시켜 살펴보라고 했다.

"묻은 곳을 헤쳐 보니 진천뢰가 아니었습니다."

의병이 돌아와 말했다.

"진천뢰가 아니면 무엇이더냐?"

입암은 왜병이 묻고 간 것이 진천뢰라고 믿고 있었다.

"큰 돌덩어리였습니다."

입암이 진천뢰가 아니라 돌덩어리인지 직접 확인하고 의암에게 보고해야 하겠다고 판단했다. 남문 성벽 아래 돌덩이를 확인하기 위해 성루 난간으로 갔다. 물러간 줄 알았던 왜병이 입암에게 소총으로 쏘았다. 가슴에 총탄을 맞고 입암이 쓰러졌다. 심대풍이 급히 달려가 보니 숨이 끊어졌다. 남문을 지키던 입암이 쓰러지자 왜병이 득달같이 몰려와 성안에 소총을 쏘아댔다.

"왜병이 사다리로 성벽을 넘어오고 있다."

남문 성루를 지키던 의병이 소리쳤다. 심대풍이 빗발처럼 쏟아지는 탄환을 피해 남문 성루로 올라갔다. 왜병 넷이 사다리를 메고 와 성벽에 놓는 중이었다. 침착하게 조준하여 화승총을 쏘니 왜병 넷이 그 자리에 나동그라졌다. 잠깐 잠잠하다 소나기 쏟아지듯 탄환이 성안으로 날아왔다. 점심을 굶고 저녁도 먹지 못하도록 왜병의 공격이 계속됐다.

해가 기울고 어둠이 성을 삼켰다. 왜병의 소총 공격이 멈췄다. 의병이 잠깐 안도하고 있는 중에 북문 성루 근처에서 불길이 치솟았다. 왜병이 몰래 들어와 성묘에 불을 질렀다. 불을 끄려니 우물이 얼어 물을 퍼 올리지 못했다. 성묘에 모셨던 위패를 들고나와 동헌의 공청에 모셨다. 성묘가 고스란히 탔다.

"성현의 위패를 모신 성묘를 불태우는 자들을 징벌할 수 있게 총을 주십시오."

성묘가 불탄 것을 본 상매가 우용에게 화승총을 달라고 했다. 긴 머리를 초립에 감추고 남장으로 변복했다. 왜병의 총탄에 의병이 여기저기서 쓰러져 화승총이 부족하지 않았다. 웬만한 남정네보다 날렵하고 용 맹스러우며 수벽치기 무술도 있음을 우용이 알고 있지만 위험해질까 우려해서 화승총을 건네지 않았다. 사내로 변복했지만 여인으로 여기고 싶었다.

가뭄에 논바닥 쩍쩍 갈라지듯 애가 타는 것은 옥녀였다. 심대풍이 곁에 있지만 가까이 다가갈 수 없었다. 심대곤의 행방을 아는 것도 아니었다. 심대풍은 예전과 다른 옥녀에게 서운했다. 무엇인가 석연치 않은 것이 가로막고 있다고만 짐작할 따름이었다.

왜병의 공격이 끝나고 잠잠해졌다. 한낮에는 지하 동굴처럼 고요했다. 어두워지면 왜병이 성 밖에서 소총으로 공격해올까 두려워 건물 안에서 나가지 못했다.

"대곤씨를 찾아야 해요."

제금당으로 온 심대풍에게 옥녀가 말했다. 심대풍이 가슴을 한줌 쥐어뜯긴 듯 신음했다. 고개를 끄덕여 그렇게 하라고 했다. 왜병이 득실득실한 성 밖으로 나간다는 옥녀를 붙잡고 싶었다. 옥녀가 갑자기 변한 이유를 도무지 예측하지 못했다. 의풍에서 충주에 온 것도. 옥녀가 동헌으로 들어올 때의 예기치 않은 서먹서먹함. 무엇인가를 감추고 있는 서글픈 표정. 옥녀의 심정이 궁금했지만 묻고 싶지 않았다. 벌집을 막대기로 쑤신 듯 옥녀에게서 걷잡을 수 없는 사연이 쏟아질까 두려웠다.

"연모하는 분인가요?"

위험을 무릅쓰고 찾으려는 심대곤이 연인이냐고 상매가 물었다.

"네. 연모해요. 아니 연모해야 해요."

옥녀가 주저 없이 대답했다. 가슴에 소총 탄환을 맞은 듯 숨을 턱 멈춘 심대풍이 옥녀를 바라보았다. 옥녀가 심대풍의 시선을 피하지 않고 입술을 깨물었다. 심대풍이 돌아서 동헌 뒤뜰로 걸어갔다. 캄캄한 하늘이 삽시간에 꺼져 내리는 아뜩함에 옥녀가 휘청거렸다.

"함께 가요."

상매가 옥녀를 부축했다.

"왜병 총에 쓰러진 동지를 보고도 눈물 흘리지 않았던 대풍씨가 울고 있을 것입니다."

우용이 착잡한 심정으로 말했다. 심대풍을 서럽게 한 옥녀가 마뜩하지 않았다. 옥녀는 무너지는 가슴을 겨우 붙들고 쏟아지려는 눈물을 참았다.

"가요."

상매가 옥녀를 잡아끌었다. 서너 걸음 이끌린 옥녀가 닭똥 같은 눈물을 흘렸다. 성문으로 나왔으나 어느 곳으로 가야 할지 알지 못했다. 왜병이 성묘에 불을 지르고 달아난 골목에 인적이라고는 찾아볼 수 없었다.

"대풍씨는 어떤 관계며 또 대곤씨와는 무슨 관계인가요?"

"한 분은 연모했던 분이고 또 한 분은 연모해야 하는 분입니다."

물어본 상매나 대답한 옥녀나 깜깜한 하늘을 맥없이 바라보는 심정이었다.

성 밖에서 소총을 쏘대던 왜병이 목계와 수안보로 돌아갔다. 참령이 지휘하는 경대가 온다는 소식이 있은 지 닷새가 지나도 오지 않았다. 경대가 아직 오지 않아 다행이었다. 성이 괴괴할 정도로 평화스러웠다. 탄환에 맞아 죽은 시신이 수습되어 고향으로 보내졌다.

평화로움도 하루였다. 목계와 수안보로 갔던 왜병이 충주로 돌아왔다. 어두워지기가 무섭게 성안으로 소총을 쏘대기 시작했다. 왜병의 소총은 의병의 화승총보다 성능이 월등했다. 탄환이 날아가는 거리가 갑절이나 되었다. 의병의 화승총은 탄환을 장정하고 불을 붙여야 발사가 됐다. 왜병이 소총을 쏘는 거리에서 화승총을 쏘아야 허사였다. 의병이 쏜 탄환은 왜병에게 미치지 못했다. 왜병이 쏘는 탄환이 빗발치듯 날아오니 의병은 앞을 제대로 바라보지 못하고 화승총을 헛되이 쏘아댔다.

"적이 성 가까이 온 뒤에 총을 쏴라."

장수가 소리쳤으나 허사였다. 이를 알아차린 왜병이 물러나지 않고 계속 소총으로 공격했다. 성보다 지대가 높은 남산에서 포를 쏘았다. 건물이 부서지고 의병이 피투성이로 넘어졌다. 소총도 당하기 힘들었지만 포의 공격을 견딜 수 없었다. 어두워지면 추위가 매섭게 달려들었다. 화승총에 불이 붙지 않아 왜병이 성을 넘어오면 창과 칼로 막아야 할 상황이었다. 참령의 경대가 도착하여 왜병과 같이 공격해오면 당해낼 재간이 없는 상황이 되었다. 경대가 왜병을 토벌해야 백성이 납득할 상황이지만 의병을 진압하러 오고 있는 현실이었다.

의암이 장수를 불러 모았다.

"이대로 성에 머물러 있으면 독 안에 든 쥐와 다름없다. 왜병이 안으로 밀고 들어오지 않는다 해도 모두 죽고 말 것이다."

성을 버리고 다른 곳으로 가자는 의암의 말에 모두가 착잡하고 침통한 심정이었다.

"대책도 없이 성을 버리고 물러나면 마땅히 갈 곳이 없습니다."

반대를 해도 울분 때문이었지 마땅한 대책이 없었다. 형세가 불리해서 성에 머물러 있어야 피해가 늘어날 것이라는 상황에 모두 공감했다. 청주나 공주로 진군해야지 제천으로 물러날 수는 없다는 의견이 모아졌다. 왜병이 성을 에워싸고 있어 성에서 나가는 것 자체가 여의치가 않았다.

"저놈들이 여러 날 우리와 접전하였으니 반드시 쉬는 틈이 있을 것이다. 그 틈에 뚫고 나가야 한다."

기회를 노려 성에서 빠져나가 달천을 거쳐 청주로 나가기로 의견을 모았다.

예상대로 이튿날 황혼 무렵에 왜병의 공격이 멈췄다. 정찰 의병을 성 밖으로 보냈다. 왜병이 충주에서 모두 물러갔다. 이튿날 아침을 지어 먹고 의병의 수와 물자를 점검했다. 충주성에서 나가기 위한 준비가 조용하고 빠르게 이루어졌다.

심대풍은 동생을 찾는다며 성 밖으로 나간 옥녀와 연락이 닿지 않았다. 궁금하고 걱정되었지만 의암 곁에서 떠날 수 없었다. 우용이 틈을 내어 성 밖으로 나갔다. 상매가 묵고 있는 객사를 어렵지 않게 찾아냈다.

남장을 한 상매가 행장을 꾸려 객사에서 나오다 우용을 만났다. 상매가 반가웠지만 옥녀의 소식이 궁금했다. 옥녀를 찾아 두리번거렸다.

"대곤씨를 찾아다니고 있어요."

상매가 우용의 속을 꿰뚫었다.

"행방을 알아냈나요?"

옥녀가 나간 후로 풀이 죽어 있는 심대풍이 안쓰러워 물었다.

"의병이 성에서 나간다는 소문이 사실인가요?"

상매가 얼굴을 가로저으며 동문서답을 했다.

"청주로 나간다는 소문이 거리에 돌고 있나요?"

우용이 깜짝 놀라 소리 낮추어 물었다. 의병이 충주성에서 나와 청주로 이동한다는 것은 몇몇 장수만 알고 있는 극비였다. 이동 방향이 노출되었다면 매복한 적에게 습격을 받아 엄청난 손실을 입을 터였다.

의병이 충주에서 나간다는 소문이 골목에 퍼졌다. 골목이 저잣거리처럼 술렁였다. 골목이 술렁이는 이유가 있었다. 의병에게 곡식을 내주거나 도움을 줬던 백성은 왜병과 관군에게 보복을 당할까 우왕좌왕했다. 의병에게 등을 돌렸던 백성이 그들을 먼발치에서 비웃었다.

우용이 급히 성으로 들어왔다. 상매도 우용을 따라 성으로 왔다.

"청주로 나간다는 전략이 노출되었습니다."

우용이 전군장 하사에게 급히 말했다.

"함께 온 사람은 누구냐?"

하사가 우용을 따라온 상매에게 눈길을 주었다.

"청주로 나가는 전략을 바꾸어야 합니다."

우용은 의병이 성에서 나간다는 전략의 노출이 더 급했다.

"저 여인이 누구냐고 묻지 않았더냐?"

남장했음을 알아차린 하사가 재차 물었다.

"의병이 기습을 받아 큰 피해를 입을 판인데 한낱 여인의 정체가 그렇게 소중합니까?"

상매가 한걸음 나서 초립을 벗었다. 의병의 안위보다 상매에게 혼을 빼는 전군장을 나무랐다. 전군장은 일가친척 이민오의 처형이 있고 난 뒤로 제자인 우용을 마뜩잖게 여겼다.

"의병이 오합지졸이냐? 적이 기습한다 해도 능히 무찌를 수 있다."

전군장이 상매에게 눈알을 부라렸다.

"함정으로 유인하여 앞뒤를 차단하고 매복한 적이 공격하면 제갈공명의 지략과 관우장비의 용맹이 합세한다 해도 속절없이 패할 것입니다."

상매도 물러서지 않고 전군장을 똑바로 바라봤다. 조금도 헛되거나 틀린 말이 아니었다.

"그 일은 의암선생께 보고하여 처리하겠다. 그런데 처녀는 누구신가?"

전군장은 상매의 예리함에 한발 물러서지 않을 수 없었다.

"천등산 경은사의 상매라 합니다."

상매가 태도를 공손하게 바꾸어 예의를 표했다.

"말총머리로 보아 비구니는 아님이 분명하고… 성씨는 어떻게 되시는가?"

전군장도 부드럽게 물었다.

"성씨는 아직 받지 못했습니다."

성씨가 없다는 상매의 말에 전군장이 고개를 갸웃거리다 우용을 바라보았다. 죽은 남편의 극락왕생을 부처님께 빌러 경은사에 왔던 만삭의 여인이 상매를 낳고 산통으로 죽었으니 부모의 성씨를 아직 받지 못했다고 우용이 말해 주었다.

"너는 고향에 엄연하게 처가 있다. 성도 없는 처녀와 함부로 어울려 다닌단 말이냐?"

전군장이 제자를 책망했다. 고향에 엄연한 처가 있다는 전군장의 말에 상매의 얼굴이 어두워졌다.

"성도 없는 처녀와 함부로 어울려 다닌다는 말씀은 무슨 뜻입니까?"

상매가 불쾌한 투로 물었다.

"여인네는 의병이 될 수 없으니 처녀는 가던 길이나 어서 가시오."

전군장은 상매가 남장하고 우용을 따라와 의병이 되려는 것으로 판단했다.

"의병이 되려는 의도가 없었는데 그런 말씀을 하시니 생각을 바꾸어야 하겠습니다."

부드러워졌던 상매의 표정이 굳었다.

"껍데기가 남자라고 해서 속도 사내가 되는 것은 아니니 엉뚱한 생각하지 마시오."

전군장이 팔을 내젓고 의암에게 갔다.

"경은사로 돌아가세요. 성에서 나가면 고달프고 지친 행군이 연속될 것입니다."

우용이 전군장의 말이 그르지 않다며 상매에게 안전한 곳으로 갈 것을 권했다.

"남정네만 이 나라의 백성인가요?"

상매가 의병이 되겠다는 고집을 꺾지 않았다. 상매가 성으로 돌아왔다는 소식을 듣고 심대풍이 찾아왔다. 옥녀가 보이지 않아 실망하는 얼굴빛이었다.

"대곤이를 찾았나요?"

심대풍이 옥녀의 소식을 물었다.

"성에서 같이 나가기는 했지만 행방을 몰라요."

옥녀는 상매까지 위험에 처할까 염려되었다. 첫날은 골목으로 함께 다니면서 수소문했다. 객사에서 둘이 잠들었고 새벽에 옥녀가 없어졌다. 귀띔도 없이 사라진 옥녀의 의도를 상매는 충분히 이해하였다. 심대곤을 찾는 것은 자신의 몫이라는 옥녀의 속마음을 짐작하고 있었다. 새벽에 없어진 옥녀를 찾지 않았다. 옥녀가 충주에 있는지 의풍으로 돌아갔는지 남한강 물줄기 나루터로 갔는지 가늠할 수 없게 되었다. 심대풍의 가슴으로 천근만근의 쇳덩어리가 짓눌렀다.

의병이 성에서 나갈 준비가 끝났다. 청주로 가려면 북문으로 나가야 했다. 북문을 열려 했으나 자물쇠가 단단히 잠겨있었다. 절충이 도끼로 내려쳐도 열리지 않았다. 열을 지어 기다리던 군사들이 술렁였다.

"적이 알아차릴까 염려된다. 잠긴 자물쇠는 그대로 두고 동문으로 나가자."

의암의 뜻을 따라 동문으로 나왔다. 성벽을 끼고 돌아 북문 밖으로 왔다. 청주로 가는 길목인 달천에서 포성이 들렸다.

"왜병이 갑자기 물러난 것이 수상하다. 포성이 들리는 달천에 왜병이 반드시 있을 것이니 방향을 바꾸어야 한다."

달천을 건너 청주로 가려던 행로를 반대방향으로 바꾸었다. 의병이 마즈막재로 올라갔다. 마즈막재를 넘어 강물을 거슬러 올라가면 청풍나루에 도달할 수 있었다. 충주에서 난데없는 불길이 치솟았다. 왜병이 충주로 들어와 의병에게 협조한 가옥을 골라 불을 질렀다.

청주로 의병이 나간다는 말이 왜병에게 흘러 들어갔다. 의병이 지나갈 길을 열어놓고 달천 강가에서 매복한 채 의병을 기다렸다. 북문 자물쇠가 쉽게 열렸거나 달천 쪽에서의 포성이 울리지 않았다면 의병은 달천을 지나다 매복한 왜병에게 큰 피해를 당할 뻔했다. 마즈막재로 넘어 남한강가에 이르렀을 때 군수품에 누군가 불을 질렀다. 의병이 술렁거리며 동요하기 시작했다.

"적과 내통하는 자의 짓임에 틀림이 없다."

절충이 흥분하여 소리쳤다.

"불을 질러 우리가 달천으로 가지 않고 마즈막재로 넘어 온 것을 알리려는 소행임이 분명합니다."

의암에게 집결한 장수의 뜻이 절충과 같았다.

"군수품을 관리하는 중군장에게 책임이 있다."

의암이 중군장의 목을 베라는 장령을 내렸다. 중군장이 먼저 알아차리고 달아났다.

"의병 중에 여인도 있었단 말이냐?"

의암이 상매를 발견하고 심대풍에게 물었다. 충주에서 후퇴하여 마즈막재를 넘었는데 옥녀가 동행하지 못했다. 가옥이 불타는 것을 바라보면서 옥녀의 안위가 걱정되었다. 마즈막재에서 남한강으로 내려오며 뒤를 자꾸 돌아보아도 옥녀가 끝내 따라오지 않았다.

"경은사에 온 상매라는 처녀입니다. 남정네만 이 나라 백성이냐 항변하면서 의병이 되기를 고집하여 거동을 관찰하고 있는 중입니다."

우용이 심대풍을 대신하여 말했다.

"경은사에서 온 처녀라면 내가 알고 있는 사람이다."

우용을 장담까지 무사히 안내했던 기억을 떠올린 의암이 상매를 전군에 두라고 명령했다. 상매는 우용이 종사로 있는 전군의 의병이 되었다. 전군장은 우용과 상매가 함께 움직이는 것이 마뜩하지 않았으나 의암의 명령이니 어쩔 수 없었다.

경성에서 온 서찰

가흥창고에서 심대곤과 함께 일했던 장길수가 창말 강막실의 시댁으로 왔다. 강막실은 충주에서 헤어지고 소식이 감감한 서방님 생각에 밤잠을 설쳤다.

"아무도 안 계시오?"

장길수가 문이 닫힌 안방에 소리를 넣었다. 새벽녘에야 잠들었던 강막실이 화들짝 일어났다. 밖이 환하게 밝았다.

"안에 계시면 기침 좀 하시오?"

장길수가 몇 차례 더 소리를 넣었다. 안방에서 아무런 반응이 없었다. 사랑방의 강막실이 문틈으로 밖을 내다보았다. 해가 벌써 높다랗게 떠 있었다. 햇덩이가 저렇게 떠오르도록 늦잠을 잔 것이었다. 갑자기 황망해졌다. 시부모의 아침상을 올릴 시각이 한참 지났는데 안채에 아무도 없었다. 안채를 기웃거리며 소리를 넣던 장길수가 사랑채로 걸어오는 것이 문틈으로 보였다.

"아무도 안 계시나요?"

장길수가 사랑채로 와서 말했다.

"웬일이세요?"

강막실이 문고리를 움켜쥐고 물었다.

"가흥창고 장길수라고 하는데요. 기침하신 분이 이 집 며느리요?"

장길수가 마루에 엉덩이를 내려놓았다.

"무슨 일인가요?"

강막실은 심대곤과 가흥창고 동료인 장길수를 알고 있었다.

"문틈으로 뱁새 눈깔 뜨지 말고 좀 나와 보시오?"

장길수도 충주부 도사 박시만의 부인이 달마실에서 시집온 강막실임을 알고 있었다.

"지금은 어른이 안 계시니 나중에 오시면 안 될까요?"

강막실은 집에 아무도 없어 함부로 나갈 수 없었다. 장길수가 고요하기만 한 안채를 휘둘러보고 난감하다는 표정을 지었다.

"여염집 며느리 얼굴이나 보려고 바쁜 다리 품 팔아 온 거 아니오. 건네줄 물건이 있으니 마지못해 왔지."

장길수가 불쾌해진 음색으로 투덜거렸다.

"안채 마루에 놓고 가세요."

강막실이 여전히 문고리를 잡고 말했다.

"문틈에 뜬 뱁새눈깔이 이 집 사람인지 알아야 주고 가든지 도로 가지고 가든지 할 거 아니오?"

장길수의 말이 옳았다. 시댁 어른이 출타한 상황에서 찾아온 외간 남자와 마주할 수 없었다. 강막실이 문고리를 잡은 채 이러지도 저러지도 못하고 머뭇거렸다.

"경성 박시만의 기별을 가자고 왔는데 문전박대하면 그냥 가겠소?"

장길수가 마루에서 일어났다.

"경성이라고 했어요?"

강막실이 방문을 덜컥 열었다.

"어른들 오시는 저녁때나 다시 오겠소."

장길수가 사립문으로 성큼 걸어갔다.

"잠깐만요."

강막실이 장길수를 불러 세웠다.

"의병에 쫓겨 줄행랑을 쳐서 첩년 끼고 사는 서방이 뭐 그리 반갑다고 맨발로 호들갑일꼬?"

장길수가 돌아서서 빈정거렸다.

"서방님이 분명 경성에 계신다고 하셨지요?"

강막실이 버선발로 마당에 내려왔다.

"어른들 계실 때 오겠소."

장길수가 휙 돌아 사립문으로 걸어갔다. 강막실이 뛰어가 장길수의 앞을 막았다.

"서방님이 경성에 계신다고 하셨어요?"

강막실의 눈에 눈물이 돌았다. 충주에서 헤어진 후 소식을 몰라 애가 탔다. 경성에서 첩년을 끼고 있던 새 장가를 또 갔던 서방님 소식이 눈물 솟도록 반가웠다. 홍금희가 떠올랐다. 돌멩이가 목구멍에 막힌 듯 가슴이 답답했다.

"어른들은 마실 가셨나?"

방에서 문고리 잡고 느긋하다가 마당에 버선발로 화급해진 강막실에게 장길수가 빙그레 웃었다.

"밭일 가셨어요."

강막실이 얼버무렸다. 늦잠에서 깨어보니 시부모와 다리를 저는 시누이까지 집에 없었다. 햇살이 좋아 밭에 나간 것은 아닐까 짐작하고 말했다.

"눈발이 하얗게 덮였는데 밭에 갔다고요? 벼슬하던 자식이 경성으로 도망치니 쌀독이 비었는가? 끼니가 없어 때 이른 나물을 뜯으러 갔는가?"

장길수가 왼쪽 다리를 탈탈 흔들며 거들먹거렸다.

"경성 소식이나 어서 주세요."

강막실이 계속 재촉하자 장길수가 품에서 서찰을 꺼내 건넸다.

"경성처녀에게 새장가를 갔다는데 서찰이 반갑기나 하겠소?"

장길수가 서찰을 강막실에게 내밀었다.

"제천으로 간 의병이 목계를 친다는 소문이 파다합니다. 의병이 목계로 오면 왜병은 물론이고 백성도 여럿 죽어나겠지? 왜놈 일을 거드는 나나 벼슬아치 식솔인 자네도 온전치 못할 것이여."

장길수가 한숨을 쏟아놓고 사립문으로 나갔다. 서찰을 쥔 강막실은 장길수의 말이 귀에 들어오지 않았다. 함부로 서찰을 펴들지 못하고 조마조마 방에 들어왔다. 서찰을 바닥에 놓고 충주에서 헤어지던 모습을 떠올리고 있는데 시부모의 기척이 들렸다. 강막실이 서찰을 품에 넣고 마당으로 나갔다.

"올케 아침은 먹었어?"

시누이 박시연이 저는 다리로 기우뚱 걸어오며 물었다.

"죄송해요. 늦잠을 잤어요."

강막실이 기어들어가는 목소리로 말했다.

"젊은 것이 통 밤잠이 없어서 어쩌니? 뱃속에 든 애기도 생각은 해야지?"

시어머니 강금년이 혀를 쯧쯧 찼다.

"춥다. 서 있지 말고 방에 들어가. 아침밥상 가져갈 테니."

시누이가 부엌으로 갔다. 강막실이 시누이를 따라 부엌으로 갔다.

"아직도 음식 때문에 속에서 치밀어?"

다리가 불편해서 시집을 가지 못한 시누이 박시연이 조카를 임신한 강막실에게 정성을 다했다. 시누이가 꺼낸 김치 냄새가 허기를 자극했다. 밥상 앞에서 뭉클하고 답답하던 뱃속이 텅 빈 것처럼 갑작스럽게 배가 고팠다. 장길수가 가지고 온 경성 소식에 입덧이 없어졌다.

"서방님이…."

강막실이 품에서 서찰을 꺼내들고 말끝을 흐렸다.

"이게 무엇인데?"

박시연이 놀라며 서찰을 받아 들었다.

"가흥창고에 있는 장길수라는 사람이 가져 왔어요."

"시만이가 경성에서 무사하다는 소식?"

박시연이 급하게 물었다.

"아직 읽어보지 않았어요."

박시연이 서찰을 들고 안방으로 들어갔다. 강막실도 따라 들어갔다. 박시연이 박시만의 서찰이라며 아버지 박운정에게 건넸다.

"시만이 서찰을 보냈다고?"

강금년이 엉덩이를 끌어 박운정에게 다가앉았다. 정작 서찰의 내용이 궁금한 것은 강막실이었다. 강막실은 두근거리는 가슴으로 다소곳이 앉아 서찰 읽기를 기다렸다. 서찰을 받아든 박운정이 뜸을 들였다. 충주가 의병에게 함락되고 박시만의 소식이 뚝 끊겼다. 홍금희와 같이 갔을 것이라는 말을 며느리에게 듣기는 했지만 연락이 닿지 않았다. 밤중에 방문 열고 들어오지는 않을까 밤잠을 설치던 가족이 안방에 모였다. 박시만이 보냈다는 서찰을 받아든 박운정이 뜻 모를 불안감에 읽기를 주저했다.

"뭣하시오? 삼시 세끼는 굶지 않는다고 썼는지 어서 보시오?"

강금년이 채근했다. 박운정이 다소곳한 며느리를 바라보고 서찰을 펴들었다.

"따끈한 밥은 먹고 산대요?"

박운정이 두 글자도 읽지 않았는데 강금년이 또 채근했다. 박시연이 강금년의 팔을 가만히 쥐었다. 박운정이 한차례 읽은 서찰을 다시 짚어 읽으며 시간을 끌었다. 강금년이 마른침을 꿀꺽 삼켰다. 강막실은 두근거리는 가슴으로 박운정이 무슨 말을 할까 조마조마하게 쳐다봤다. 박운정이 펼쳤던 서찰을 천천히 접었다. 강막실은 박운정의 얼굴이 무겁게 굳는 것을 보았다.

"꿀을 입에 무셨소? 벙어리가 되셨소?"

박시연에게 팔을 잡힌 강금년이 재촉했다.

"아가."

박운정이 강금년의 말은 들은 체도 않고 강막실을 불렀다.

"네 아버님."

강막실 음색이 떨렸다.

"시만이는 경성에서 잘 있다."

박운정의 말에 강금년이 다람쥐처럼 긴장했던 몸을 풀었다.

"경성 어디래요?"

강금년이 물었다. 박운정이 입을 다물었다. 서찰을 읽은 시아버지가 입을 다물고 있으니 강막실은 답답해서 쓰러질 것 같았다.

"아가."

박운정이 강막실을 다시 불렀다.

"네 아버님."

강막실이 울먹이는 목소리로 대답했다.

"이 서찰은 네게 온 것이다. 사랑에 가져가서 읽어 보거라."

박운정이 접혀있는 서찰을 내밀었다.

"내 뱃속에서 나온 내 자식이 보내온 서찰을 며느리에게 주신다니요?"

강금년이 서찰을 빼앗으려 팔을 휘둘렀다. 박운정이 어금니를 물고 강금년을 노려보았다.

"서찰을 읽어보면 알겠지만 시아버지로서 며느리에게 부끄럽고 미안하구나."

강막실 가슴이 덜컹 내려앉았다. 충주에서 헤어진 홍금희가 눈앞에 떠올랐다.

"시아버지가 며느리에게 부끄럽다니요? 시아버지보다 상전인 며느리가 조선천지 어디 있대요?"

강금년이 싸늘한 눈초리로 박시만과 강막실을 번갈아 바라보았다.

"조강지처가 엄연하게 살아있는 자식이 첩살림을 차렸다는데 부모가 부끄럽지 않다는 말이야?"

박운정이 버럭 화를 냈다.

"새살림이라니요?"

"홍금희인가 뭔가 하는 신식여자랑 살림을 차렸다는구나."

박운정이 참았던 말을 툭 내뱉었다.

"아ᅳ. 그 색시?"

홍금희를 기억해 낸 강금년은 외려 잘되었다는 표정을 지었다.

"못난 놈 같으니라고."

박운정이 강금년의 얼굴에 침을 뱉듯 말했다.

"첩을 둔 자식이 못났다니요? 무슨 말씀을 막 하세요?"

강금년이 따지듯 항변했다. 박운정이 기가 막힌다는 표정으로 강금년을 노려봤다.

"죽었는가 싶었던 자식이 눈 시퍼렇게 살았다는데 영감은 뭐가 불만여서 성질을 낸대요? 멀쩡한 육신으로 첩을 봤다는데 어느 놈이 손가락질한대요?"

자식이 안전하다는 소식 때문인지 강금년이 속에 고였던 것을 쏟아냈다.

"며느리 앞에서 낯을 들고 있기가 민망한데 시어머니로서 그런 말을 해야 하겠어?"

박운정이 강금년을 나무랐다. 박시연이 강금년의 팔을 잡고 말려 험악해진 분위기가 가라앉았다.

"제천으로 의병이 물러갔다지만 언제 또 들어올지도 모르는 일이다. 목계를 치러 온다는 소문이 파다하다. 만일 의병이 들어오면 우리 가족이 해를 입을 것은 뻔한 일이다."

장길수가 서찰을 들고 와 했던 말을 박운정이 말했다.

"사돈댁에서 괜찮게 생각하신다면 당분간은 달마실에 가 있어라."

박운정의 말에 세 여자의 눈이 황소눈깔처럼 커졌다.

"영감. 멀쩡한 애를 소박데기로 만들자는 얘기요?"

강금년이 펄쩍 뛰었다.

"소박데기라니?"

여간해서 목소리를 높이지 않는 박운정이 강금년에게 소리를 버럭 질렀다.

"달마실 사돈네로 보낸다고 하셨잖소?"

강금년이 물러서지 않았다.

"사돈네로 보낸다고 소박을 시키는 것인가? 의병이 오면 해를 당할까 피신해 있으라 하는 것이지."

"의병이 오면 며느리만 쏙 뽑아서 해를 입힌대요? 시연이나 영감이나 나는 해를 당해도 괜찮다는 말씀이구요?"

"여편네 소갈딱지가 밴댕이만도 못하네. 박씨 핏줄을 잉태한 며느리를 안전한 곳에 보낸다고 철딱서니 없게 시샘을 해?"

핏줄을 잉태한 며느리라는 말에 강금년이 입을 다물었다.

"아버님 말씀이 옳아. 시만이 집에 없으니 친정에 가 있는 것이 좋을 것 같아."

박시연이 강막실의 어깨를 도닥거렸다.

"요즘 세상 돌아가는 것을 예측할 수 없다. 자고 나면 의병이고 자고 나면 왜병이라는 말이 딱 맞는 것 같다. 의병이 어느 날에 들이닥칠지도 모른다. 내일이라도 옷가지 챙겨서 달마실 친정에 가 있어라."

강막실이 대답하지 못하고 돌아앉은 시어머니 눈치를 살폈다.

"화급한 경우에 처했을 때, 창말에서 숨을 만한 곳이라고는 남한강 둔치 억새밭밖에 없다. 친정이 있는 달마실은 장미산 자락에 붙어 있으니 위급해지면 산으로 피신할 수 있을 것이다."

박운정이 차근차근 말했다.

"아가. 친정에 갈 것이냐?"

강금년이 돌아앉아 강막실에게 물었다. 강막실이 대답하지 못했다.

"내 말을 따르도록 해라."

박운정이 끄응 일어나 밖으로 나갔다. 박운정이라고 며느리를 친정에 보내고 싶었을까. 자식이란 놈이 경성에 가서 새살림을 차렸으니 며느리를 볼 낯이 부끄러웠다. 며느리 어여쁘다고 아들도 없는 창말에서 데리고 있자니 의병이 들어오면 큰 해를 입을 것이 뻔했다. 마지못해 며느리를 친정에 보내고자 하는데 마누라가 펄쩍 뛰었다.

강막실이 사랑방으로 들어와 서찰을 펴들었다. 홍금희 집에 얹혀 홍금희 부모와 살고 있다. 의병이 목계에 오면 큰 해를 입을 것이 자명하니 달마실로 가 있는 것이 어떠냐. 서찰을 쥔 손이 바들바들 떨리더니 기어코 눈물이 서찰에 떨어졌다.

엇갈리는 운명

12

거동이 자유로워지고 밖으로 나오는 횟수가 잦아졌다. 햇살이 곱게 내려앉으면 방에서 나와 댓돌에 하염없이 앉아 있었다.

상처가 회복되면서 거동이 자유로워진 심대곤이 행랑에 계속 있을 사람이 아니라는 생각 때문에 서창댁은 고민이 생겼다. 잃어버린 기억을 되찾게 해주어야 하는가? 지난 것들을 까마득하게 묻어버리게 하고 새로운 삶을 살게 할 것인가? 심대곤이 댓돌에 앉아 있을 때마다 서창댁은 고민했다.

기억이 되살아난다면, 심대풍이 또 찾아온다면 심대곤이 행랑에서 떠날 것은 강 건너 불 보듯 뻔한 일이었다. 본인이 누구인지도 모르고 사립문 밖에 나갔다가는 봉변을 당할 것이 뻔했다. 진실을 알려주고 가족을 찾아주어야 함이 당연한 도리인데 그러기가 싫었다. 서창댁이 다섯 살가량 젊어 보이는 심대곤에게 정분을 품었다. 심대곤도 지극한 정성으로 돌보는 서창댁의 손길이 싫지 않았다.

행랑할아범과 행랑할멈이 밖으로 나간 사이에 서창댁이 행랑으로 갔다.

"갑갑하여 몸살이 날 지경인데. 내가 누군 줄 모르니 함부로 나갈 수 없어요."

심대곤이 행랑에 갇힌 갑갑한 심정을 털어났다.

"갑갑해서 가슴이 터지는 심정이지요?"

서창댁이 몹시 섭섭한 심정으로 묻자 심대곤이 고개를 끄덕였다.

"그럼 나가세요."

서창댁이 툭 뱉었다.

"갈 곳이 없습니다."

심대곤이 시무룩하게 대답했다. 갈 곳이 없는 것이 아니라 아는 곳이 없었다. 행랑으로 들어오는 쪽문 밖으로 가지 않았다. 쪽문 지나 안채에도 가보지 않았고 대문 밖 골목에 무엇이 있는지 얼마나 많은 백성이 무슨 일을 하며 살고 있는지 보지 못했다. 서창댁의 말로는 자신이 스무 살이 넘어 보인다고 했다. 이십 년 전에 어디서 태어났고 무엇을 하고 살았는지 도통 기억나지 않았다. 부모가 누구이고 형제자매가 어디에 있는지 꼼꼼하게 생각해도 기억나지 않았다.

"의병이 마즈막재로 넘어가고 왜병과 관병이 골목에 깔렸는데 사립문 밖으로 나가시려고요?"

서창댁이 은근하게 협박했다. 상처가 치료되고 거동에 불편이 없어진 심대곤을 계속 행랑에 옭아매야겠다는 생각을 품었다.

"내가 관병과 왜병에게 죽을죄를 지었나요? 나라에 반역이라도 했습니까?"

심대곤이 가장 최근에 일어났음직한 사건을 생각했다. 움직이지 못할 정도로 상처를 입은 사건이 무엇인지 기억을 떠올리려 했으나 허사였다.

"사립문 밖으로 한 걸음만 나가도 목에 칼날이 철렁 들어온다는 것만 명심하세요."

서창댁이 심대곤의 기억 회생에 빗장을 걸었다.

"목에 칼날이 들어온다고요? 왜요?"

목에 칼날이 들어오도록 왜병에게 잘못한 것은 무엇인지 물었으나 서창댁이 대답하지 않고 딴청을 부렸다.

"의병과 왜병은 서로 적이니 의병이 있는 곳으로 가면 안전할까요?"

의병이 충주에서 나가고 의병이 들어왔다는 것을 문밖에 나가보지 않은 심대곤이 알 수 없었다. 심대풍이 찾고 있는데 막상 만난다 해도 형제라는 것을 기억하지 못했다. 옥녀가 위험을 무릅쓰고 충주에 남아서 자신을 찾고 있음도 알지 못했다. 옥녀가 심대곤을 찾아낸다 해도 알아보지 못하니 서창댁이 거짓으로 말하면 믿어야 했다.

"기구한 운명이라고만 생각하세요. 이쪽도 저쪽도 잡히면 죽는 목숨이라는 생각만 하세요."

문밖에 나서면 무조건 죽는다고 단단히 겁을 주었다. 심대곤이 기억을 찾으려는 노력이 계속되면서 서창댁은 무엇인가 결단을 해야 한다고 마음먹었다.

"행랑에서 나가지 못한다면 이곳이 감옥소네요?"

심대곤이 울적한 심정으로 물었다. 서창댁이 안타깝다는 표정으로 심대곤을 물끄러미 바라보았다. 차라리 감옥소에 평생 징역살도록 하면 심대곤을 독차지할 수 있다는 생각이 들었다. 언제까지 대갓집 주인행세를 할지 불분명했고, 심대곤의 기억이 평생 돌아오지 않으리라는 보장이 없었다. 기억이 돌아오기 전에 심대곤을 완전하게 서창댁의 사람으로 만들어야 한다고 어금니를 물었다.

"충주에 있으면 언젠가는 큰 화를 당해요. 이쪽도 저쪽도 잡히면 위험하니 진퇴양난이지요."

서창댁은 심대곤을 알아보지 못하는 곳에서 둘이 숨어 살고 싶은 욕심이 생겼다. 충주를 떠나면 화를 면할 수 있다고 미끼를 슬쩍 내밀었다.

"군내 나는 이 방에서만 살아야 해요?"

행랑할아범과 서창댁이 날마다 아궁이에 군불을 넣었다. 심대곤이 행인에게 목격될까 우려한 서창댁이 방문을 좀처럼 열지 않았다. 햇볕이 들지 않고 환기가 되지 않아 김치 시는 냄새와 엊저녁 먹은 것을 트림하는 냄새가 방에 차곡차곡 고였다.

"고작 두 평 남짓한 행랑방에서 뻗치는 혈기를 감당할 수는 없겠지요?"

서창댁이 심대곤의 갑갑한 심정을 자극했다.

"무슨 방책이라도 있나요?"

심대곤이 달뜬 표정으로 물었다. 흥분하여 들썽거리는 심대곤에게 서창댁이 다가와 앉았다.

"충주에서 떠나요."

서창댁이 고개를 숙이면 얼굴이 닿을 듯 가까이서 숨을 혹 토했다.

"충주에서 떠나요? 나가면 잡힌다면서 떠나라니요?"

심대곤의 표정이 싸늘하게 식었다. 달마실도 목계도 창말도 의풍도 기억하지 못하는 심대곤이 충주 밖 다른 세상을 생각하지 못했다.

"깜깜할 때 쥐도 새도 몰래 떠나세요."

나가면 죽는다고 겁을 주던 서창댁이 떠나라고 말하자 심대곤의 표정이 어두워졌다. 서창댁의 시선이 구멍에서 먹이를 노려보는 쥐처럼 반들거렸다.

"담 너머 세상에는 한 걸음도 모르는데 떠나라니요? 어디로 갈 것인지도 모르는 사람에게 떠나라고 말씀하시니 마음이 편하지 않네요."

심대곤이 벽에 등을 기대고 허탈한 표정을 지었다.

"경성으로 가세요. 얼굴을 아는 사람이 없을 테니 경성에서 한량답게 살아요."

먹이를 향해 총총걸음으로 걸어가듯 서창댁이 심대곤의 턱밑으로 얼굴을 들이댔다.

"경성? 한량답게?"

심대곤은 턱밑으로 다가온 서창댁을 피하지 않았다.

"경성 저잣거리는 사람이 많아서 대나무숲에 콩새 살 듯 조용히 살면 아무도 알아보지 못해요."

서창댁이 심대곤의 어깨에 오른손을 얹었다.

"경성이 어디인지 모르고 가는 길도 몰라요"

뗏목으로 남한강을 거침없이 누비며 나루터마다 주막의 논다니에게 인기가 최고였던 심대곤이 잡혀온 먹이처럼 고분고분하게 말했다. 소백산 자락 용진에서 경성 광진 나루까지 남한강 물줄기를 섭렵하며 한량이었던 심대곤이 아니었다. 기억이 없고 겁에 질려있는 심대곤을 서창댁이 식은 죽 먹기로 야금야금 요리했다.

"저랑 같이 가요."

서창댁이 왼손도 심대곤 어깨에 얹었다. 바깥에서 인기척이 있는지 귀를 세웠다. 밖에서 시부모가 들었을까 살폈다. 심대곤이 놀란 눈으로 서창댁 얼굴을 쳐다봤다. 서창댁은 그냥 해본 말이 아님을 암시하는 듯 눈동자에 힘을 주고 심대곤의 시선을 피하지 않았다.

누워 있는 심대곤이 무료하지 않도록 서창댁이 주변의 잡스러운 얘기를 해주었다. 시부모 얘기와 주변 골목 사람들 얘기가 바닥이 나고 자신이 처한 얘기를 구성지게 말했다. 월악산 자락 서창나루에서 종살이하다가 충주로 시집왔지만 서방인 덕배가 동학농민군을 따라갔다가 죽어서 청상과부가 되었다. 주인과 식솔을 덕배가 악덕 지주로 밀고하여 동학농민에게 살해되었다. 행랑에서 종살이하던 시부모와 서창댁이 안채에 들어가 주인으로 살게 되었다.

"시부모님이 계신데 경성에 함께 갈 수 있나요?"

심대곤의 어깨에 얹은 손을 당기면 입술이 닿을 듯 가까이 앉은 서창댁에게 낮은 목소리로 물었다.

"그럼요."

서창댁이 간결하고 빠르게 대답했다. 눈동자를 반들거리며 심대곤의 시선을 피하지 않았다. 심대곤이 무엇을 또 궁금해할까 기다렸다.

"그럼 나와 경성에 가서 같이 살자는 얘기로 알아들어도 되는가요?"

심대곤이 어린아이처럼 눈을 말똥거리며 물었다. 서창댁이 대답 대신에 심대곤 얼굴을 가슴에 안았다.

"낯선 곳에 가서 살기가 고생이 이만저만이 아닐 텐데. 난 가진 게 아무것도 없어요."

얼굴을 가슴에 묻은 심대곤이 젖먹이처럼 쌔근쌔근 숨 쉬었다.

"가진 게 왜 없어요?"

서창댁이 젖가슴에 얼굴을 묻은 심대곤의 뒷머리를 손으로 어루만졌다.

"성치 않은 몸뚱이밖에 가진 것이 없어요."

닫힌 방에서 군내에 질린 심대곤이 서창댁의 가슴에서 나는 여인의 냄새를 후욱 들이마셨다. 젖내 물씬하고 야릇한 냄새가 싫지 않았다.

"땅땅한 몸뚱이가 제일가는 재산인 거 몰라요?"

심대곤의 얼굴을 가슴에서 들어 올려 입술을 살근살짝 맞추었다.

"아무런 연고도 없는 곳에 가서 자고 먹으려면 돈이 있어야 하고. 경성까지 거리가 얼마인지 모르지만 가는 동안의 여비도 있어야 할 테고. 더구나 나는 쫓기는 신세라 쉽지 않을 텐데."

서창댁 입술 맛을 본 심대곤 얼굴이 발갛게 달았다.

"내게 돈이 쫌 있어요. 경성 가는 여비랑 초가 한 채 살 정도는 있어요."

시부모가 안채에 엄연히 있는 과부와 입술을 맞췄다. 충주에 남아 있다가 의병이든 관병이든 왜병이든 눈에 띄면 잡혀서 큰 곤욕을 치른다는데 경성으로 함께 가자는 서창댁이 구세주가 되었다.

"시부모님을 여기 두고 나와 경성에 갈 수 있어요?"

심대곤이 미덥지 않다는 표정을 지었다.

"시부모님은 걱정하지 마세요. 모시던 주인마님의 재산으로 여생을 호의호식하며 마감할 수 있어요."

"부정한 돈으로 호강하고 싶지 않아요."

밀고로 죽은 주인의 돈을 가지고 갈 수는 없다고 심대곤이 고개를 흔들었다.

"그 돈은 어차피 주인마님의 돈이 아녀요."

동학농민군이 쳐들어와서 군자금을 달라고 했는데 주인이 없다고 잘라 말하면서 한푼 내주지 않았다. 소작인에게서 매년 꼬박꼬박 받아낸 소작료를 숨기고 있다고 동학농민군에게 덕배가 밀고했다. 돈을 내놓지 않는 가족이 죽임을 당했고 동학농민군은 돈을 찾아내지 못했다. 행랑할아범이 돈을 감춘 곳을 알고 있었다. 동학농민군이 보은으로 가고 뒷간 땅바닥에서 돈을 넣어둔 항아리를 파냈다.

"시부모님이랑 저승에 간 서방님이 평생 뼈를 깎아 종살이를 하였으니 마님이 남긴 돈으로 살다 죽는다고 욕할 사람 없어요. 내일 새벽에 떠나요."

"그렇게 빨리?"

"왜요? 몸이 아직 불편해요?"

"상처는 이제 다 나았어요."

"쇠뿔도 단김에 뺀다구 했어요. 하루를 넘기면 그 하루가 저승길인 것을 명심하셔요."

"사나흘만 더 있다가 떠납시다."

심대곤은 행랑에서 나가 멀리 간다는 사실이 두려웠다. 경성으로 가면 기억을 잃기 전에 알고 있었던 것들과 또 어딘가에 있을 가족과 이별이 된다고 생각했다.

"안돼요. 하루하루가 위험하니 내일 새벽에 경성으로 간다고 약조해요."

"그럽시다."

심대곤이 잠깐 생각하다가 동의했다. 시부모가 대문으로 들어오는 기척이 들렸다.

"시부모님이 오셨어요. 약조 저버리지 마셔요."

서창댁이 일어나서 문고리를 잡고 서 있다가 심대곤의 품에 안겼다. 경성으로 가자는 다짐을 주고서 안채로 갔다. 심대곤은 가슴이 멍하고 무엇인가에 뒤통수를 호되게 얻어맞은 기분이었다.

서창댁이 나온 행랑방을 지켜보는 눈이 있었다. 옥녀가 담 너머에서 까치발을 하고 행랑을 지켜보고 있었다. 충주 어딘가에 심대곤이 있을 것이라는 강한 예감 때문에 의풍으로 돌아가지 않았다. 골목골목 돌며 주막과 객사를 뒤졌다. 골목으로 걸어가면서 여염집 담 너머에 시선을 두느라 돌부리에 걸려 넘어지는 일이 빈번했다. 종일 돌아다니며 퉁퉁 부은 다리에 발톱이 깨져 핏물이 버선을 적셨다.

오늘도 골목으로 걸어가며 이집 저집을 들여다보던 옥녀가 자신의 볼을 마구 꼬집었다. 꿈인 듯 생시인 듯 가슴이 마구 뛰었다. 허벅지를 꼬집고 손으로 눈을 비볐다. 꿈은 분명 아니었다. 행랑 댓돌에 앉은 남자가 한눈에 들어왔는데 눈을 다시 비벼 확인해보니 분명히 심대곤이었다.

행방이 없다 하더니 저렇게 살아 있구나. 너무 고마워서 눈물이 찔끔 솟아 나왔다. 가슴에 두 손을 얹고 하늘을 올려다보며, 고맙습니다. 소백산 산신령님 고맙습니다. 소백산 자락에서 산삼을 발견했을 때처럼 기뻐서 중얼거렸다.

옥녀가 손을 흔들고 소리를 질러 심대곤을 부르려다 멈췄다. 안채에서 걸어 나온 여인이 댓돌에 시름없이 앉아 있는 심대곤을 방으로 데리고 들어갔다. 심대곤이 왜 여기에 있는 것일까? 방으로 데리고 들어간 여인은 누구인가? 닫힌 방문을 바라보는데 갖은 생각이 어지럽게 흘러왔다. 행랑으로 가 심대곤을 불러내고 싶은 마음이 간절했다. 행랑으로 들어가는 쪽문까지 걸어갔던 옥녀가 걸음을 멈추었다. 심대곤이 여인과 같이 방에 있다는 사실이 무서웠다. 옥녀는 담 밖에서 행랑방을 지켜봤다. 땔나무를 하러 갔던 행랑할아범과 행랑할멈이 돌아오고 여인이 방에서 나왔다. 혹여 심대곤이 댓돌로 나올까 기다렸다. 좀처럼 방문이 열리지 않았다. 노인 내외와 여인이 들어간 안채를 살피던 옥녀가 행랑으로 갔다.

"나 좀 봐요."

행랑방 댓돌에서 안채를 엿보며 망설이다가 심대곤을 불렀다. 방에 심대곤이 있는 것이 분명한데 대답이 없었다. 심대곤은 옥녀가 부르는 소리를 들었다. 서창댁과 경성으로 간다고 약속했는데 처음으로 누가 찾아와서 부르고 있었다. 쪽문으로 나가면 목에 칼이 들어올지도 모른다는 서창댁의 걱정 때문에 심대곤이 대답하지 못했다.

"대곤씨. 저예요. 의풍에서 온 옥녀가 왔어요."

옥녀가 또 심대곤을 불렀다.

"누…구세요?"

숨을 죽이고 있던 심대곤이 문틈에 눈을 대고 물었다.

의풍에서 온 옥녀라고 말하면 심대곤이 맨발로 나올 줄 알았다. 심대곤이 옥녀를 알아보지 못했다. 옥녀는 목소리만으로도 방에 있는 남자가 심대곤임을 알았다. 옥녀가 방문을 열었다. 방에 엉거주춤 서 있는 사람은 옥녀가 애타게 찾던 심대곤이었다. 얼굴에 핏기가 없어 백짓장 같았다.

"여기서 뭐…하…세요?"

반갑다거나 뜻밖에 무슨 일이냐는 표정이 아니라 사돈의 팔촌 바라보듯 멀뚱한 심대곤 모습에 옥녀의 말이 주춤거렸다.

"저…를 아세요?"

심대곤이 머리를 갸웃거렸다.

"의풍을 모르세요?"

얼굴에 이물질이 묻어 알아보지 못하는 것은 아닌가. 옥녀가 손바닥으로 얼굴을 문지르고 머리 매무새도 고쳤다. 의풍에서 베틀재로 함께 넘어와서 약초가 가득 쌓인 주막 뒷방에서 몸을 섞은 심대곤이 틀림없었다. 그토록 애타게 찾았는데 옥녀를 외면하고 서 있었다.

"그날 밤 때문에 일부러 외면하시나요?"

옥녀가 눈물을 글썽였다.

"그날 밤이라니요?"

심대곤이 오히려 답답해서 가슴에 손을 얹고 물었다. 옥녀가 심대곤을 자세히 보니 핏기 없이 백짓장 같은 얼굴에 아물고 있는 상처가 보였다. 머리에 있는 상처 때문에 사람을 몰라보는 것은 아닌가? 옥녀가 한 걸음 올라가 심대곤의 머리에 손을 댔다. 앞머리에 난 상처보다 훨씬 더한 상처가 뒷머리에도 나 있었다.

"어디 사는 누군지는 알고 있나요?"

옥녀의 물음에 심대곤이 고개를 가로저었다. 의병과 왜병이 충주성에서 밀고 당기는 중에 상처를 입어 기억을 잃었을 것이라고만 생각하고 있는 중이었다. 안채에서 서창댁이 행랑으로 왔다.

"남의 집에 뭔 볼일이세요?"

서창댁이 경계하는 눈초리로 물었다.

"이 사람이 왜 이 방에 있지요?"

옥녀가 만만치 않은 시선으로 서창댁의 몸을 훑었다.

"주인 허락도 없이 남의 집에 들어와서 뭐하시냐 먼저 물었는데요?"

심대곤과 경성에 가기로 약조했는데 훼방꾼이 나타났다. 서창댁이 훼방꾼에게 사근사근 대하면 약조가 깨질 것이라고 판단했다. 불청객으로 나타난 여인을 쫓아내기로 작정했다.

"이 사람이 이 방에 있는 연유를 나도 물었는데요?"

옥녀도 물러설 수 없었다.

"주인 허락도 없이 들어와 방문을 열었으니 도둑년인갑네?"

서창댁이 옥녀를 도둑으로 몰았다.

"도둑년?"

옥녀가 발끈하여 대들었다.

"남의 집에 고양이처럼 살금 들어와 방 문고리를 잡아당겼으니 도둑년이지?"

"멀쩡하게 길 가는 사람 훔쳐다가 뒷방에 감춰둔 짓거리는 도둑질이 아니고 무엇인데?"

"눈구멍에 솜뭉치가 들앉았구먼? 당신 눈구멍으로는 이 사람이 멀쩡해 뵈는가 보지?"

심대곤을 사이에 두고 말씨름이 벌어졌다.

"대곤씨 가족이 기다리고 있는 의풍으로 돌아가요."

옥녀가 심대곤에게 손을 내밀었다.

"몸도 성치 않은 사람 힘들게 하지 말고 썩 나가시오."

서창댁이 부지깽이를 집어 들었다. 서창댁은 심대곤이 옥녀와 무슨 관계인지 묻지 않았다. 심대곤의 부인이라는 말이 나올까 봐 지레 겁을 먹었다.

"방에서 얼른 나오셔요.".

옥녀가 댓돌에 흐트러진 심대곤의 신발을 가지런히 돌려놓았다. 심대곤이 아무것도 모르고 방안에 서 있기만 하니 옥녀의 속이 탔다. 옥녀가 심대곤의 옷소매를 잡아끌었다. 심대곤이 버팅기면서 서창댁에게 구원의 눈초리를 보냈다.

"남의 집에서 이게 무슨 행패요?"

옥녀가 신발을 가지런히 놓고 심대곤의 옷소매를 당기는 모습에 서창댁은 심대곤을 뺏기겠다는 위기감에 빠졌다. 심대곤이 구원의 눈초리를 보내니 기운을 얻어 옥녀에게 부지깽이를 휘저었다.

"형님도 아버님도 대곤씨를 찾으러 얼마나 애를 태웠는지 아세요? 방에서 나와 의풍으로 가요."

옥녀가 손을 내밀었다. 심대곤이 한걸음 물러났다.

"누…구신데 이러세요?"

옥녀를 바라보는 심대곤의 눈빛이 예전과 달랐다. 옥녀는 기가 막혔다. 서글픔이 확 치솟았다. 바닥에 앉아 울음을 펑펑 터뜨리고 싶은 심정이었으나 그럴 상황이 아니었다. 어떡해서든 심대곤을 이 집에서 데리고 나가야 했다.

"아버님과 만옥이 의풍에서 기다려요. 어서 나오세요."

옥녀가 심대곤의 팔을 잡으러 방으로 들어가려 했다. 서창댁이 몸으로 막아섰다.

"정말 너무하시네요. 밤낮을 골목골목 뒤져서 찾아왔는데 너무하세요. 대곤씨 어서 나오세요."

옥녀가 댓돌에 털썩 주저앉아 흐느꼈다. 야속하게도 날이 어두워지고 있었다. 찬바람이 불어오고 방안에 서 있는 심대곤이 오들오들 떨었다.

"형님과 아버님이 나를 찾아다녔다고 했어요?"

옥녀가 설움에 복받쳐 흐느끼자 심대곤이 문지방으로 왔다. 서창댁이 눈에 불똥을 일구더니 방문을 거칠게 닫았다. 옥녀가 방문을 열면 머리칼을 쥐어뜯으며 대들 태세였다.

"내일 또 올게요. 밤새 생각해보세요. 심대풍은 형님이고 심만옥은 여동생이고 달마실에서 살다 의풍으로 왔고요. 또 저는… 옥녀라고 해요."

옥녀가 닫힌 방문에다 울먹였다. 서창댁이 옥녀를 떠밀었다.

"어디 가지 마세요? 내일 날 밝으면 꼭 올 게요."

옥녀가 서창댁에게 떠밀려나면서 신신당부하고 돌아섰다. 심대곤이 방문을 열었다. 옥녀를 다시 보려고 댓돌로 나왔다.

"아는 사람인가요?"

옥녀를 행랑 쪽문으로 밀어낸 서창댁이 물었다. 옥녀도 서창댁의 말을 들었다. 옥녀가 걸음을 늦추며 뒤를 돌아보자 심대곤이 서창댁에게 고개를 가로 흔들고 있었다. 옥녀는 기가 막혔다. 사람이 저렇게 변할 수가 있을까.

"또… 용진 주막 뒷방에 우리가 했던 일도 꼭 생각해내셔야 해요."

옥녀가 심대곤에게 소리쳤다. 담 너머에서 행랑을 바라보니 심대곤과 서창댁이 방으로 들어가고 안 보였다. 옥녀는 하늘이 무너지는 심정으로 담벼락에 기대어 한참이나 흐느꼈다. 이럴 때 심대풍이 있다면 얼마나 좋을까. 심대풍과 의병이 청풍나루로 옮겨간 뒤였다. 가족의 이름을 알려주었으니 오늘 밤에 기억해낼지도 몰라. 주절거리면서 어두워진 골목으로 터덜터덜 걸어갔다.

서창댁이 안채 안방으로 들어갔다.

"행랑에 있었던 게니?"

행랑할멈이 못마땅한 표정으로 물었다.

"네. 어머님."

서창댁이 시어머니의 언짢은 기분에는 아랑곳 않고 건성으로 대답했다.

"외간 남자가 있는 방에 문지방 닳듯 드나들면 못쓴다. 마을 사람들이 알면 그 창피를 어쩌려고?"

행랑할멈이 며느리가 조신하지 못하다며 서창댁을 나무랐다.

"저 사람. 이제 육신이 멀쩡해졌어요."

서창댁이 시어머니의 나무람을 듣는 둥 마는 둥 엉뚱한 대답을 했다.

"밤길도 먼 길도 갈 수 있어요."

행랑할멈의 찡그린 면전에다 한마디 더 보탰다.

"저 사람을 사립문 밖으로 보내야 하겠다."

곰방대를 뻑뻑 빨아대던 행랑할아범이 참고 있던 불편한 심기를 드러냈다.

"네. 아버님."

과실나무에 달린 열매를 똑 따먹듯 서창댁이 냉큼 대답했다. 한사코 반대하던 서창댁이 순순히 내보내자 하니 노부부가 어리둥절해졌다.

"잘되었다. 저 사람 떠나라고 네가 일러라."

행랑할멈이 앓고 있던 이빨을 뽑아내듯 말했다.

"아버님께서 노잣돈 좀 주세요."

서창댁이 당돌하게도 돈을 내놓으라고 말했다.

"노잣돈을 달라니? 저 사람이 돈을 맡겼다니?"

행랑할멈이 톡 나서서 핀잔을 줬다.

"지나온 일들을 기억도 못하는데 노잣돈도 없이 집에서 쫓아내지는 않으시겠지요?"

"그런 얘기하려거든 네 방으로 건너가거라."

행랑할아범이 돌아앉으며 말했다.

"그냥 보냈다가는 크게 후회할 것인데요?"

"후회를 해? 우리가? 저승문지방 넘어가는 사람 붙들어다 살렸다고 해코지를 한다는 게냐?"

"노잣돈도 없이 행랑에서 내쫓으면 어디로 가겠어요? 충주 골목에서 비렁뱅이 하다가 왜병이나 관병에게 잡혀가면 그동안 숨겨주고 먹여주었던 우리도 온전할 것 같아요?"

서창댁이 웃음을 섞어 찬찬하게 시부모를 협박했다. 노인 내외가 가만히 생각해보니 며느리의 말도 일리가 있었다.

"어디로 간다고 하든?"

행랑할멈은 며느리 말이 틀리지 않아 불안해졌다.

"경성으로 간다 합니다."

"경성 가는 노잣돈이 얼마나 필요하다니?"

행랑할아범이 물었다. 노잣돈 약간 주어서 경성으로 보낸다면 붙어있던 혹을 뗀다고 생각했다.

"경성 가는 노잣돈에다 경성에서 먹고살 돈도 필요하지요?"

"백 냥이면 되겠느냐?"

"천 냥은 족히 있어야 하는데요?"

서창댁이 고개를 설레설레 흔들며 백 냥 가지고는 어림없다고 말했다.

"처…천 냥이라고 하였느냐?"

행랑할아범과 행랑할멈이 입을 쩌억 벌렸다.

"네. 천 냥은 있어야지요."

서창댁이 단호하게 대답했다.

"한 사람 경성 가서 일자리 얻는 노잣돈이 그렇게나 많이 필요한 게냐? 천 냥이면 대갓집도 사고 소작 놓을 토지도 사들이겠다."

행랑할멈이 며느리에게 빈정거렸다.

"한 사람이 아니라 둘인데요?"

"둘이라고? 행랑에 저 사람 말고 또 누가 있었던 게냐?"

"저 사람하고 제가 함께 경성에 가기로 약조했어요."

며느리가 외간남자와 경성으로 가서 살겠다며 눈 깜짝하지 않고 시부모에게 말했다.

"네가 지금 뭐라고 말을 하였느냐?"

노부부가 화들짝 놀라 아연해진 표정으로 서로를 바라보았다.

"서방님 떠나보내고 젊은 나이에 청상과부가 되었어요. 저도 새 삶을 살아야 하겠습니다."

얼굴색 하나 변하지 않고 또박또박 말을 하는 며느리에게 노부부는 기가 막혔다.

"천 냥이 아니라 단 한 냥도 못 준다."

행랑할아범이 곰방대를 재떨이에 탁탁 치며 성질을 부렸다.

"경성가는 마을 집집을 돌며 비렁뱅이를 해서라도 경성에는 같이 갈 것입니다."

서창댁이 목을 빳빳이 세웠다.

"고얀 것. 문지방이 닳도록 행랑을 드나들더니 이런 날이 올 줄 알았다."

행랑할멈이 서창댁의 면전에 주먹을 흔들었다. 서창댁이 눈 한번 깜짝하지 않았다.

"독에 넣어둔 돈 다 뭐하시려고 그렇게 인색하셔요?"

"네가 무슨 말을 하든 단 한 푼도 못 준다."

행랑할멈이 잘라 말했다.

"죽은 주인어른의 돈을 제 것처럼 쓰는 것을 관가에서 알면 돈을 모두 빼앗기는 불상사는 당연지사고 아마도 큰 곤욕을 치를 텐데요, 아버님?"

서창댁이 능글능글 웃음을 흘렸다.

"네가 시부모에게 협박을 하는구나?"

"협박이 아녀요. 아버님. 행랑 사람 썩 못된 사람이 아녀요. 과거의 일을 모두 잃어버렸으니 이제 갓 세상에 나온 어린아이와 다를 바 없어요. 서방님 돌아가셔 과부된 제 나이 서른도 못 넘었고요. 시부모님 봉양 후에 제 갈 길을 가려 하나 늙은 과부를 어느 남정네가 선뜻 데려가겠어요?"

서창댁이 하소연조로 시부모를 협박했다.

"팔자를 꼭 고쳐야 하겠니?"

행랑할멈은 늘그막에 기운이 빠지고 뵈는 것도 시원치 않아 며느리 덕을 보려 했더니 언감생심이 되었다.

"자고 나면 의병이고 자고 나면 왜병이 들어와 사람 죽이기를 곳간의 쥐 밟아 죽이는 만큼도 여기지 않으니 든든한 남정네 없이 살아가기 어렵습니다. 딸린 자식도 없으니 허락하여 주세요. 어머님."

서창댁이 태도를 바꾸어 간청했다. 노부부는 눈물까지 글썽이는 며느리에게 할 말이 없었다. 늙은 시부모가 애걸복걸해도 들어줄 며느리가 아님을 깨달았다.

"천 냥이든 백 냥이든 밝은 날에 주마."

며느리가 외간 남자와 도망간다는데 천 냥을 덥석 내줄 시부모가 아니었다. 내일로 미루어 놓고 며느리를 설득하거나 다른 해결책을 찾아볼 요량이었다.

"지금 주세요. 날이 훤해지면 생각이 변해서 관가에 갈지도 몰라요. 손바닥에 천 냥을 얹어 주셔요."

서창댁이 천 냥을 당장 내놓으라고 손바닥을 시부모 코앞에 내밀었다.

"천 냥이 지나가는 개 이름도 아니고 며느리 너도 참 너무하구나."

행랑할멈이 서창댁을 원망스러운 눈초리로 바라보았다.

"의병을 불러와서 뒷마당 모과나무 밑을 파볼까요?"

서창댁이 암매장한 다나까 시신으로 행랑할아범을 협박했다. 박시만을 잡으러 온 사내들에게 심대곤이 몽둥이에 맞아 기억을 잃던 밤에 행랑할아범이 행랑방에서 죽은 다나까를 묻었다. 모과나무 아래 묻힌 시신이 다나까라는 것을 아는 박시만과 홍금희가 경성으로 갔다. 심대곤이 기억을 잃었으니 시신의 정체를 알고 있는 사람이 없었다.

기어코 천 냥을 받아낸 서창댁이 이불에 벌러덩 누워 싱글싱글 웃었다. 옆으로 굴러가며 웃다가 엎어져 웃고 일어나 앉아 웃었다. 천 냥을 손에 쥐었으니 심대곤과 경성에 가서 부부처럼 사는 일만 남았다. 내일 또 온다는 옥녀의 말이 퍼뜩 떠올라 불안해지기 시작했다. 형과 여동생 이름을 알려주고 또 사는 곳이며 의풍으로 가야 한다는 말을 해놨으니 밤새 기억을 되찾을지도 모른다는 불길한 생각이 구름처럼 몰려왔다. 벌떡 일어나 비설거지를 하듯 급히 꾸린 짐을 이고 행랑으로 갔다. 역시 심대곤이 잠을 이루지 못하며 뒤척이고 있었다.

"급해요. 얼른 일어나요."

난리를 만난 듯 횃대에 걸린 옷을 심대곤에게 던지며 설레발을 쳤다.

"무…슨 일이라도?"

밖으로 나가면 잡혀 죽는다 하여 조마조마해온 심대곤이 화들짝 놀라 불똥을 밟은 것처럼 허둥거렸다.

"시부모님이 관가에 고하러 가셨어요."

서창댁이 그럴듯한 거짓말로 심대곤을 협박했다.

"관가에 고하러?"

심대곤이 다급해졌다.

"며느리가 바람나서 경성으로 간다는데 멀쩡하게 보내 줄 시부모가 어디 있겠어요?"

서창댁의 거짓말에 심대곤이 부랴부랴 행랑에서 나왔다.

"어디로 가요?"

심대곤은 처음 밖으로 나가는 발걸음을 쉽게 내딛지 못했다. 서창댁이 심대곤의 괴춤을 쥐고 끌었다.

"경성으로 가요. 노잣돈도 넘치게 있어요."

서창댁이 치마 속에 매단 돈 꾸러미를 보여주었다. 둘이 살금살금 쪽문으로 나왔다. 급하게 앞서가는 서창댁의 치맛단을 잡고 캄캄한 밤길로 걸어갔다. 심대곤은 낮에 왔던 옥녀의 모습이 자꾸 밟혔다.

횃대에 앉은 닭이 아직 졸고 있는 깜깜한 새벽에 옥녀가 행랑으로 왔다. 밤새 잠을 이루지 못해 부석부석한 얼굴이었지만 심대곤을 만난다는 기대로 가뿐한 걸음이었다. 잠겨있어야 할 대문이 열려 있었다. 심대곤이 밤사이에 기억을 되찾아 대문을 열어놓고 기다리고 있는 것은 아닐까. 급하고 기쁜 마음으로 행랑 쪽문 빗장을 손에 잡자 스르르 열렸다. 옥녀의 가슴으로 불길한 예감이 몰려왔다. 행랑 댓돌에 놓였던 신이 보이지 않았다. 방문 고리를 잡아당기지도 않았는데 저절로 열렸다. 방안이 컴컴해서 보이지 않았다. 방으로 들어가 방바닥을 손바닥으로 쓸었다. 차갑게 식은 이불만 잡혔다.

떠났구나. 방바닥에 앉아 눈물을 쏟아야 허사였다. 안채로 뛰어 갔다. 노인 내외가 잠들어 마루에 올라가도 조용했다.

"어디로 갔대요?"

방문을 와락 열고 다짜고짜 묻자 노인 내외가 놀라 일어났다.

"어디로 갔대요? 언제 떠났대요?"

노부부도 서창댁이 밤중에 떠날 줄은 몰랐다. 갑자기 들이닥친 처녀가 누구를 찾는지 알아차렸다.

"아침밥상이라도 차려주고 갈 줄 알았는데… 고것들이 벌써 떠났어요. 영감."

행랑할멈이 사태를 알아차렸다.

"배꼽 맞추러 도망가는 연놈이 시부모가 눈구멍에 보이겠어?"

행랑할아범이 버럭 화를 냈다.

"경성으로 간댔으니 얼른 쫓아가 보시오."

옥녀가 바닥에 푹 쓰러져 정신을 놓았다. 행랑할멈이 찬물을 떠다 입에 흘려 넣어서야 눈을 떴다. 땅바닥을 손바닥으로 치며 꺼이꺼이 울었다.

"영감이 천 냥을 오늘 아침에 내줬으면 이런 사달은 없었을 거 아니요. 쯧쯧. 젊은 처녀가 불쌍해서 어떡한대요?"

행랑할멈이 어젯밤에 천 냥을 건넨 행랑할아범을 탓했다. 옥녀가 경성 가는 길목으로 뛰어 갔다. 부옇게 일어난 강안개가 서려 있을 뿐이었다.

서창댁과 심대곤이 창말로 접어들었다. 가흥창고에서 장길수가 심대곤을 알아보고 급하게 뛰어나왔다.

"자네. 정신이 옳은 사람인가?"

장길수가 주변을 급히 두리번거리며 낮은 소리로 물었다. 심대곤이 장길수를 알아보지 못하고 눈동자를 두리번거렸다.

"이 사람이 약을 잘 못 먹었는가? 자네 목숨이 몇 개라고 여기를 왔어?"

장길수가 또 주변을 급하게 살폈다. 심대곤은 장길수를 멀뚱히 바라보다가 서창댁이 한 말을 떠올렸다. 사립문으로 나갔다가는 잡혀 목숨을 잃을 것이라는 서창댁의 말이 사실임을 실감했다. 심대곤이 겁이 잔뜩 오른 눈빛으로 주변을 살폈다.

"나…를 아시나요?"

심대곤이 떠듬떠듬 물었다.

"대곤이 자네 정말 약을 잘못 먹고 실성한 사람이 됐구먼?"

장길수가 심대곤을 요모조모 뜯어보았다.

"고얀 놈들에게 몽둥이로 맞아서 저승문지방에 갔다가 간신히 살아왔어요."

서창댁이 대충 설명했다. 사경을 헤매다 살아나서 지나간 일들을 기억하지 못한다고 말해주었다.

"자네랑 대풍이 의병이라는 것을 창말에서 모르는 사람이 없어. 병참에 왜병이 득실득실하니 함부로 돌아다니다 큰 사달을 당하고 말아."

장길수가 안쓰럽다는 표정으로 고개를 가로저었다.

"도대체 내가 누구인지 아시면 말씀 좀 해주시오."

심대곤이 자신의 정체를 알 수 있는 기회였다.

"여기 이렇게 서 있다가는 왜병한테 잡혀 목숨을 잃는다 하니 얼른 가요."

서창댁이 다급하게 심대곤을 끌었다. 장길수의 입에서 심대곤의 정체가 토해지면 기억을 되살릴지도 모른다고 판단했다. 기억을 찾으면 경성에 가서 함께 살아보려는 서창댁의 꿈이 깨지는 것이었다.

"그쪽으로 가면 왜병한테 붙잡힐 것이야. 저쪽 골목으로 돌아서 둔치 억새밭에 숨었다가 깜깜해지면 쥐도 새도 모르게 봉황산으로 떠나라고."

서창댁에게 끌려 창말로 가는 심대곤에게 장길수가 일러주었다.

장길수가 일러준 골목으로 걸어가자 허허벌판인 강둑이 보였다. 서창댁은 큰일이 났다 싶었다. 목계나루터에 왜병이 보였다. 심대곤을 끌고 강둑으로 갔다. 남한강 물이 흐르는 강변 둔치에 장길수의 말대로 억새가 우거졌다. 서창댁이 심대곤을 끌고 억새밭으로 숨었다.

"그 사람은 누구이며 왜 길로 가지 못하고 숲에 숨어야 합니까?"

심대곤이 놀란 콩새 눈으로 물었다.

"당신 성씨가 심가이고 이름이 대곤이랍니다. 그 아저씨는 대곤씨를 아는 사람이라네요."

서창댁이 심대곤의 이름을 말해주었다.

"그 사람을 만나야 할 텐데…."

심대곤은 장길수를 만나 자신에 대한 얘기를 듣고 싶었다.

"큰일 날 소리를 막하시네요? 왜병이 마을에 잔뜩 들어와 있고. 당신이 의병이었다는 것을 여기 사람이 알고 있으니 왜병에게 잡히면 목숨이 달아난다는 말 들었잖아요?"

서창댁이 협박했다. 장길수나 이곳 사람과 만나는 것을 막으려는 꼼수였다. 심대곤이 아무리 애를 써도 장길수를 기억해 낼 수 없었다. 무엇 때문에 왜병에게 쫓겨야 하는지 이해할 수 없었다.

"어두워지면 먼 길 가야 하니 잠을 자 두세요."

서창댁이 잠을 자라 했지만 잠이 오지 않았다. 내가 심대곤이라고? 심대곤. 심대곤…. 장길수? 장길수…. 심대곤이 고개를 갸웃거리며 기억하려 애를 썼으나 허사였다. 강바람에 억새가 심란하게 사각거렸다. 추위도 만만치 않았다. 몸이 차가워질수록 서로 당겨 앉으며 어두워지기를 기다렸다.

캄캄한 밤 창말에 엄청난 불길이 솟았다. 목계와 창말은 물론 달마실 사람이 불구경 나왔다. 거대한 불덩이가 승천하는 용처럼 하늘로 치솟았다.

창말에 큰불이 났네? 의병이 들어온 거 아녀?

구경 나온 달마실 사람은 불길이 둔치가 아닌 창말에서 솟아오른 줄 알았다.

충주부서 벼슬했다는 박시만의 집에 의병이 불을 질렀는가. 누군가의 한 마디에 달마실 친정으로 와 있는 강막실 가슴이 철렁 내려앉았다.

남한강 둔치 억새가 타는 불이라네.

장미산에서 불을 본 사람의 말을 듣고 강막실이 안도했다. 창말 큰불은 의병이 지른 것이 아니었다. 왜병이 억새밭을 에워싸고 불을 놓았다. 장길수와 심대곤이 골목에서 잠깐 만난 것을 본 사람이 있었다. 가흥창고의 일본인 관리를 돕고 있는 장길수를 평소에 탐탁스럽지 않게 여기던 사람이 왜병에게 밀고했다. 왜병이 장길수를 병참으로 잡아갔다. 심대곤을 어디에 숨겼냐며 갖은 고문을 했다. 장길수는 어두워질 때까지 죽을힘을 다해 버텼다. 어두워지면 심대곤이 창말에서 벗어나고 왜병이 둔치로 달려간들 잡을 수 없기 때문에 악랄한 고문에 실신하면서도 버텨냈다. 어두워지고서야 남한강 둔치 억새밭에 숨어 있다고 토로했다.

왜병이 남한강 둔치로 달려갔다. 어른보다 크게 우거진 억새밭을 헤쳐 심대곤을 찾아내기란 무리였다. 왜병이 억새밭을 에워싸고 불을 질렀다. 심대곤과 서창댁이 봉황산으로 달아난 뒤였다. 불은 자정까지 화기를 뿜어내며 둔치 억새밭을 모두 태웠다. 왜병이 횃불을 들고 타죽은 시신을 찾았다. 새까맣게 재가 된 숲을 밤새도록 샅샅이 뒤졌으나 시신이 없었다.

아침에 억새밭이 새까맣게 탄 남한강 둔치에 서성거리는 처녀가 있었다. 창말 지주 박초시의 외동딸 박옥화가 어젯밤 강둑으로 불구경 나왔다. 왜병이 설쳐대고 불길이 강 건너 부흥산을 삼킬 듯 회오리로 타올랐다. 장길수가 낮에 목계 병참으로 잡혀갔고 어두워지면서 왜병이 둔치에 큰불을 놓았다는 소문이 돌았다.

사사끼 후임으로 온 다나까가 아무런 기별도 없이 나가서 행방불명이 되었다. 왜병이 목계와 창말과 달마실 일대를 샅샅이 뒤져 다나까를 찾았다. 오장 이또가 왜병을 인솔하고 다나까를 찾아다니느라 병참 업무가 마비되었다. 병참에서 쉬쉬했지만 업무를 겸하고 있는 가흥창고에서 소문이 흘러나왔다.

창말에 오지 않는 심대곤 소식을 들을 수 있을까. 박옥화가 장길수에게 몇 차례 찾아가 물었다. 심대풍이 의병이 되어 충주성으로 왔다는 소문을 들었다. 심대곤도 충주성에서 보았다는 소문이 있다는데 확실한 것인지 모르겠다. 심대곤을 향한 박옥화의 마음을 알고 있는 장길수가 소문을 말해주었다. 박옥화는 소문만 듣고도 심대곤을 만난 듯 가슴이 콩닥거렸다.

"심대곤이 겁도 없이 창말에 왔었다 하네요?"

아침 밥상에서 천길동이 박초시에게 소식을 전했다. 장길수와 만나는 것을 강달식이란 놈이 왜병에게 고자질했다. 장길수가 잡혀가고 둔치에 왜병이 불을 질렀는데 심대곤이 억새밭에 숨어 있기 때문이다. 천길동 이 어젯밤 둔치 불구경 소문을 아침밥보다 더 맛있게 잘근잘근 씹었다.

"심대곤 그놈이 기억을 잃어서 장길수도 몰라보는 바보천치가 되었다 지요?"

가슴이 콩닥콩닥 뛰었으나 애써 밥을 먹고 있는 박옥화에게 곁눈질하 며 천길동이 히히히 거렸다.

"이놈아 밥상에서는 밥이나 먹어라."

박초시가 천길동을 나무랐다. 외동딸 박옥화의 심정을 생각하니 가슴 이 쓰라렸다.

13

뚝뚝 뜯어 꽃다지

충주에서 돌아온 옥녀가 실어증에 걸린 사람처럼 입을 다물었다. 베틀재로 넘어갔다가 열흘 만에 돌아온 옥녀 입이 벌어지기를 바라는 눈은 옥영감 내외뿐이 아니었다. 심만옥이 턱밑에 얼굴을 들이대고 심대풍과 심대곤의 소식을 듣고 싶어 했다. 심대곤을 찾으러 충주에 갔다 돌아온 심익수도 아들 소식이 간절했다.

입을 다문 대신에 베틀재를 바라보는 눈빛이 예사롭지 않았다. 베틀재에서 꿩이라도 푸드득 날아오르면 화들짝 놀란 눈빛이 반들거렸다. 한밤중에 마당에 나와 실성한 사람처럼 어정어정 걸어 다니다가 사립문에 쪼그리고 앉아 이슬을 고스란히 맞기도 했다.

애가 타는 사람은 옥영감 내외였다. 지난밤도 옥녀가 사립문에 쪼그려앉아 찬 이슬을 하얗게 맞았다. 아침도 거르고 댓돌에 엉덩이를 놓고 있는데 무슨 생각에 빠졌는지 마당을 가로질러 다니는 옥할멈을 알아보지 못했다.

"사립문에서 또 밤샜어? 눈알이 올빼미 같네?"

옥녀에게서 무슨 말이라도 들을 수 있을까. 불당골에서 온 심만옥이 옥녀의 차가운 몸을 끌어안았다.

"베틀재 너머에서 올빼미를 삶아 먹고 왔는지 밤잠이 없단다."

옥수수를 키질하는 옥할멈은 찾아와 준 심만옥이 고마웠다. 심만옥은 오빠들의 소식이 궁금했다. 오늘은 들을 수 있을까 불당골로 왔다. 입을 다물고 생기 없이 비실대는 옥녀에게서 오늘도 소식 듣기 어렵다고 판단했다. 충주에서 도대체 무슨 일이 있었기에 실성한 사람처럼 넋이 나갔는지 궁금했다.

"무루미는 다부렸어?"

심만옥이 옥녀에게서 배운 심마니 은어로 밥은 먹었냐고 물었다.

"옥녀가 겨울잠 자는 곰이 되었는가 보다. 밥숟갈을 들어야 무루미를 다부리던지 말든지 하지."

옥할멈은 애간장이 녹아 너덜너덜해진 심정으로 푸념했다. 옥녀가 먼 곳을 바라볼 뿐 묵묵부답이었다.

"허리가 개미 같네?"

심만옥이 옥녀의 허리를 감아 안았다. 산으로 오르내려 잘록한 허리가 끼니를 먹는 둥 마는 둥해서 더 가늘어졌다.

"옥녀를 가졌는데. 입덧이 지독하게 와서 한 달 동안 아무것도 먹지 못했어. 그해 흉년이 들어 나물도 없고 식량도 귀했어. 쇠비름 뻘건 것을 뜯어다가 솥에 삶아 고추장 넣어 무쳐 먹으면 그렇게 맛이 있어 배부르게 먹었지. 배가 불러서 쇠비름을 삶아 솥뚜껑을 여니까 냄새가 확 나는 것이 보기도 싫어지더라고. 그날부터 돌아다니지도 못하고 방에 누웠지. 아기를 낳는다고 생각하니 배는 고파도 기분은 엄청 좋았어. 아들을 놓아야 할 텐데. 마흔이 훨씬 넘어 점지된 첫아기인데. 딸 낳으면 어쩌나 싶어 걱정을 많이 했지. 추자 세 개를 홍주머니에 채워 넣고 뱃살에 닿도록 차고 있었지. 달걀도 끄트머리가 빼족한 남자 달걀 두 개를 삶아서 부뚜막에 앉아 동쪽을 쳐다보면서 꾸역꾸역 먹었어. 그러면 아들을 낳는다 했거든? 아들을 만드는 약은 없어. 부석리 부석사에 가서 치성도 많이 드렸어. 속으로만 빌었어. 소원성취 아들 놓게 해달라고."

돌덩이로 앉아 있기만 하는 옥녀를 움직여보려고 옥할멈이 길게 말했다.

"부석리 그 먼 곳까지 가셔서 빌었는데 딸을 낳았으니 얼마나 섭섭했을까요?"

심만옥이 분위기 전환 의도로 애교를 떨었다.

"섭섭하긴 했지. 울지는 안 했어."

옥녀가 아들이 아니라 섭섭하긴 했어도 울지 않았다는 옥할멈의 눈시울에 물기가 어렸다.

"속썩이는 아들보담 백배 천배는 낫지요?"

심만옥이 옥녀의 작아진 몸통을 끌어안았다.

"마흔이 넘어 첫아기를 낳으니 힘들 것이라 모두가 겁을 줬어. 해산기가 오면 머리를 감고 달걀을 먹으면 쉽게 낳는다는 말을 누가 해주었는데. 아침밥상을 놓는데 해산기가 실실 도져. 여름인데 마당에 솥을 걸구서 물을 데워가지고 머리를 감았지. 이렇게 엎드려서 부뚜막을 짚고 머리를 감고 달걀을 먹고 방에 들어가 첫아기를 낳는데. 남쪽으로 머리를 두고 낳으면 장수하고, 동쪽으로 머리를 두면 부귀를 한다네. 서쪽으로 머리를 두면 가난하고 북쪽으로 머리를 두면 단명한다고 했어. 배는 아픈데 머리를 동쪽으로 두느라 애를 쓰며 방향을 돌려가면서 옥녀를 낳았어."

옥할멈이 키질을 멈추고 부석리 능선을 바라보았다. 찔끔 솟은 눈물을 들키지 않으려고 한참이나 바라봤다.

"동쪽으로 머리를 두고 낳았으니 부귀하겠네? 대풍오빠는 참 좋겠다. 부귀를 타고난 처녀를 각시로 맞으니 얼매나 좋을까?"

심만옥이 옥녀의 몸통을 꼬옥 안았다. 옥녀는 대꾸도 반응도 하지 않았다.

"대풍오빠는 부귀할 팔자지만 대곤 오빠는 소식도 없고… 어디서 따뜻한 밥은 먹고 사는지…."

심만옥이 말끝을 흐렸다. 옥녀가 심만옥을 뿌리치고 벌떡 일어나 방으로 들어갔다. 옥녀를 품에서 잃은 심만옥이 화들짝 놀란 표정으로 옥할멈과 닫힌 방문을 번갈아 보았다.

"재 넘어 의병 간 서방님이 그립고. 서방님을 오매불망 잊지 못하면서도 재를 또 넘어가지 못하는 심정이 갑갑해서 저러는가 보다."

갑자기 서운해진 심만옥을 옥할멈이 위로했다.

방문을 등지고 앉은 옥녀가 두 손으로 얼굴을 싸맸다. 대풍오빠는 부귀할 팔자지만 대곤 오빠는 소식도 없고…. 심만옥의 말이 귀에서 벌떼로 왱왱거렸다. 눈을 감으면 용진 볏짚가리에서 포옹을 했던 심대풍이 떠올랐다. 걸레를 쥐어짜듯 머리채를 흔들어 심대풍을 털어내면 충주행랑에서 끝까지 외면하던 심대곤의 모습이 가슴을 쥐어뜯었다.

잠자리에 누우면 형제가 차례로 나타나 옥녀의 잠을 빼앗아갔다. 어제는 가슴이 터질 것 같아 영월로 가는 와석리 여울목으로 걸어갔었다. 캄캄한 밤길로 무심코 걸었는데 와석리 여울목에 도달했다. 계곡물이 굽이치고 또 굽이쳐서 저 굽이 돌아가면 혹여 누군가 서 있을까. 걷고 걸었는데 여울목까지 가 있었다.

의병 간 심대풍이 가슴 시리게 보고 싶었다. 자다가도 벌떡 일어나 달빛이 파리하게 부서지는 창호지를 바라보았다. 심대풍이 불쑥 문을 열고 방으로 들어올 것 같아 잠자리에 눕지도 못하고 밤을 벌겋게 새우는 날도 있었다. 외딴집이 너무 허전해서 불당골에 가면 빈집 장독대에 바람만 놀고 있을 뿐이었다.

혹여 베틀재로 올라가는 사람이 있으면 달려가 앞을 막고 옥녀가 회골에 있다는 말을 재 넘어 아무에게나 해달라며 애원하고 싶었다. 깊은 겨울에 베틀재로 넘어가고 넘어오는 사람이 없었다. 골짜기에서 불어오는 바람소리가 심대풍의 목소리인 듯 귀에 손을 대고 들어보면 깊은 산골에 홀로 있다는 서러움뿐이었다. 기다려서는 안 될 사람이라는 깨달음이 옥녀를 괴롭혔다.

심만옥이 화골로 돌아갔다.

골짜기에 괴괴한 정적이 고였다. 골목으로 사람들이 시끄럽게 오고 가는 충주와는 판이한 세상이 의풍을 뒤덮었다. 몇 날이 몇 달이 지난다 해도 날마다 찾아오는 정적이 옥녀를 힘들게 했다. 의풍에서는 평생 아무런 일도 일어나지 않을 것 같았다. 그런 느낌은 절망에 가까웠다. 물속에 가라앉은 듯 정적에 깔려 버거운 숨을 몰아쉬던 옥녀가 입술을 깨물었다.

대풍씨와 혼인할 수 없어. 대곤씨가 행랑 안채 며느리와 경성으로 갔다 하지만, 기억을 잃고 경성으로 새 삶을 찾아 갔다 하지만 대풍씨와 혼인해서는 안 돼. 엉겨 붙은 먼지를 털어내듯 후다닥 일어나 방에서 나왔다. 키질한 옥수수를 멍석에 넣고 있는 옥할멈을 뒤에서 두 팔로 끌어안았다.

"엄니?"

옥녀가 긴 침묵을 털어내며 응석을 부렸다.

"오냐."

옥할멈이 거친 손바닥으로 옥녀의 뺨을 어루만졌다.

"솥에 무루미 좀 있어?"

끼니를 걸러 뱃가죽이 등에 붙은 옥녀가 솥에 밥이 있는지 물었다.

"그럼? 우리 새끼 다부릴 무르미는 남겨놨지?"

응석을 부린 옥녀가 부엌으로 촐랑 뛰어가 늦은 아침을 먹었다. 옥할멈이 일손을 멈추고 눈가에 고인 눈물을 훔쳤다.

"덫 놓고 발 끊은 지 열흘이 넘었으니 잡힌 토끼 숨통이 벌써 끊어졌겠네?"

옥할멈이 기분전환도 할 겸 놓아둔 덫을 보고 오라고 했다.

"고기 드시고 싶어?"

옥녀가 해죽 웃었다. 서릿발처럼 굳어있던 웃음이 배꽃처럼 피어났다.

"장독에 아직도 다섯 마리 남아 있다."

겨울에는 사냥해온 짐승을 장독에 넣어 두었다.

"그럼. 내일 가지?"

"말 나온 김에 장독에서 두어 마리 꺼내들고 횟골에 다녀와라."

오랜 전염병을 털어낸 듯 싱글대는 옥녀에게 옥할멈이 엉덩이를 덩실덩실 흔들었다.

"내일 다녀오지 뭐."

"횟골 말고 다녀올 곳이 있어?"

"없어."

대답은 그렇게 해놓고 옥녀가 사립문으로 나갔다. 골짜기에서 불어오는 바람이 차고 선명했다. 떨어져 쌓이고 바람에 뒹구는 나뭇잎이 바삭거리며 어디론가 기별을 보내는 것 같았다. 참나무 가랑잎을 손에 쥐고 생각에 잠겼다가 머리채를 마구 흔들었다. 손가락에 침을 묻혀 가랑잎에 글씨를 썼다. 불어오는 바람에 가랑잎을 날렸다. 가랑잎은 멀리 가지 못했다. 시리도록 파란 하늘을 바라보면서 까닭 모를 눈물을 흘렸다. 하얀 구름이 실낱처럼 찢어져 흐르는 하늘을 쳐다보며 어금니를 깨물고 두 손을 쥐었다. 가슴에 들어와 있는 누군가를 잊기 위한 처절한 몸짓이었다.

막대기를 주워들고 바위에 걸터앉았다.

뚝뚝 뜯어 꽃다지

쑥쑥 뽑아 나생이

길로 가면 질경이

대로 가면 대사리

골로 가면 고사리

오용 조용 물태쟁이

막대기로 바위를 때리며 봄나물 뜯는 노래를 불렀다. 해가 넘어가고 골짜기에서 찬바람이 불어올 때까지 바위에 걸터앉아 노래를 불렀다.

논두렁에 어둠이 앉아 골짜기와 산자락이 까맣게 어두워지고서 옥녀가 집으로 오다가 옥영감과 마주쳤다.

"가슴앓이하는 너를 곁에서 보고 있기가 버겁구나. 그래서 네 어머니와는 얘기를 끝냈다."

옥영감은 옥녀가 부끄러워서 대답하지 못하는 것으로 여기고 배시시 웃었다.

"혼례는 없었지만 심가네 며느리 노릇을 먼저 하고 있으란 말이다."

옥녀를 회골 심익수의 며느리로 보낸다고 옥영감이 말했다. 옥녀가 골짜기에 갔다 오는 중에 심대풍의 아내가 되었다.

저녁상을 물리고 옥할멈이 옥녀를 붙들고 눈물을 흘렸다. 골짜기 저쪽 가까운 거리지만 시집을 보낸다니 마음 한구석이 텅 빈 것 같다고 눈물을 뚝뚝 떨구면서, 고개 넘어 멀리 가진 않으니 다행이라며 웃기도 했다.

이튿날 아침에 심익수와 심만옥이 불당골로 왔다.

"며느리야. 회골로 가자."

심익수가 서방도 없는 회골로 가자고 말했다. 심만옥이 생글생글 웃으며 옥녀에게 어서 나오라고 손짓했다.

"사돈어른과는 얘기를 끝냈으니 어서 뫼시고 가거라."

옥영감이 옥녀를 떠밀었다. 옥녀는 당황하여 이러지도 저러지도 못했다.

"언니. 가자."

심만옥이 걸어와 옥녀의 팔을 잡아당겼다.

"나는 이 길로 목계에 다녀올 참이니 아가는 만옥이랑 회골에 가 있어라."

베틀재 넘어 목계에 간다는 심익수의 말에 옥녀의 눈이 반들거렸다. 목계에 가면 대곤씨 소식을 들을 수 있을까? 어젯밤부터 옥녀의 가슴에는 심대곤 뿐이었다.

"같이 가요."

옥녀가 불쑥 말했다.

"몸이 시원찮아 보이는데 목계는 충주보다 반나절은 더 가야 한다."

심익수의 만류에도 옥녀가 당장 따라나서겠다며 어깨를 씰룩거렸다. 저것이 오죽 만나보고 싶으면 그 먼 길을 따라나선다고 어깨춤이 덩실거릴까. 옥영감 내외는 옥녀가 또 측은해졌다.

"시아버님이랑 먼 길 다녀오기가 민망하면 사돈처녀도 같이 가면 되겠다."

옥할멈이 심만옥을 부추겼다. 심만옥이 싫지 않은 표정으로 심익수 눈치를 살폈다.

"언젠가는 돌아갈 고향이니 이참에 가보는 것도 괜찮다."

심익수가 승낙하고 옥녀가 행장을 꾸렸다. 목계로 함께 가겠다고 대뜸 나선 옥녀는 뜻하지 않게 심익수 며느리로 자처한 꼴이 되었다.

"대풍오빠가 얼마만큼 보고 싶어?"

베틀재로 오르며 심만옥이 물었다.

목계에 가면 서창댁을 따라간 대곤씨의 소식을 알 수 있을까?

옥녀의 가슴에는 심대곤이 들어 있었다.

14

강달식과 까만년

햇살이 반짝이는 여울 물살이 빨라지면서 봄이 다가왔다. 겨우내 칼바람에 떨던 버들가지가 아직 맵찬 바람인데도 몽우리를 내밀었다. 남한강 둔치 억새가 불탄 모래톱의 새까만 재를 비집고 억새가 떡잎을 내밀었다. 햇살이 강둑으로 자갈밭으로 백사장으로 내려앉았다. 여울이 희부연 비늘로 퍼덕였다. 비가 오지 않았는데 수량이 늘었다. 얼었던 계곡이 녹으면서 도랑물이 겨울의 꼬리를 천천히 밀어냈다.

고요하던 창말 이른 아침에 소란이 일었다. 강달식 집에서 싸움이 났다. 강달식이 밤새 술을 퍼마셨는지 마당에서 비틀거렸다.

"몸덩어리가 새까맣게 썩어 문드러질 년아. 썩 나오지 못하냐?"

강달식이 몸도 제대로 가누지 못하면서 안방에 소리를 꽥꽥 질러댔다. 삿대질을 하며 소리를 질러도 방문이 열리지 않았다. 별채에서 강달식 어머니 더부댁이 꼬부라진 허리를 간신히 펴고 걸어 나와 강달식에게 매달렸다.

"이놈아. 동네 사람들 다 모였어. 이게 무슨 집안 망신이냐? 술을 먹었으면 방에 들어가 곱게 잠이나 잘 것이지."

늙고 허리가 꼬부라져서 손을 뻗어야 강달식 허리춤만 쥐어 잡을 뿐이었다.

"엄니. 집안 망신이라고 하셨소?"

강달식이 게슴츠레하고 개씨바리 돋은 눈을 간신히 뜨고 더부댁을 내려다봤다.

"네 눈에는 저 사람들이 안 보이냐?"

더부댁이 사립문에 둘러선 사람을 가리켰다. 강달식이 사립문으로 비틀 돌아섰다. 사립문에서 구경 온 사람들이 주춤 물러났다.

"숨을 것 없소. 동네 사람들 전부 와서 저 방에 들어 있는 뻔뻔한 년 낯짝 좀 구경하시오."

강달식이 사립문에 소리를 질렀다. 사람들이 또 한 걸음 물러났다.

"달식아. 방으로 들어가자."

더부댁이 강달식의 허리춤을 잡고 끌었다. 강달식이 휘청 허리를 꺾었다가 마당에 얼굴을 곤두박았다. 어이쿠. 사립문에 모여든 사람과 더부댁의 입에서 비명이 동시에 터져 나왔다. 더부댁이 원치 않게 아들의 얼굴을 맨땅에 꽂았다. 강달식이 비틀 일어나 히죽 웃었다.

"까만년아. 너 안 나올래?"

강달식이 또 안방에 삿대질을 하며 소리 질렀다.

안방에서 입술을 깨문 까만년이 잡아먹을 눈초리로 강다복을 쳐다봤다. 강다복은 까만년의 앙탈에 꿈쩍도 않고 곰방대에 궐련을 우겨넣었다.

"망나니 당신 아들 어떻게 좀 해봐요."

까만년이 강다복에게 칭얼댔다.

"술 처먹어서 아비도 몰라보는 놈인데 날 보고 어쩌란 말이여?"

강다복이 퉁명스럽게 말을 뱉고 곰방대를 뻑뻑 빨았다. 강달식이 술에 취해 까만년에게 행패 부리는 것이 어제오늘이 아니었다. 저러다 술 깨면 잠잠해질 것임을 알면서 골골거리는 까만년이 탐탁하지 않았다.

"아비가 돼서 자식이 망나니짓을 하면 작대기로 매타작을 해야지요?"

까만년이 두려움이 잔뜩 낀 눈초리로 강다복을 채근했다. 더부댁이 강달식의 괴춤을 붙잡고 있어 까만년이 봉변당하지 않고 있지만 가슴이 조마조마했다. 방문이 우지끈 부러지면서 멱살이라도 잡힐까 손이 덜덜 떨렸다.

"아비라고? 저놈이 나를 아비로 여기지 않는다는 거 자네도 알잖아?"

강다복이 역정을 냈다. 술에 취해 인사불성인 아들을 붙잡고 있는 더부댁을 믿고 있지만 곰방대를 든 손이 까만년처럼 덜덜 떨렸다.

강다복은 창말 일대 지주인 강씨 문중 집안으로 알아주는 부자였다. 소작료만 받아서도 배부르게 살 수 있을 정도로 토지가 많았다. 원래 이름이 강칠복인 강달식 아버지가 칠복이 아닌 다복이로 불리는 이유가 있었다. 먹고 사는 것이 걱정 없고 직접 농사를 짓지 않으니 먹고서 할 일이 없어 심심하던 차에 첩을 들였다. 피부가 까만 여자를 첩이라고 데려왔다. 창말 사람들이 첩을 까만년이라고 불렀다.

까만년의 본명을 아는 사람은 없었다. 첩으로 들어왔을 때 까만년 나이 열다섯이었다. 지긋지긋하게 못살아 굶어 죽을 판인 까만년 부친에게 땅마지기를 떼어주고 데려왔다는 소문이 돌았다. 철딱서니 없는 까만년이 첩으로 와서 안방을 차지하려 했다. 마음씨 좋은 본처가 안방을 내주고 사랑채로 갔다. 본처가 첩에게 물러나고 더부살이를 한다고 해서 더부댁이라고 불렀다. 강칠복이 젊은 첩을 들여 안방에 들어 앉혔는데 조강지처에게 투정 한번 받지 않는다 해서 복도 많다고 강다복이라고 부르게 되었다. 제대로 본명을 달고 사는 사람은 강달식 혼자였다. 강달식은 천성이 착하고 부지런했다. 다섯 살이나 아래인 까만년이 새어머니로 들어오자 동네사람들에게 망신스럽다고 술을 퍼마셨다.

까만년의 친정은 용진이었다. 태백산의 골안 뗏목이 내려와 용진나루터 강변에 쌓였다. 작은 뗏목이 큰 뗏목으로 묶였다. 청풍과 목계를 거쳐 광나루로 가는 뗏목의 출발지였다. 뗏목 일꾼을 상대로 하는 주막이 작은 고을에 여섯이나 있었다. 논다니 또한 주막마다 대여섯씩 거느리고 있었으니 쌈지에 돈 꽤나 있는 건달에게 천국이었다.

까만년의 아버지도 뗏목을 몰았다. 뗏목 운행 중에 허리를 다친 후 술에 취해 허송세월을 하는 위인이었다. 까만년이 시집오면서 갖다 준 땅마지기가 한두 해 지나면 언제 가져왔냐는 듯 없어졌다. 친정이 불쌍하다고 까만년이 칭얼대면 마음이 약한 강다복이 땅을 팔아 용진으로 보냈다. 십여 년 그렇게 하니 알부자였던 강다복이 쪽박 찰 날을 눈앞에 둔 신세였다. 까만년이 첩으로 들어와 십 년 살아 스물다섯 살이 되었다. 대를 이어 탄탄할 것 같던 가세가 까만년이 들어 오고서 버팀목에 벌레구멍 생기듯 기울었다. 눈에 띄게 망하는 집이 되었고 술에 절어 사는 주정뱅이 강달식에게 혼담이 들어오지 않았다. 서른이 되도록 장가를 가지 못하고 까만년과 아웅다웅 다투었다.

더부댁은 천성이 세 살 난 아이였다. 재산이 없어진다 한들 한번도 까만년이나 강다복을 탓하지 않았다. 울화가 치미는 것은 강달식이었다. 나이가 어리다 해도 아버지의 첩이니 함부로 어찌지 못했다. 공주 병참에 갔다 오고서 까만년을 대하는 태도가 달라졌다. 강달식이 으르렁거리며 달려들면 까만년도 성깔이 괄괄하기가 고양이 같아 편한 날이 없었다.

"까만년아. 이리 썩 나오지 못 하겠냐!"

강달식이 안방에 소리를 냅다 질렀다.

"어미 아비도 몰라보는 저 자식 좀 어떻게 해봐요."

안방에서 까만년이 강다복에게 또 채근했다. 강다복이 모든 게 귀찮다며 눈을 질끈 감았다.

"안 나오면 내가 들어간다?"

강달식이 더부댁을 밀쳐내고 마루로 비틀 걸어갔다. 마당에 엉덩방아를 찧은 더부댁이 황급히 일어나 강달식의 허리춤을 잡았다.

"달식아. 이제 그만해라."

"엄니. 방에 들어가서 따끈한 구들장에 굽은 등이나 지지고 계시오."

강달식이 더부댁을 점잖게 밀쳐냈다.

"오냐 알았다. 그러니 그만 방으로 가자."

더부댁이 강달식을 별채로 끌었다. 강달식이 허리춤을 잡은 더부댁을 끌고 마루에 발을 턱 올렸다. 안방 문을 확 열어젖힐 기세였다.

"에구머니. 배은망덕한 저놈이 뭔 일을 내겠네? 어떻게 좀 해봐요."

문틈으로 내다보던 까만년이 강다복의 팔을 잡고 애걸했다. 강다복이 눈 감고 요지부동이었다. 문이 와락 열렸다.

"나오라면 나올 것이지. 아침부터 둘이 붙어서 뭔 짓거리를 하고 있는지 몰라도."

토굴에 숨은 토끼 후려내듯 강달식이 방 안에 소리를 냅다 질렀다. 까만년이 일어나 치마를 홱 제치고 마루로 나왔다.

"젊은 것이 잘하는 짓이다. 밤새 술 퍼마시고 와서 부모에게 이게 뭔 짓거리여?"

까만년이 눈을 치켜뜨고 강달식을 나무랐다.

"시방 너 뭐라고 했냐? 나 보고 젊은것이라고 했냐?"

강달식이 주먹을 쥐고 눈을 부라렸다.

"자식이 부모를 몰라보니까 하는 말이지."

만만한 까만년이 아니었고 강달식의 술주정이 어제오늘만 있었던 사달이 아니었다.

"흥. 네년이 내 부모라면 길바닥에 똥 누는 개새끼에다가도 절을 해야겠다."

강달식이 빈정거렸다. 사립문에서 킥킥 웃는 소리가 들렸다. 까만년의 얼굴이 발갛게 달아올랐다.

"뭐 하는 거요. 자식이 버릇없이 나대면 부모로서 당연히 혼을 내줘야하는 거 아니요?"

까만년이 강다복과 더부댁이 들으라며 악을 썼다.

"여보게. 마음 쓰지 말고 방으로 들어가. 달식이가 술에 취해서 막말을 하는 거여. 방으로 들어가게."

본처가 젊은 첩에게 굽신거렸다.

"엄니. 이년한테 굽신거리지 마시오?"

강달식은 까만년에게 항상 저자세인 더부댁 때문에 속이 뒤집힐 지경이었다.

"이놈아. 나이는 너보다 어려도 엄연히 네 어미인 거여. 어미한테 이러는 자식이 천하에 어디 있어?"

더부댁이 강달식의 등을 팡팡 때렸다.

"늙어서 냄새나는 네 아버지 내가 싫다 소리 한번 안 하고 십 년을 넘게 살아줬는데 이러면 안 되지. 그리고 형님도 들어보시오. 형님 남편이만큼 섬겨줬으니 형님은 머리칼을 뽑아 짚신을 엮어서 나를 줘도 도리 상 아깝지 않을 것이오!"

까만년이 철딱서니 없이 기고만장한 소리를 하고 말았다. 까만년의 소리를 듣고 방안에 앉아 있던 강다복이 눈을 번쩍 떴다. 강달식의 눈알이 이글이글 타는 줄도 모르고 까만년은 두 주먹을 옆구리에 찔러놓고 턱을 한껏 쳐들었다. 더부댁은 강달식의 식식거리는 소리를 듣고서 이거 큰일이 나겠다는 생각이 들었다.

"그려. 자네 말이 백번 옳아. 얼른 방으로 들어가."

더부댁이 까만년의 비위를 맞추려고 속에서 치미는 것을 참았다. 댓돌에 올라가 까만년을 방으로 떠밀었다. 까만년이 치맛단을 홱 돌리고서 문고리를 잡았다.

"이런 아가리를 찢어 죽일 년."

강달식이 두엄더미로 후다닥 뛰어가서 쇠스랑을 뽑아 들었다. 까만년이 방으로 들어가고 더부댁이 화들짝 놀라 두 팔을 벌려 강달식을 막았다.

"달식아. 안 된다. 달식아 이러면 못쓴다."

더부댁이 절규에 가까운 외마디 소리를 질렀다.

"머리를 뽑아 짚신을 엮어줘도 아깝지 않을 거라고?"

쇠스랑을 든 강달식이 언제 취했냐는 듯 멀쩡한 걸음으로 성큼성큼 왔다.

"뭐하소. 달식이 좀 말리소. 큰일내기 전에 야 좀 붙드소."

더부댁이 사립문에서 구경하는 사람에게 도움을 청했다. 사내 셋이 들어와서 강달식을 간신히 붙잡아 쇠스랑을 빼앗았다.

"고래 등짝 기와집과 보름 밤낮을 쟁기질해도 못다 할 땅이 네년 밑구멍으로 다 들어갔는데 우리 엄니 머리칼을 뽑아 네년의 짚신을 엮어?"

강달식이 별채 방으로 질질 끌려가면서 악을 바락바락 썼다.

15

스즈끼의 개

목계 병참대장 다나까가 행방불명이 되었다. 다나까가 충주로 홍금희를 만나러 갔다는 것을 오장 이또는 알고 있었다. 충주에서 의병이 물러나고도 열흘이 지났는데 돌아오지 않았다. 충주 남산 아래 행랑채 뒷마당에 묻힌 것을 왜병은 예측하지 못했다. 이또가 병참 대장을 대행하는 중에 후임으로 스즈끼가 왔다. 일본에서 건너와 곧 목계로 부임한 스즈끼는 나이 스물셋에 불과한 새파란 젊은이였다. 의암이 이끄는 의병의 수와 기세가 높음을 경성 총독부에서 우려하고 왜병 삼백을 일본에서 데려와 스즈끼 휘하에 배치했다. 병참에 주둔한 왜병의 수가 오백에 이르렀다.

스즈끼가 병참 사택에 들어가기를 꺼렸다. 전임 대장 사사끼와 다나까가 타국에서 불귀의 객이 된 사택을 헐고 새로 짓기로 했다. 당분간 강 건너 목계로 왜병 일부를 데리고 가서 살았다. 목계에는 남한강으로 유입되는 물자가 풍부해서 닷새마다 서는 장의 규모가 충주보다 컸다. 주막도 많았다. 하리모토가 사사끼의 죽음에 책임을 지고 본국으로 송환된 후 가흥창고 소장도 공석이었다. 가흥창고 사무를 담당하던 장길수가 심대곤을 도피시켰다는 죄목으로 파면되었다.

스즈끼는 가흥창고 업무를 수행할 조선인 꼭두각시가 필요했다. 사사끼의 충실한 심복이었던 똥깐의 후임도 구하고자 했다. 스즈끼의 이러한 의도가 벽에 부딪혔다. 의병이 팔십 리 밖 제천에 있는데 누가 감히 왜병의 꼭두각시 노릇을 하려 하겠는가. 더구나 의병이 목계로 들어온다는 소문이 파다했다.

날씨가 풀리면 뗏목 행렬이 줄을 잇게 되고 가흥창고의 일이 많아질 텐데. 자신의 수족이 되어야 할 꼭두각시를 구하지 못한 스즈끼가 조급해졌다. 고심 끝에 공주 병참에 소속으로 의병과의 전투 경험이 있는 강달식을 병참으로 불러들였다. 강달식은 공주 병참에서 돌아와 마땅히 할 일이 없어 빈둥빈둥 노는 중이었다. 스즈끼가 부른다는 말을 듣고 눈빛을 반들거리면서 콧노래까지 불렀다. 스즈끼는 첫눈에 강달식이 가흥창고 관리보다는 병참의 꼭두각시로 적격이라는 단정을 내렸다. 속에 든 것도 없으면서 촉새처럼 톡톡 나서는 꼬락서니가 부모 형제까지 고자질할 놈으로 보였다.

스즈끼가 강달식을 목계 구옥정으로 데리고 갔다. 상다리가 부러질 주안상이 나오고 박가분 냄새를 칠칠 흘리는 논다니도 둘이나 들어왔다. 강달식의 입이 가을햇살에 익은 밤송이처럼 벌어졌다.

"오늘 중요한 손님을 모시고 왔으니 잘 모셔야 한다."

스즈끼가 강달식을 추켜세웠다. 스즈끼는 강달식보다 나이가 한참 어렸다. 나이가 어리다고 만만히 볼 스즈끼가 아니었다. 그의 말 한마디면 누구든지 파리 목숨이나 다름없었다. 서슬이 퍼런 스즈끼가 구옥정에 데려와 논다니까지 안겨주며 환대하니 강달식은 은근히 겁이 났다.

"저에게 무슨… 볼일이라도? …제가 무슨 큰 잘못이라도?…"

술잔이 돌자 강달식이 술기운을 빌어 스즈끼의 속내를 물었다.

"하하하. 잘못이라니요? 내가 목계에 와서 처음으로 술을 따르는 것이오. 한잔 쭉 듭시다."

스즈끼 손짓에 강달식에 바짝 붙어 앉은 논다니가 술을 따랐다. 스즈끼 잔에도 술이 채워졌다.

"국화주입니다. 작년 가을 첫서리 맞은 쑥국 꽃잎을 석달 열흘이나 은근하게 익힌 귀한 술입니다."

논다니가 요염을 떨었다.

"뭐하시오? 잔이 채워졌으면 들이키고 임이 있으면 품으라 했소."

스즈끼가 잔을 들어 건배를 청했다. 입가로 잔을 들자 국화향이 그윽했다. 향기 지독한 술을 받아 마시고 취하면 큰일을 저지를 것 같았다. 스즈끼가 강달식 속을 넘겨잡고 논다니에게 술을 자꾸 권하게 했다. 국화주를 담은 주전자가 두 개가 더 들어오고서 강달식이 취했다. 큰 잘못을 저지르고 말 것이라는 경계심이 스르르 풀렸다.

"강상"

스즈끼가 강달식을 물렀다. 강상? 강달식은 자신을 부르는 줄 모르고 속으로 중얼거렸다.

"강씨 성을 가진 사람은 강상이라고 부르고 김씨 성은 김상이라고 불러요."

논다니가 취기가 오른 강달식의 허벅지를 꼬집었다.

"예. 스…즈끼님."

강달식이 눈을 게슴츠레 뜨고 말했다.

"스즈끼님이라고 하지 말고 스즈끼상이라고 불러요."

논다니가 훈계했다.

"스즈끼상"

강달식이 스즈끼에게 머리를 조아렸다. 충실한 개가 되겠다는 몸짓이었다.

스즈끼가 하하하 웃었다. 강달식은 돌던 취기가 확 달아나는 느낌이었다. 은근하게 취하는 국화주라서 정신이 또 몽롱해졌다.

"강상은 벼슬하고 싶지 않소?"

"벼…벼슬이라니요?"

"벼슬 한번 해보시오. 생각이 있다면 이 스즈끼가 벼슬을 할 수 있게 해 주리다."

강달식이 듣기에 고막이 멍멍해지는 소리였다.

"일자무식한 놈이 벼슬 감투를 쓴다니요? 당치도 않은데요?"

강달식이 손을 내저었다.

"아니오. 내일 당장 벼슬자리를 주리다."

스즈끼가 음흉하게 웃었다.

"내일 당장 벼슬을 주신다고요? 촌놈이라고 농담하지 마세요. 벼슬은 충주부에나 있지 목계에 무슨 얼어 죽을 벼슬이 있다고 그러세요? 머리털 나고 첨 맛보는 기막힌 술이나 한잔 더 하십시다. 스즈끼…상."

강달식이 휘청거리는 몸으로 술잔을 들어 건배하자고 했다.

"농담이라니? 그리 말하면 이 스즈끼가 섭섭하지. 듣자 하니 강상은 공주 병참 관병으로 있으면서 의병과 용감하게 싸우고 돌아왔다 하더이다."

강달식은 단양 계란재 전투에서 맞닥뜨렸던 심대풍을 떠올렸다. 심대풍이 아니었으면 의병의 총칼에 저승사람이 되었을 터였다. 도망가라고 손짓하던 심대풍의 모습이 눈앞에 어른거리자 입술이 하얗게 말랐다.

"정말요? 일자무식한 이놈에게 벼슬을 주신다는 말씀이?"

강달식이 국화주로 입술을 적셨다. 일자무식한 놈이니까 벼슬이라는 허울을 씌우지. 스즈끼가 속으로 음흉하게 중얼거렸다.

"내일부터 병참으로 출근하시오."

"병참으로? 내일부터? 가흥창고가 아니고요?"

"가흥창고에서 일을 하고 싶소?"

스즈끼가 내심으로 아차 하면서 물었다. 이놈이 가흥창고에서 일을 하겠다며 고집을 부릴까 걱정이 되었다. 가흥창고에서 일할 만한 재목이 아니라는 판단을 이미 하고 있었다.

"가흥창고 장길수가 심대곤을 숨겨줬다고 파면되지 않았습니까?"

"아하. 그랬군요. 강상이 장길수 대신에 가흥창고에서 일을 하고 싶소?"

스즈끼가 속에 없는 말로 의뭉스럽게 말했다.

"꼭 그런 건 아니지만."

"그럼 됐소. 가흥창고 직원은 추후에 뽑기로 하고 우선 급한 것이 병참에서 일할 사람이오. 강상이 병참에 매일같이 나와 나를 도와주시오"

스즈끼가 강달식의 말을 잘라 재빨리 선수를 쳤다.

"지금 하신 말씀이 참말이지요?"

"내일 당장 근무하러 나오시오. 매달 보름이면 쌀 두 가마니 삯을 꼬박꼬박 주리다."

강달식의 입이 함박만하게 벌어졌다. 스즈끼의 말이 사실이냐며 논다니를 바라보았다. 논다니가 무표정하게 앉았다가 씨익 웃어주었다.

"달마다 쌀 두 가마니 품삯을 받고서 무슨 일을?"

"어려운 일 아니요. 내일 병참으로 나오면 자세히 말을 해 주지."

스즈끼가 논다니에게 눈짓해서 술을 따르도록 했다. 이놈을 오늘 밤은 술과 논다니 품에 폭 파묻어서 스즈끼의 충실한 심복으로 만들려는 속셈이었다. 논다니가 국화주를 따르자 강달식이 넙죽넙죽 받아 마셨다. 취기가 오른 강달식이 상체를 비틀거리다 논다니 품에 기댔다. 스즈끼가 음흉한 미소로 계속 술을 먹이도록 했다. 강달식이 논다니의 품에 완전히 쓰러졌다.

"오늘 밤 이놈에게 섭섭하지 않게 해야 구옥정 장사가 계속될 것이다."

스즈끼가 태도를 싹 바꾸어 냉랭한 바람을 일으키며 병참으로 돌아갔다.

이십대의 스즈끼는 오십대의 하리모토와는 달랐다. 논다니들을 멀리하고 말마디마다 찬바람이 불 정도로 공과 사가 명확했다. 논다니가 술상을 치우고 자리를 깔았다.

흐흐흐. 벼슬. 벼슬. 강달식이 엎어져 잠꼬대인지 술주정인지 주절거렸다.

"병신. 제 모가지를 조이는 줄도 모르고 술을 냉큼냉큼 받아 마시더니 앞길이 걱정된다."

논다니가 혀를 쯧쯧 찼다.

이튿날. 구옥정 논다니 방에서 깨어난 강달식이 병참으로 오라는 스즈끼의 말을 떠올렸다. 국화주를 받아 마실 때는 하늘로 붕붕 날아가는 기분이었다. 병참으로 스즈끼를 만나러 가야 한다고 생각하니 어젯밤 일이 후회가 됐다. 병참 스즈끼를 만나러 가기가 죽기보다 싫었다. 하지만 스즈끼의 말을 거역할 수가 없었다.

무슨 벼슬일까? 무슨 일을 하는 것이기에 매달 보름마다 삯으로 쌀두 가마니를 준단 말인가? 어젯밤에는 쌀 두 가마니 준다는 말에 엄청

나게 기분이 좋았다. 술이 깨고 나니 그 두 가마니가 올가미로 여겨졌다. 옷을 주섬주섬 입고 방에 앉아 한숨을 거푸 내리쏟았다.

"날이 밝아 눈 뜨고 보니 병신은 아니구먼?"

곁에서 박가분 냄새를 풍기며 술시중 들던 논다니가 들어왔다.

"어찌 된 일이여?"

강달식이 뒷머리를 벅벅 긁었다.

"어쩐 일이긴? 기억이 안 나?"

"기억이 생생하니까 묻잖아."

강달식이 소리를 버럭 질렀다. 어제 책임도 못 질 약속을 한 자신의 발등을 도끼로 찍고 싶을 정도로 후회가 막심했다.

"간밤에 스즈끼 올가미에 모가지를 들이밀고서 재미 좋았지?"

논다니가 웃음을 싹 거두고 강달식을 노려보았다. 강달식의 가슴이 철렁 내려앉았다. 불길한 예감이 먹장구름으로 몰려왔다.

"스즈끼 올가미?"

강달식은 올가미가 걸릴 목을 만지면서 가슴이 짓눌려 캑캑 헛기침을 쏟아냈다.

"병참에서 일한다고 허락을 했으니 스즈끼의 꼭두각시가 되는 것이고 스즈끼가 시키는 것을 충실한 개처럼 짖으며 목계사람 깨물러 다닐 테니 올가미에 걸린 것이 아닌가?"

논다니가 꼬물거리는 구더기를 바라보는 표정으로 코웃음 쳤다.

"듣는 사람 기분이 더럽구먼? 말씀 예쁘게 하면 마빡에 개뿔이 돋아?"

논다니 말이 틀리지 않으니 강달식이 할 수 있는 말은 욕이었다.

"왜 이러고 있어? 병참에 가서 스즈끼 앞에 목을 내밀고 개목걸이를 달아야지."

논다니가 약을 바락바락 올리고 입술을 쪽 내밀었다.

"이런 쌍년. 아침부터 누굴 희롱하고 있어."

강달식이 푸드득 성질을 냈다.

"쌍년? 왜병 꼭두각시보다 차라리 쌍년이 훨씬 양반이다."

논다니가 물러서지 않았다.

"그건 그렇고 하룻밤이면 만리장성을 쌓는다는데 네년 이름 석 자나 알자."

"만리장성은 무슨. 남자가 술에 그렇게 약하니 속임수에 쉽게 넘어가지. 스즈끼가 불쌍하다. 개를 키우려면 땅땅한 개를 골라야지. 국화주 몇 잔에 하룻밤이 시체가 되는 약골을 골랐으니 스즈끼가 불쌍해."

논다니가 강달식의 자존심을 건드리며 이죽거렸다.

"너 이년. 계속 이죽거리다가는 내 손에 절단난다?"

"목계 나루 강물에 풍당 빠져 죽어도 왜놈의 개한테는 안 물린다."

강달식이 성질이 나서 푸드득거리고 논다니가 계속 이죽거렸다.

"이름이나 알자고 했다."

"이름은 알아서 뭐하게. 그리고 우리 같은 년이 이름을 알려주면 믿기나 하나?"

"여기서 뭐라고 부르는지 말을 해. 혹여 여기 단골이 될지도 모르니까."

"스즈끼 개가 되어야 구옥정에 오지. 혹여 오게 되면 다른 애들은 모두 불러도 화정이는 부르지 마."

"화정이? 그래 화정이 그 이름 석 자 마빡에 똑똑하게 적어 놓을 테니 어젯밤 싱겁게 잤다고 서운하게 대하지 마."

강달식이 구옥정에서 나왔다. 충주 남산 봉우리로 뜬 태양이 목계나루 앞 강물로 햇살을 푸짐하게 쏟았다. 목계나루 강물에서 하얀 김이 무성하게 피어났다. 숨을 깊게 쉬었다. 폐부 깊숙하게 알싸한 공기가 들어왔다. 아침공기가 상큼했다. 강달식은 스즈끼를 만나야 한다는 생각에 골머리가 지끈거렸다. 병참에 가니 스즈끼가 기다리고 있었다.

"강상. 어젯밤에는 뼈마디가 노긋노긋하게 좋았겠지?"

스즈끼가 강달식에게 걸어와 손을 덥석 잡았다.

"염병할 국화 술 때문에…."

강달식이 말끝을 흐리고 잡힌 손을 빼냈다.

"오늘부터 강상은 병참 직원이 됐소. 직책은 나중에 적당한 것으로 얹어 주기로 하고 우선 병참 직원으로서 해야 할 일들을 알아두시오."

어젯밤에 구옥정에서 국화주를 마실 때의 스즈끼가 아니었다. 찬바람이 쌩쌩한 말투였다. 강달식은 스즈끼가 무서워졌다. 스즈끼가 올가미를 씌울 것이라는 화정의 말이 스쳐 갔다.

"무…슨 일을…?"

"왜 이렇게 벌벌 떠시오? 여기가 춥소?"

"아…아닙니다. 춥지 않습니다."

강달식의 자세와 말투가 저절로 주눅이 들었다.

"강상도 목계일대에 퍼진 소문을 잘 알고 있을 것이오. 내 말이 맞소?"

"무…무슨 소문?"

"의병이 온다는 소문 말이오."

"알고 있습니다."

"강상은 정말로 의병이 온다고 생각하오?"

"소문만 들었습니다."

"소문이 있다는 것은 의병과 내통하는 놈이 목계에 있음을 뜻하는 것이오."

스즈끼가 목청을 높였다. 올 것이 왔구나. 강달식의 가슴이 한 단계 철렁 내려앉았다.

"일본군은 목계에 사는 조선인을 속속들이 알지 못하오. 강상은 목계 사람을 잘 알고 있소. 내 말이 틀렸소?"

스즈끼가 진저리치게 매서운 눈매로 강달식을 노려봤다. 강달식이 움찔 물러났다.

"목계를 전부 알지는 못하고 창말에 사는 사람은…."

"창말이든 달마실이든 목계든 의병과 내통하는 놈들을 모조리 알아내시오. 이것이 강상의 첫 번째 할 일이오. 알아내기만 하면 훗일은 우리 일본군이 맡겠소."

강달식은 눈앞에 있는 것들이 아뜩해져 현기증을 느꼈다. 국화주에 취해 스즈끼 꼭두각시가 되어 목계 사람을 잡는 사냥개가 되고 말았다.

"강상은 조선인으로서 제국 천황폐하의 신민이 된 것이오. 해야 할 일을 충실히 한다면 어젯밤에 약속한 흰쌀 두 가마니를 달마다 보름날에 삯으로 주겠소. 만일 맡은 일을 적당히 하거나 회피할 시엔 제국의 법도에 따라 엄단할 것이오."

강달식은 대답을 어떻게 해야 할지 모르고 덜덜 떨기만 했다.

"의병 가족도 찾아내야 할 것이오. 의병 가족의 십중팔구는 의병의 첩자가 분명하오. 내 듣기로는 목계에도 의병 가족이 있다고 들었소. 강상도 알고 있소?"

"알고는 있습니다."

강달식이 얼떨결에 대답했다. 단양 계란전투에서 자신을 살려 준 심대풍이 얼른 스쳐 갔다.

"그들을 주목하시오. 지켜보는 것으로 일이 풀리지 않으면 가차 없이 잡아다가 족치시오. 조선은 반역 죄인을 고문하는 형틀이 잘 발달한 나라라고 들었소. 형틀을 사용해서라도 의병과 내통하는 자들을 하나도 남김없이 색출해야 할 것이오."

나이 스물셋밖에 되지 않는 자가 이토록 치밀하고 냉엄할까. 강달식은 자신보다 나이가 적은 스즈끼에게 벌써부터 오금이 저렸다. 창말 집에 다녀온다는 핑계로 병참에서 나왔다. 목계나루에서 사공이 저어오는 나룻배를 기다리면서 갖은 생각이 떠올라 혼란스러웠다. 꽁꽁 묶인 채 저 나룻배로 압송되어 올 창말이나 달마실 사람의 모습이 떠올랐다.

의병 가족? 달마실에 살다가 어디론가 종적을 감춘 심대풍이 의병이 되었다는 소문은 이미 목계에 파다했다. 강달식이 공주 병참 소속으로 있을 때 단양 계란재에서 의병과의 전투 중에 자신의 목숨을 구해준 것도 심대풍이었다. 심대풍 가족이 달마실에 있다면 잡아들여야 한단 말인가.

나룻배를 타고 강을 건너 창말 집으로 왔다. 더부댁이 땔나무를 하러 산에 가고 없었다. 김이 모락모락 나는 고구마 소쿠리를 들고 안방으로 가던 까만년과 마주쳤다.

"흥."

까만년이 강달식을 보자 고개를 홱 돌렸다.

"저런 쌍년이."

강달식이 턱을 삐죽여 까만년을 노려보았다.

"밤새도록 술 퍼마시고 벌건 대낮에 들어오는 꼴 보기 좋네."

까만년도 지지 않으려고 눈을 위아래로 내리깔았다. 강달식이 별채로 들어와 벌렁 누웠다. 몸이 노긋노긋했다. 잠을 자야겠다고 누웠지만 천장을 바라보는 눈이 말똥거렸다. 스즈끼의 냉랭한 말이 귀청에서 떠나지 않았다. 눈을 억지로 감고 잠을 청했다. 몸은 나른한데 좀처럼 잠이 오지 않았다.

스즈끼가 직에서 파면하고 감옥에 가둔 장길수를 데려오라 했다. 장길수가 감옥에서 참나무처럼 딱딱하게 언 몸을 뒤뚱뒤뚱 끌고 왔다. 심대곤을 창말에서 도망가도록 도와주었다는 죄로 열흘이나 감옥에 갇혔다. 냉골에서 배를 곯아 수척한 몰골로 눈빛마저 흐릿했다.

스즈끼가 장길수를 불러놓고 아무 말도 하지 않은 채 묵묵히 바라보기만 했다. 장길수는 나무 장작이 괄게 타는 난로 옆에서 몸이 녹아내리는 것 같았다. 눈이 가뭇가뭇하고 졸음이 왔다. 쓰러지지 않으려 어금니를 깨물고 버텼다. 난로에 놓인 주전자에서 물이 끓어 수증기를 푸푸 토해냈다. 뜨거운 물을 한 모금 마시면 열흘이나 얼어 있던 속이 훈훈해질 것 같았다. 장길수가 자신도 모르게 침을 꿀꺽 삼켰다. 입안이 말라 있어 헛기침을 토했다. 스즈끼가 부하를 시켜 막걸리를 한 사발 가져오라고 했다.

"장길수라고 하였소?"

스즈끼의 물음에 장길수가 고개를 끄덕였다.

"조선의 변화를 받아들이지 않아 생고생을 한 것이오. 조선은 머지않아 제국의 나라가 될 것이오. 황군이 하는 일은 조선을 위하는 일이오. 황군에 반역하면 조선에 반역하는 것과 똑같소."

스즈끼가 막걸리 대접을 내밀었다. 장길수가 퀭한 눈으로 스즈끼를 바라보았다.

"주욱 들이키시오. 얼었던 몸이 데워질 것이오."

장길수가 대접을 받아들고 마시지 않았다. 스즈끼가 얼굴에 웃음을 띠면서 어서 마시라고 손짓했다. 장길수가 대접을 입에 대고 스즈끼 눈치를 살폈다. 스즈끼가 어서 마시라고 재촉했다. 장길수가 막걸리를 벌컥벌컥 마셨다.

"가흥창고의 일이 얼마나 소중한 것인가를 장상은 잘 알고 있을 것이오. 장상이 열흘이나 가흥창고를 비웠으니 할 일이 많을 것이오. 오늘은 집에 돌아가서 푹 쉬고 내일부터 가흥창고에 나와 일을 해 주시오. 제국의 천황폐하를 위하여."

스즈끼가 장길수의 어깨에 손을 얹었다. 제대로 먹지도 못하고 추운 감옥에서 떨다가 술을 마시자 걷잡을 수 없이 몸이 흔들렸다. 장길수가 비틀거렸다.

장길수가 가흥창고 사택으로 갔다. 사사끼가 알몸으로 절명하고 연화가 사경을 헤매다 살아난 곳이었다. 사택 마당에서 인기척을 넣었으나 반응이 없었다. 댓돌에 신발이 놓여 있는 것으로 보아 몸이 성치 않은 연화가 방에 있음이 분명했다.

"몸은 좀 괜찮아졌는가?"

장길수가 방문 가까이 가서 물었다. 방에서 인기척이 들렸다. 연화가 아픈 몸을 움직이는 기척이라 믿고 문이 열리기를 기다렸다. 부스럭거리던 기척이 멈추더니 급하게 움직이는 소리가 들렸다. 연화가 움직이는 기척이 아님을 깨달은 장길수가 방문을 와락 열었다. 벌거벗은 왜병이 옷을 들고 후다닥 뛰어나왔다. 장길수를 밀치고 달아나는 왜병은 둘이었다. 하나는 옷을 입고 있었고 다른 하나는 옷을 꿰어 입으면서 달아났다.

방으로 들어갔다. 연화가 알몸으로 사지를 벌린 채 누워 있었다. 아직 성치 않은 연화를 왜병 둘이 겁탈하고 있다가 도망갔다. 찬바람이 방으로 훅 들어오고 연화가 몸을 비틀었다. 장길수가 연화의 알몸을 덮어주었다. 연화가 장길수를 알아보고 눈물을 흘렸다.

"날벼락을 맞아 죽을 놈들."

장길수가 주먹을 부르르 떨었다.

"추워."

연화가 신음처럼 말했다. 장길수가 방문을 닫고 연화 곁에 앉았다. 피부가 창백했다. 백짓장 같은 얼굴에 눈물이 하염없이 흘러내렸다.

"움직일 수 있으면 여길 떠나."

장길수가 이부자락으로 연화의 볼을 닦아주었다.

"이 방에서 나가라고? 그럼 죽은 목숨일 텐데?"

연화가 고개를 흔들었다.

"아무도 모르는 먼 곳으로 도망가란 말이어."

"그럴 수 없어."

연화의 눈에 겁이 잔뜩 서렸다. 장길수의 가슴이 미어지며 통증이 왔다.

"목구멍에 거미줄 칠까 봐? 왜병이 없는 먼 곳으로 가서 살아."

장길수가 말끝에서 흐느꼈다.

"그놈들이 먼 못으로 도망가게 구경만 할 거 같아?"

"발 달린 짐승이 도망가는데 그놈들이 어떻게 알겠어."

"아녀. 그놈들을 우습게 보면 안 돼."

연화가 도리질로 눈물을 흘렸다. 장길수는 가슴이 턱턱 막혀 입을 벌리고 숨을 몰아쉬었다. 연화가 장길수 손을 가만히 잡았다. 장길수도 연화 손을 힘주어 잡았다.

"왜 이렇게 살아야 하니? 여기서 도망가."

연화가 오히려 장길수에게 도망가라고 말했다. 장길수도 온전치 않은 몸이었다. 연화가 왜병의 노리개로 얽매여 있음을 장길수가 처음 알아냈다. 사사끼 명령으로 똥깐과 연화가 왜병의 위안부를 모집하러 다닌 적이 있었다. 목계 일대를 돌아다니고 강을 건너 강령까지 다녔다. 아무리 먹고살기 어렵다 해도 왜병에게 몸을 허락할 여인을 구하지 못했다. 허리가 뻐근하도록 종일 돌아다니며 설사 마땅한 여인네를 찾았다 해도 말을 함부로 꺼낼 수 없었다. 왜병에게 몸을 주면 치맛자락이 찢어지도록 돈을 준다는 말을 꺼냈다가 빗자루로 두들겨 맞거나 물벼락을 맞고 돌아섰다. 위안부를 구하는 중에 똥깐이 심대곤에게 몽둥이로 얻어맞고 행방불명이 되었다. 같은 날 사사끼와 음탕하게 놀아나던 연화가 총에 맞아 사경을 헤매다가 살아났다. 몸과 마음이 성치 않은 연화가 누워 있는 가흥창고 사택에 왜병이 순번을 정해 드나드는 중이었다. 창백하게 누워 있는 병약한 몸을 하루에도 몇 번씩 왜병이 짓이기고 갔다. 장길수는 울컥 치밀어 오르는 울분을 참지 못하고 방바닥에 주먹질을 했다. 연화가 끄응 몸을 일으켰다.

"같이 가자. 왜병 없는 산골짝에 같이 가서 풀 뜯어 먹고 살자."

장길수가 연화를 안아 일으켰다. 장길수도 병참대장 스즈끼에게 얽매였다. 사사끼가 살해되었을 때 본국으로 돌아간 하리모토 밑에서 가흥창고 일을 맡았는데 동료였던 심대곤이 경성으로 갔다. 심대곤을 경성으로 무사히 도망가게 했다는 죄목으로 병참 감옥에 갇혔다. 죄를 묻지 않는 대가로 스즈끼 꼭두각시가 되었다. 몸져누워 왜병의 배설물을 받아내는 연화를 보고 목계가 싫어졌다. 왜병에게 염증이 났다.

"어디로?"

연화의 눈동자에 생기가 돌았다.

"소백산이나 태백산 골짜기로 들어가면 왜병이 찾지 못해. 산이 높아

산나물이 있을 것이고 골이 깊어 물고기 있겠지."

장길수가 연화를 보듬어 안았다.

"나 같은 년이 어떻게?"

연화는 함께 가자는 말에 동의하지 못했다. 장길수와 살기에는 흠이 많다고 자책했다.

"연화가 어때서?"

연화를 위로하고 이불을 다독였다. 이불 속 연화가 알몸이었다. 오늘도 왜병이 연화를 범했다.

"아니야. 난 이러다 죽을 테야"

연화가 장길수의 품에서 상체를 빼냈다.

"쇠뿔도 한 번에 당겨 빼란 말이 있어. 오늘 밤 자정 넘어 올 테니 단단히 준비하고 기다려."

장길수가 연화를 다시 꼬옥 안았다. 연화가 가볍게 떨었다. 밖에서 인기척이 들렸다. 방에서 나갔던 왜병이 다시 왔다가 장길수가 있음을 알고 돌아갔다.

왜병이 방에 들어와 장길수를 끌어낼 수도 있었다. 왜병이 그러지 않았다. 아무도 모르게 연화를 탐하라는 스즈끼의 엄명이 있었다. 스즈끼는 정절을 목숨으로 여기는 조선 여인의 정신을 알고 있었다. 연화를 가흥창고 사택에 숨겨두고 위안부로 이용하는 것은 모험이었다.

"대곤인 죽었겠지?"

연화가 물었다. 연화는 사사끼를 죽이고 자신에게 총을 쏜 사람이 심대곤임을 알고 있었다. 왜병에게 잡혀 목숨을 잃었을 것이라고 단정했다.

"장가들어서 마누라 손 잡고 경성으로 갔어."

서창댁과 둔치 억새밭에 숨었다가 경성으로 갔다고 말해주었다.

기억을 잃어 연화도 몰라볼 것이라는 말은 하지 않았다.

"장가들었구나. 색시는 어떻게 생겼어? 참 곱지?"

연화는 자신을 사지에 몰아넣은 심대곤이 밉지 않았다. 연정을 버리지 못했다.

"정신 차려. 대곤이는 목계에 다신 올 수 없어. 왜 못 오는지 연화가 알고 있잖아? 대곤이 생각은 싹 지워."

장길수가 화를 벌컥 냈다.

"경성에 가서 색시랑 깨소금 나게 살겠지?"

연화의 눈가에 눈물이 그렁거렸다.

– 3부 끝.